悄吟文丛

古耜 主编

等一碗乡愁

苏沧桑 著

中国言实出版社

图书在版编目（CIP）数据

　　等一碗乡愁 / 苏沧桑著 . -- 北京：中国言实出版社，
2017.6

　　（悄吟文丛 / 古耜主编）
　　ISBN 978-7-5171-2406-1

　　Ⅰ.①等… Ⅱ.①苏… Ⅲ.①散文集－中国－当代
Ⅳ.① I267

　　中国版本图书馆 CIP 数据核字（2017）第 145031 号

出 版 人：王昕朋
总 监 制：朱艳华
责任编辑：胡　明
文字编辑：张凯琳
封面设计：张凯琳
责任印制：佟贵兆

出版发行　　中国言实出版社
　　　　　　地　址：北京市朝阳区北苑路 180 号加利大厦 5 号楼 105 室
　　　　　　邮　编：100101
　　　　　　编辑部：北京市海淀区北太平庄路甲 1 号
　　　　　　邮　编：100088
　　　　　　电　话：64924853（总编室）　64924716（发行部）
　　　　　　网　址：www.zgyscbs.cn
　　　　　　E-mail：zgyscbs@263.net
经　　销　　新华书店
印　　刷　　北京温林源印刷有限公司
版　　次　　2017 年 8 月第 1 版　　2017 年 8 月第 1 次印刷
规　　格　　787 毫米 ×1092 毫米　　1/32　　11.25 印张
字　　数　　200 千字
定　　价　　59.00 元　　ISBN 978-7-5171-2406-1

东风吹水绿参差

古耜

　　以"五四"新文化运动为起点的中国现代散文，已经走过近百年的风雨历程。时至今日，隔着历史与岁月的烟尘，我们该怎样描述和评价现代散文的行进轨迹与艺术成就？也许还可以换一种问法：如果现代散文仍然可以新中国成立为时间界标，划作"现代"和"当代"两个阶段，那么，它在哪个阶段成就更高，影响更大？

　　在散文的"现代"阶段，屹立着伟大而不朽的鲁迅，仅仅因为先生的存在，我们便很难说当代散文在整体上已经超越了现代散文。但是，如果我们把观察的视野缩小或收窄，单就现代散文中的女性写作立论，那么，断定"当代"阶段的女性散文，是异军突起，后来居上，便算不上狂妄。这里有两方面的依据坚实而有力：

　　第一，新中国成立后的六十多年间，尤其是进入新时期以来，大陆文坛先后出现了若干位笔下纵横多个文

I

学门类，但均擅长散文写作，且不断有这方面名篇佳作问世的女作家，如杨绛、宗璞、张洁、铁凝、王安忆、张抗抗、迟子建等。她们散文作品所达到的艺术水准，并不逊色于现代女性散文的佼佼者。况且冰心、丁玲等著名现代女作家在步入当代之后，依旧有足以传世的散文发表，这亦有效地增添了当代女性散文创作的高度和重量。

第二，借助时代变革和历史前行的巨大动力，从新时期到新世纪，女性散文写作呈现出繁花迷眼、生机勃勃的宏观态势：几代女作家从不同的主体条件出发，捧出各具特色、各见优长的散文作品，立体周遍地烛照历史与现实，生活与生命；才华横溢的青年女作家不断涌现，其创意盎然的作品，显示了强劲的生命力与可持续性；女作家的性别意识空前觉醒，也空前成熟，其散文主旨既强调女性的自尊与自强，也呼唤两性的和谐与互补；不同手法、不同风格的女性散文各美其美，魏紫姚黄，各擅胜场……于是，在如今的社会和文学生活中，女性散文构成了一道绚丽多彩而又舒展自由的艺术风景线。这显然是孕育并成长于重压和动荡年代，因而不得不执着于妇女解放和民族生存的"现代"女性散文所无法比拟与想象的。

在二十一世纪历史和时间的刻度上，女性散文创作取得了丰硕成果和扎实进步，但也同整个中国文学一样，面临着前所未有的挑战与考验：与后工业社会结伴而来的后现代主义思潮斑驳杂芜，利弊互见。它带给女性散文的，可能是观念的去蔽，题材的拓展，也可能是理想的放逐，审美的矮化，而更多的可能，则是创作的困惑、迷惘，顾此失彼或无所适从……惟其如此，面对五光十色的后现代语境，女性散文家要实现有价值的创作，就必须头脑清醒，坐标明确，进而辩证取舍，扬弃前行。也正是在这一意义上，有一批女作家值得关注——她们出生于二十世纪六七十年代之交，进入新世纪后开始展露才华，并逐渐成为女性散文创作的中坚力量。对于她们来说，现代和后现代主义自然不是陌生或无益之物，但青春韶华所经历的激情澎湃的现实主义和人文主义大潮，早已先入为主，成为一种挥之不去的精神底色。这决定了她们的散文创作，尽管一向以开放和"拿来"的姿态，努力借鉴和吸取多方面的文学滋养，但其锁定的重心和主旨，却始终是对人的生存关切和心灵呵护，可谓鼎新却不弃守正。显然，这是一条积极健康、勃发向上的艺术路径。正是沿着这一路向，习习、王芸、苏沧桑、安然、杨海蒂、张鸿、沙爽、项丽敏、高安侠、刘梅花等十位女作家，不约而同地走到了一起，她们以彼此呼应而又各自不同的创作实绩，展示了当下女性散文的应有之意和应然之道。

习习来自西北名城兰州。她的散文写城市历史，也写家庭命运；写生活感知，也写生命体验；近期的一些篇章还流露出让思想伴情韵以行的特征。而无论写什么，作家都坚持以善良悲悯的情怀和舒缓沉静的笔调，去发掘和体味人间的真诚、亮丽和温暖，同时烛照生活的暗角和打量人性的幽微。因此，习习的散文是收敛的，又是充实的；是含蓄的，又是执着的；是朴素本色的，又是包含着大美至情的。

足迹涉及湖北和南昌的王芸，左手写小说，右手写散文。在她的散文世界里，有对荆楚大地历史褶皱的独特转还，也有对女作家张爱玲文学和生命历程的细致盘点，当然更多的还是对此生此在，世间万象的传神勾勒与灵动描摹。而在所有这些书写中，最堪称流光溢彩、卓尔不群的，是作家以思想为引领，在语言丛林里所进行的探索和实验，它赋予作品一种颖异超拔的陌生化效果，令人咀嚼再三，余味绵绵。

或许是西子湖畔钟灵毓秀，苏沧桑拥有很高的艺术天赋和丰沛的创作才情。从她笔下流出的散文轻盈而敏锐，秀丽而坚实，温婉而凝重，每见"复调"的魅力。尤其难能可贵的是，她的散文远离女性写作常见的庸常与琐碎，而代之以立足时代高度的对自然和精神生态的双重透析与深入剖解，传递出思想的风采。若干近作更是以生花妙笔，热情讲述普通人亦爱亦痛的梦想与追求，极具现实感和启示性。

在井冈山下成长起来的安然，一向把文学写作视为精神居所和尘世天堂。从这样的生命坐标出发，她喜欢让心灵穿行于入世和出世之间，既入乎其内，捕捉蓬勃生机；又出乎其外，领略无限高致，从而走近人生的艺术化和审美化。她的散文善于将独特的思辨融入美妙的场景，虚实相间，形神互补，时而禅意淡淡，时而书香悠悠，由此构成一个灵动、丰腴、安宁、隽永的艺术世界，为身处喧嚣扰攘的现代人送上一份清凉与滋养。

供职京城的杨海蒂，创作涉及小说、报告文学、影视文学等多种样式，其中散文是她的最爱和主打，因而也更见其精神与才情。海蒂的散文题材开阔，门类多样，而每种题材和门类的作品，都具有自己的特色：她写人物，善于捕捉典型细节，寥寥几笔，能使对象呼之欲出；她写风物，每见开阔大气，但泼墨之余又不失精致；至于她的知性和议论文字，不仅目光别致，而且妙趣横生。所有这些，托举出一个立体多面的杨海蒂。

驻足羊城的张鸿，既是文学编辑，又是散文作家。其整体创作风格可谓亦秀亦豪。之所以言秀，是鉴于作家的一枝纤笔，足以激活一批风华绝代而又特立独行的异国女性，尽显她们的绰约风姿与奇异柔情；而之所以说豪，则是因为作家的笔墨一旦回到现实，便总喜欢指向远方，于是，边防战士的壮举、边疆老人的传奇，以及奇异山水，绝地风情，纷至沓来。这种集柔润和刚健于一身的写作，庶几接近伍尔夫所说的文学上的"雌雄互补"？

穿行于辽宁和天津之间的沙爽，先写诗歌后写散文，这使得其散文含有明显的诗性。如意象的提炼，想象的飞腾，修辞的奇异，以及象征、隐喻的使用等，这样的散文自有一种空灵跶踔之美。当然，诗性的散文依旧是散文，在沙爽笔下，流动的思绪，含蓄的针砭，委婉的嘲讽，以及经过变形处理的经验叙事，毕竟是布局谋篇的常规手段，它们赋予沙爽的散文深度和张力，使其别有一种意趣与风韵。

项丽敏的散文写作同她长期以来的临湖而居密不可分——黄山脚下恬静灵秀的太平湖，给了她美的陶冶与享受，同时也培育了她对大自然的敬畏与热爱，进而驱使她以平等谦逊的态度和安详温润的文字，去描绘那湖光山色，春野花开，去倾听那人声犬吠，万物生息。所有这些，看似只是美景的摄取，但它出现于物欲拥塞的消费时代，则不啻一片繁茂葳蕤的精神绿洲，令人心驰神往。当然，丽敏也知道，文学需要丰富，需要拓展，人与自然的关系只是文学的无数话题之一，为此，她开始写光阴里的器物，山乡间的美食，还有读书心得，读碟感悟……这预示着丽敏的散文正由单纯走向丰富。

高安侠是延安和石油的女儿。她的散文明显植根于这片土地和这个行业，但却不曾滞留或局限于对表层事物和琐细现象的简单描摹；而是坚持以知识女性的睿智目光，回眸生命历程，审视个人经验，打量周边生活，品味历史风景，就中探寻普遍的人性奥秘和人生价值，努力拓展作品的认知空间。同时，作家文心活跃，笔墨恣肆，时而柔情似水，时而气势如虹，更为其散文世界平添一番神采。

偏居乌鞘岭下天祝小城的刘梅花，是一位灵秀而坚韧的女子。她人生的道路并不顺遂，但文学却给了她极大的眷顾。短短数年间，她凭着天赋和勤奋，发表和出版了大量散文作品，成为广有影响的女作家。梅花写西域历史、乡土记忆和个人经历，均能独辟蹊径、别具只眼，让老话题生出新意味。晚近一个时期，她将生命体悟、草木形态、中药知识，以及吸收了方言和古语的表达融为一体，形成一种承载了"草木禅心"的新颖叙事，从而充分显示了其从容不迫的艺术创新能力。

总之，十位女性散文家在关爱人生的大背景、大向度之下，以各具性灵、各展斑斓的创作，连接起一幅摇曳多姿、美不胜收的艺术长卷。现在，这幅长卷在中国言实出版社的鼎力支持下，冠以"悄吟文丛"的标识，同广大读者见面了。此时此刻，作为文丛的主编，我除了向十位女作家表示由衷祝贺，向出版社的领导和同志们表示诚挚感谢之外，还想请大家共赏宋人张栻的诗句："便觉眼前生意满，东风吹水绿参差。"——这是我选编"悄吟文丛"的总体感受，或者说是我对当下女性散文创作的一种形象描绘。

（作者系著名文学评论家、作家）

目　录

第五辑 溪的美，鱼知道

第一辑

居然隐者风

医学上来说，37°2，是人正常体温的极限，是心脏骤跳的温度，激情燃烧的温度。

也是夏天的温度。

爱情的温度。

居然隐者风

富阳庙山坞，黄公望结庐隐居处。站在 2016 年第一场冬雨里，我叫了声："黄……"未及出口的后半声，如一滴雨从竹梢无声地落入我的棉帽，如更远处苍茫的雨雾，无声地溶入大地。

黄什么呢？大师？先生？老伯？公望兄？大痴？……被尊为"元四家"之首的黄公望（1269—1354），以那幅令人叹为观止的《富春山居图》和他本人在中国绘画史上的地位，无疑该称呼他为大师。可是，79 岁的他，喜欢人们称呼他什么呢？还是根本无所谓？

当我沿着他当年走过的竹林幽径，走向 700 年前的他，我的想象总停留在至正七年（1347 年）他的 79 岁，也是我父亲此时的年龄。我看见一个蓬头长须、不修边幅的老人，背着一个皮囊，皮囊里装着画具和酒，和好友无用师正兴致勃勃地走在我的前面，也是这样的冬日，也有这样的细雨，他们已经走遍了富春江两岸所有的山水。竹林深处，传来无用师的声音——你给我画一幅画吧，才不辜负这好山水。黄公望说，好！无用师又说，我不放心，恐被人夺爱，你得在画上写上我的名字，说这画是我的。黄公望抬头看了看近在眼前的家园，说，好！

推开柴门，踏进这个叫"小洞天"的家园，他们不会想到，这幅被后世称为《富春山居图》的旷世绝画，自他动笔至去世，整整画了四年。他们不会想到，这幅画辗转流离250年后，被藏者欲焚烧殉葬又火口余生却断为两截。他们更不会想到，多年后的乾隆无限痴迷此画竟至真假不辨，而侥幸留存的残卷被后人分别名之为《剩山图》和《无用师卷》，各藏于浙江博物馆、台北故宫博物院隔海相望，直到分隔360年后才合璧重逢，又继续隔海相望。

我尾随着他们的声音，在冬雨里拾级而上，看见自己沾染青苔的皮靴渐渐化成了一双古代女人的绣花鞋，缓缓而行，走进了黄公望"偕无用师回家于山居南楼援笔作长卷《富春山居图》"的前一日黄昏。我是他的次子德宏之妻毛氏。我掌着一盏油灯，撑着一把伞，将他们迎进了家门。我在他们身后，看他们穿过院门两旁在雨里闪闪发亮的竹，踏过青苔斑驳的鹅卵石地，穿过护翼般笼罩着三间小屋的两棵大树，走上廊前的石阶，走进了灯火深处。然后，我走向厨房，吩咐厨娘将炖了很久的炭火炖鱼起锅，我拔下簪子拨了拨炭火，红亮啄了一下我的眼睛，一场酣饮正拉开序幕，山里的天色一下子暗了下来。

酒过三巡后，我穿过细雨，来到院子右侧临溪的南楼画舍，帮他再整理归置一下画具，因为我听说，明天起，他要画一幅很大的画。我在廊檐下站了一会儿，看细雨在竹叶凝结，再慢慢滴下来。我在想一个问题，一个我百思不得其解的问题——公公长期隐居在此，痴心作画，家中老小很是担心挂念，夫君德宏便携母亲叶氏和我，追寻至此陪伴他。可是，隐居，到底是什么？隐居于我，仿佛是个牢笼，幽暗的山坳困住了我，几乎见不到人。而对于公公，隐居为什么如此快乐？公公并非富阳人，他本名陆坚，江苏常熟人，后过继给温州苍南黄氏为子改名黄公望，可他为什么选择了富阳作为他的隐居终老之地呢？

我听说，他曾是"松雪斋中小学生"，他一开始不是画家，更擅长的是书法、诗词、散曲，曾为很多名画题咏。中青年时代的他是个读书人和落魄官人，当过中台察院椽吏，蒙冤入狱，出狱后看破红尘，浪迹江湖，在江浙一带卖卜为生。50岁左右，公公才开始山水画创作。已是知天命之年的他仿佛一棵幼苗，把前人当作阳光雨露，见风就长，他广采赵孟頫、巨然、荆浩、关仝等众家之长，最心仪顾恺之、王维、董源、李成等，学的不仅是诗风画风，更多的是胸襟气质。当然，他不是一棵幼苗，他已脱胎换骨成一个笔力老到、风格独特、遗世独立的黄公望。66岁时，他和画家倪瓒同时皈依主张儒、释、道三教合一的"全真教"后，更是崇尚自然自足，成了一个超凡脱俗、自称"大痴"的道士。

也许是对故土的怀念吧，公公晚年回到了浙江，富春山水的奇特魅力让他痴迷流连，便选定了江北大岭山白鹤墩，隐居在村后的庙山坞，从此"焚香煮茗，游焉息焉。当晨岚夕照，月户雨窗，或登眺，或凭栏，不知身世在尘寰矣。"一个人的精神自在了，一个人的艺术才能自由翱翔。一幅幅画作，描绘的是风景，也是心境，他的人"精严逸迈"，他的画"浑厚华滋"，可谓珠联璧合。

　　一大滴雨滴到了我的棉帽上，发出了沉闷的声响。我从雨声中醒来，发现自己正站在黄公望画舍的屋檐下发呆。同行的人们已陆续往院子外走，人声在竹林后隐隐约约渐行渐远。突然有一种被他们抛弃的感觉。假如我一人留下，我憧憬了无数次的隐居就此实现，我愿意吗？仔细一想，有点可怕。作为一个女人，我并不真正羡慕古人的生活，尤其是古代女人的生活——可以忍受不能每天洗热水澡，不能随便穿着打扮，没有牙刷，没有电，没有煤气，没有卫生巾，没有空调，没有止痛片，没有消炎药，没有眼镜，等等，但如何忍受因身为女人而与生俱来的禁锢、不公和暗黑？

　　曾多次探寻300年前明清文人的隐居地杭州西溪，也向往当代隐者聚集地陕西终南山，还想去黄公望杭州隐居地走走。我写过西溪九个隐居故事，那个"舟从梅树下入，弥漫如雪"的地方，那些真正的隐者，有的为保护《四库全书》等万卷藏书避居西溪，有的"功成名遂身退"，有的逝去前两个月来此养病却邂逅爱情，有的探望老友却遇红颜知己从此生死相伴，有的同好诗文结伴而居，有的同名同姓同龄同志趣隔河而栖，诗酒相对，风雅相应……他们在世外桃源里，不是虚度年华，而是做了这辈子最想做的事。其中有一个园子叫"泊庵""泊"的本意是漂着，暂时停下来歇一歇，而到了西溪，暂时的泊却成了永远，这是隐居者最好的归宿。可是最近，当我看到终南山一个年轻的隐者将他的生活和他拍的美图晒在微信朋友圈里并且很火，我就想，他拍一朵花、一只鸡的时候，他的目光还是一个隐者的目光吗？还是变成了替读图者看花看鸡的尘世目光？

我循着人声急急往外走，仿佛真的怕被他们抛弃了。当我的身影消失，这座山坳的这户人家，就只剩下他们一家人了。他们一家人，在并不遥远的 700 年前，喝着酒聊着天。黄公望喝下一大口温热的米酒，同时在心里展开了一幅富春山居图——江水、远山、村落、草坡、亭台、渔舟、小桥……他喝的酒是富春江水酿的，看似淡，却容易醉人，如他画里的富春山水，看似淡，却浑厚阔远，恣意汪洋。

在我的印象里，古往今来的艺术珍品，大多缘起于情，爱情、亲情、友情、家国情，而绝非名利，《富春山居图》亦是。耄耋之年，黄公望在画中题款说："兴之所至，不觉亹亹"——"兴"是热爱所致，就像此时陪同我们的当地人蒋金乐，戴着雷锋帽，穿着皮衣、牛仔裤、登山鞋，一副随时准备上山的样子，他曾花了几年时间一个人疯狂寻找山居图里的实景，雇船拍了 200 多张照片，拼成了一幅实景图。"亹亹"的意思是无止无休、孜孜不倦，如泉水汩汩，余音袅袅，而我看到的，是一位真名士、真隐者的最高境界——心无杂念。

估计很多人和我一样，有一颗隐居的心，却有一副贪恋尘世的皮囊。贪恋就贪恋吧，人和动植物，说到底都是俗物，就连美丽的鸟兽鱼虫，身处绝美的南北极，依然互为食物链、互为江湖。并没有什么世外桃源，在心里挖一个"山坳"吧，随时空一空，静一静，隐一隐，那么，从"山坳"里流出的泉水，必定更加清远。

南方冬天的雨很湿冷，容易沁入骨髓。在富春山脚下的龙门古镇，一个女人拿着一枚古墨，在酒精灯上蘸一下火，在我额头及眼睛周围摩挲着，说能驱赶头痛，能美颜。墨蘸了火，却透出软软的凉意，凉意传达给肌肤的，却是中药般的暖，特别奇妙。抬眼，雨雾深处，已不见远处那个幽暗的山坳。对比玻璃框内的《富春山居图》，我觉得那个山坳更美，一个文化理想与栖息之地完美结合的双重空间，多么静啊，淡淡的一笔一墨，轻轻地一呼一吸，都让人震撼。

秋窗风雨夕

井水其实不是黑色的，但因为在深井里，看上去像一块墨，奇异的是，这块墨能反照天光，也能清晰地映照出我白亮的脸，以及我身后正蓬蓬勃勃的春天。八十年前的春天，井水也映照过他的脸——忧郁，文气，像他最初的名字——郁文。

这口半平米见方的老井，位于杭州大学路场官弄 63 号。"风雨茅庐"，一个不太吉祥的宅名，仿佛预示了它的主人——一代文豪郁达夫注定颠沛的人生和爱情。

"儿时的回忆，我所经验到的最初的感觉，便是饥饿；对于饥饿的恐怖，到现在还在紧逼着我。到了我出生后第三年的春夏之交，父亲也因此以病以死；在这里总算是悲剧的序幕结束了，此后便只是孤儿寡妇的正剧的上场。"1896 年 12 月 7 日，郁达夫出生于浙江富阳县一个没落的书香家庭，凄惨的童年，异禀的天赋、坎坷的境遇，成就了他极其复杂的个性——浪漫细腻、大胆豪放、勇往直前而又有些歇斯底里，也成就了他的多重身份——中国现代著名小说家、散文家和诗人，中国左翼作家联盟的发起人之一，民族解放殉难烈士。

八十多年前的一个春天，"明眸如水，一泓秋波"的杭州名士之后王映霞随丈夫郁达夫回到了故乡。此时，离郁达夫留日归国、代表作我国第一部白话短篇小说集《沉沦》发表已经过去十二年，离他上海初遇王映霞一见钟情穷追猛打终成正果已经五年了。此时回来，一是为避国民党当局的政治迫害，二是为还她回乡心愿。他买下了玉皇山后 30 亩山地，又置换地皮，亲自设计，在离西湖不远的地方，建起了他理想中的家园。

"1935 年年底动工，熬过了一个冰雪的冬季，到 1936 年的春天完工……足足花掉了一万五六千元。"王映霞写道。可以想见，1936 年的春天，无论对于他和她，都是特别明媚的。她的脸庞映照着崭新庭院里初春的雪，因欣喜而更加动人。

这座日式风格的东方建筑，"涂上了朱漆，嵌上了水泥"，古典，精致，华丽，衬得上这对"富春江上神仙侣"。然而，郁达夫给它取了一个名字"风雨茅庐"，王映霞觉得不吉利，不喜欢。

当时的风雨茅庐是这样的：院落坐北朝南，分正屋和后院两个部分。临街是两扇大铁门，一排二层楼。前院是一个高台，高台上三间正房，围绕着木柱回廊，正房当中一间为客厅，挂着著名学人马君武所书"风雨茅庐"横匾，西壁挂的是中国画，东壁则是鲁迅亲笔手书的七律《阻郁达夫移家杭州》。客厅东西两边为卧室。正屋往东，是一个月洞门，五六间平房连接着后院。后院是一个幽雅别致的小花园，葱茏掩映着三间客房和郁达夫最爱的书房。书房三面沿壁排列着落地书架，摆满了数万册多国文字的书籍。

对这个"蜗庐"，郁达夫在《移家琐记》中表达了由衷的喜爱："好得很！好得很！"尽管鲁迅先生对于他移家杭州一事，之前之后都好意劝阻，他仍发自内心地希望新建的家园成为趋避乱世的世外桃源，全家老小能长长久久平平安安地在此生活下去。

"谁家秋院无风入，何处秋窗无雨声。"《红楼梦》里林黛玉一首《秋窗风雨夕》仿佛映照了那个风雨萧瑟、政治阴晦的年代，即便如郁达夫这样的名人，又如何能驾驭自己的命运？

错误的时代，遇见错误的人，悲剧开演。

正式入住后，风雨茅庐不再是安静写作之地，因女主人的非凡魅力和一些无可奈何的原因，成了杭州社会名流官僚政客的交际场，整日推杯换盏、歌舞升平，让郁达夫心躁不安无所适从，只想逃离，短短几个月后，便南下福州谋职参加抗战活动。杭州沦陷后，王映霞带着孩子和老母在漫天烽火中逃难，最需要丈夫共渡难关时，他却不在。然后，她听到他与富阳的原配孙荃藕断丝连的消息，他听到她与第三者许绍棣关系不正常的流言。截然不同的性格，诸多的真相或者误会，裂痕已无法愈合。暴风雨终于如期而至——一次争吵后，王映霞离家出走，郁达夫气急败坏地在她的旗袍上写下"下堂妾王映霞改嫁之遗物"几个大字，后来又公开发表《毁家诗纪》，毫不保留地暴露了自己的私隐与"家丑"，包括他对王映霞"红杏出墙"的怀恨之意，让她彻底寒了心。我想，他的激烈，其实是不舍，不甘，是想挽回。但即便如郁达夫这样的情种，也关心则乱。

"已觉秋窗秋不尽，那堪风雨助凄凉"的风雨茅庐，他们只住了短短两年，12年的婚姻便走到了尽头，劳燕分飞，走向了不同的人生——郁达夫辗转中国香港、新加坡、印度尼西亚等地办报并从事宣传抗日救国活动，再婚生子。1945年8月29日晚8时许，日本宣布无条件投降后两周，流亡至苏门答腊的郁达夫正在家中与几位朋友聊天，忽然有一个土著青年把他叫出去讲了几句话，郁达夫回到客厅与朋友打个招呼就出去了，从此再也没有回来。后据史料证实，他于当年9月17日遭日本宪兵秘密杀害，终年50岁，而他的第11个孩子在他遇害后翌日出生。而王映霞终于遇到了生命中"对"的那个人钟贤道，得到了"许多温暖安慰和幸福"，直至2000年2月在上海病故，终年92岁。王映霞晚年在自传中这样评价："我想要的是一个安安定定的家，而郁达夫是只能跟他做朋友不能做夫妻。所以同郁达夫最大的分别就是我同他性格不同。""历史长河的流逝，淌平了我心头的爱和恨，留下的只是深深的怀念。"儿子郁飞也诚恳地描述了自己眼中的父亲："我的父亲是一位拥有明显优点，也有明显缺点的人，他很爱国家，对朋友也很热心，但做人处世过于冲动，以至家庭与生活都搞得很不愉快。他不是什么圣人，只是一名文人，不要美化他，也不要把他丑化。"

2015 年初春，午后，阴。我们站在锁着门的风雨茅庐前，等待维修指挥部的小伙子取来钥匙开门。时光早已将它淹没在一大片居民小区当中。之前，在离它大概十米远的地方，我问过好几个路人和店里的人风雨茅庐怎么走，居然没有一个人知道。我们——我，小营街道干部小卉，消防员老王，来自连云港的保安，一个六十多岁的扫地大爷，还有维修工程部科长——站在故居前讨论着 2014 年杭州居然有 200 个雾霾天这个话题，每个人都情绪激动，发言热烈。故居前的巷子很狭窄，只容一辆车通过，车开过时，我们暂停讨论，贴着墙根站，等车过了，我们再走出来继续讨论。没有人聊起那一场隔世的风花雪月，更没有人讨论文学。

推开黑漆浇注的"原版"铁门，像翻开另一个年代的书页。一棵巨大的老梧桐树扑面而来，秋天般落叶纷飞，一棵姿态优雅的红皮树，还沉浸在过往的冬季里不动声色。屋檐瓦楞间蓬勃的草，珍珠般闪烁着低调的光泽，提醒我这是 2015 年的春天。

都还在。高台，正屋，偏房，书房，后院，甬道，水井，青石板。从任何一个角度看，这儿都是静的，美的，出世的，仿佛交响乐中一小段喑哑空灵的竖琴。八十年前，他或者她，无论站在或坐在这个宅子的任何一个角落，都是惬意的。然而，短短两年，属于他们的窝，还没有被焐热，就被雨打风吹散。此刻，屋顶上很多瓦片已掉落，屋内一些地方还在漏水，天花板和柱子上长出了霉斑霉点，他生前用过的十几件红木家具包括一张床、一个画桌、一个衣橱、几张椅子，都只好暂时收起来了。但所有的房屋里，都散发着红木的异香，书房的地板下传来脚步空洞的回音，我仿佛听到了一声暗泣，风雨茅庐像一个弃儿，没有年轻过，就已经年迈了。

扫地的大爷跟我们进来后，一直在扫着满地的落叶，自始至终没有说过一句话。我想，并没有人要求他扫地，他也并不懂，他是否只是简单地在心疼着，这么好一个地方，怎么就这么凄凉？据说，这儿曾经装修过，文化公司租过，相关单位正在加紧维修，但怎么维护是否开放如何管理以后有谁来看等等问题，和全中国很多名人故居一样，不知道何去何从。

2015年春天，我在如镜的老井里照见了自己，也照见了一群鸽子正从屋檐上呼啸而过。它们世世代代在此筑窝，执着，长久，一脉相承。80多年前，他每天在这里洗漱，每天能望见井里的活水，也一定望见过一群鸽子呼啸来往，那会不会是他最孤独的时刻？也是他最清醒的时刻？

忽然觉得，看似有点破败的故居，其实一直盘旋着一股精气。他的文和人，给人印象是颓废的，忧郁的，浪漫的，文弱的，偏激的，甚至有点傻的，于是，一个活生生的真实可爱的他，如多年不见的一位故人，站在井底与我对视。我看出来了，他喜欢日本，那里留着他一生中最好的年华和初恋，风雨茅庐的日式风格可见一斑，但他选择了抗日，抛妻别子，甚至生命。他讨厌官场和政治，但他选择了去福建谋职入仕，投明救国。80年前的天空上，一群鸽子掠过苍穹，见证过他比它们飞得更高远的目光。80年后的今天，有多少人愿意为了内心认定的理想豁出身家性命？恐怕一点名利、一分安逸都不肯。

风雨茅庐，中国文化地图上的一个点，千千万万个文化地标中的一个，中华浩瀚文风中的一缕，此刻，它在走近，还是走远？

在井水倒映的天光里，我试图打捞一个答案。

一钩新月天如水

桐乡石门镇，缘缘堂。初冬，上午十点。我坐在一楼厅堂的木椅上，等待他们的脚步声在楼梯响起。

我将手肘支在方桌上，将身体舒展成他穿棉袍时的闲适样子，将目光模仿成他的目光望出去，望见了江南初冬依然绿影婆娑的院子，绿影婆娑的时光深处慢慢浮现了一些声音和画面——春天里两株开满花的重瓣桃下，跑过几只小鸡，有燕子呢喃；夏日午后门外传来货郎的叫卖声，傍晚的芭蕉树下，摆起了客人小酌的桌子；花坛边洋瓷面盆里游着一群蝌蚪；秋夜各个房陇亮着夜读的灯；冬天炭炉上的普洱茶，廊下的一堆芋头，屋角的两瓮新米酒，火炉上烘着的年糕，都散发着袅袅香气……我听见他的笑声混在孩子们的笑声里，如同大提琴混在童声合唱里，忽然，笑声听起来有点吃力，是他在太阳底下吃冬春米饭出汗解了衣裳，正从秋千上抱下老三或老四，说，在面盆里，小蝌蚪永远不会长成青蛙的，来，我们送它们回家！

这些场景，是他——缘缘堂的主人——中国漫画之父、现代著名画家、文学家、教育家丰子恺先生（1898—1975）漫画里的场景，也是他《缘缘堂随笔》里真实的生活场景。京杭大运河在浙江桐乡石门镇形成一个120度的大湾折向东北，栖息在转角旁一幢坐北朝南、雅洁幽静的宅院，就是缘缘堂——丰子恺曾经的现实家园和精神乐园。

我将目光收回，落到了桌面隐隐发亮的木纹理上，肘关节与桌面接触的一小片肌肤上，有一丝隐隐的温暖。这是错觉，错觉还牵引着我闻到了他略带烟味的呼吸，一个高鼻亮眸、眼神睿智、端庄平和的白发美髯公立在了我的眼前，寒风轻拂着他的长髯，他身穿黑棉长袍，头戴黑棉帽，棉帽上趴着一只黑白色小猫。

民国大师无数，而丰子恺是公认的、难得的一位人格健全、德才兼备的艺术家、教育家。沿着他一生的脉络探寻，你会发现，他是一个在爱与慈悲里成长的幸运儿。丰子恺出生于一个有染坊有良田、有六个姐姐、对男婴望眼欲穿的大户人家。阳光雨露没有宠坏那个叫"丰仁"的孩子，反使他成长为知书达理、谦恭好学的十六岁少年，入读浙江省立第一师范学校后，正式更名为丰子恺，也遇到了生命里如父、如母的两位大先生——图画与音乐老师李叔同（弘一法师）、国文老师夏丏尊，他们之间长达一生、直抵灵魂的情缘，给了他最为深远的影响。他的婚姻虽是媒妁之言，夫妻竟一生恩爱、生死相随，育有七个子女。这一切因缘，造就了他"光风霁月"般的完美人格。在同时代挚友们的记忆里，他的人、画是这样的：

与他相识于 1924 年的巴金说他是"一个与世无争、无所不爱的人，有一颗纯洁无垢的孩子的心"。

叶圣陶说"子恺的画开辟了一种新的境界"，"有非凡的能力把瞬间的感受抓住"。

郑振铎说自己为丰子恺所"征服"。第一次见面，"他的面貌清秀而恳挚，他的态度很谦恭，却不会说什么客套话"。

朱光潜在《丰子恺的人品和画品》里说："最喜欢子恺那一副面红耳热，雍容恬静，一团和气的风度……而事情都不比旁人做得少"，"他老是那样浑然本色，无忧无嗔，无世故气，亦无矜持气"。

丰子恺的画，全是身边平凡事，如姐姐缝衣，弟弟上学，大人醉酒，娃娃捉迷藏，燕子做窝，蚂蚁搬家，儿子瞻瞻用两个蒲扇当自行车骑，也有描绘将一个个孩子从同一个模子里刻出来的《教育》等针砭时弊的题材。人间万物，在他的笔下是小可爱、小情趣，又是大悲悯、大气象，深得人心。

他的代表作《人散后，一钩新月天如水》仿佛就是他人画合一的写照：简洁，平和，澄静，深邃，阔远。

我听见了楼上脚步的移动。和我一起来参观的中外文友们，与我刚才一样正瞻仰他的卧室和书房，当目光一一抚过他 500 余件遗物、180 幅遗作时，一定也会抚过他书桌上那只旧烟斗，会闻到他来自 1927 年初秋略带烟味的呼吸。

1927 年初秋，29 岁留日归来在上海教书的丰子恺恳请李叔同为寓所起名。李叔同让他在小方纸上写上许多他喜欢而又能互相搭配的字，团成小纸球撒在释迦牟尼画像前的供桌上抓阄。奇妙的是，丰子恺两次都抓到了"缘"字，便取名"缘缘堂"。后来无论迁居哪里，他都把李叔同写的"缘缘堂"匾额挂在家里，"犹是形影相随，至于八年之久"。1933 年春天，在母亲的心心念念下，丰子恺用稿费在故乡的梅纱弄里自家老屋后建好了一幢三开间砖木结构的高楼，加之前后两个小院，一个极具深沉朴素之美的缘缘堂诞生了。

搬家那天，热闹如戏场。丰子恺在《缘缘堂随笔》里充满深情地写道——"我们住新房子的欢喜与幸福，其实以此为极！"而全家人中，唯有老母亲"静静安眠在五里外的长松衰草之下，不来参加我们的欢喜。似乎知道不久将有暴力来摧毁这幸福"，"民国二十二年春日落成，以至二十六年残冬被毁，我们在缘缘堂的怀抱里的日子约有五年。现在回想这五年间的生活，处处足使我憧憬。"除了偶尔往返于沪杭等地，他大部分时间都与全家老小住在缘缘堂，完成了近 20 部著作。神奇的小院见证了天真烂漫如孩童、深邃如老者的一代大师生命里最幸福的时光。让人痛心疾首的是，短短五年后，幸福和缘缘堂一起，在日寇的炮火中化为乌有。

颠沛流离、九死一生，是"抗战"时期丰子恺一家辗转逃难于江西、湖南、广西、贵州、四川等地的写照，而一个个噩耗追随着他的脚步接踵而至——1938 年 1 月，他在江西逃难时，缘缘堂被炮火夷为平地；1942 年他在重庆避难时，"慈父"弘一法师在泉州圆寂；战争结束的次年，战乱中一直与他通信在精神上支撑着他的"慈母"夏丏尊辞世，未能见上最后一面……

头顶上一个迟疑的脚步声告诉我，有一个人和我刚才一样，将脚步停在了那张只有一米五左右长、丰子恺一直睡到去世的棕绷床前，我的心更痛了起来。新中国成立后，丰子恺受到了应有的尊重和优待，然而，他永远不会想到会经历一场十年浩劫，经受凌厉的侮辱——被剪掉胡须，被人用滚烫的糨糊浇于背上，被批斗、劳改、折磨。

"暴力并未使他精神颓废，却使他奋起，于群小嚣嚷之中恬然自若，你批你的，我写我的！"

棕绷和其他大多遗物一样，从他上海的故居日月楼搬来。"文革"中，他因散文《阿咪》获罪，一家人住的日月楼被安置进了四五家人，丰子恺只得睡在连接阳台的走廊上，用棕绷搭个小床，棕绷太短，便在脚那头放个凳子，蜷缩着睡。小床边摆一张小方桌，就是他的书桌。无数个不眠之夜，唯有一钩新月静静陪伴一团蜷缩的身影。如此境地，他却说"天于我，相当厚"。怀着一颗赤子之心，怀着对苍生的大爱，他完成了弘一法师的遗愿、师生间灵魂的相约——历时四十七年的《护生画集》。

多年以后，在巴金的脑海里还刻印着一个画面——有一天，他去牛棚上班，看见丰子恺腋下夹了一把伞，急急地在前面走。他没有像以前那样拄手杖了，胡子也没有了。见他安然无恙，巴金有点小高兴，想，没胡子倒显得年轻了，他倒是闯过生死关了。然而，"文革"结束的前一年，丰子恺在一家医院的急诊观察室溘然长逝。寂寥巷子里似有似无的脚步声，震痛着巴金的心，也震痛着无数后人的心。

当楼梯上响起文友们下楼的脚步声，我离开了方桌，穿过庭院，走出了这座重建的缘缘堂，立在漫画馆他的一幅照片前。再一次端详他的容貌时，有一种第一次与他真正相遇却一见如故的强烈感觉。是心性相近？是冥冥中的缘分吗？此行我因领受"全球首届丰子恺散文奖"而来，获奖文章《执灯人》便是一个关于器官捐献、爱与缘的故事。我想，这份缘，不仅是天意，还源于我与他同样的"二重人格"吧？善与爱，真性情，刚柔相济，端庄平和，是他的人生哲学，亦是我的。

关于人格，他这么说："我是一个二重人格的人。一方面是一个已近知命之年的，三男四女俱已长大的，虚伪的，冷酷的，实利的老人"，"另一方面又是一个天真的，热情的，好奇的，不通世故的孩子"，"在中国，我觉得孩子太少了。成人们大都热衷于名利，萦心于社个会问题，政治问题，经济问题，实业问题……孩子们……弄得像机器人一样，失却了孩子原有的真率与趣味。长此以往，中国恐将全是大人而没有孩子，连婴孩也都是世故深通的老人了。"

时光隧道里传来的这一段话，振聋发聩。

下雨了，南方细密的寒冷让人感觉时间不是往前走，而是往深处走。1975年清明，年迈多病的丰子恺重回石门专程凭吊缘缘堂遗址，像是冥冥之中预知了这最后的告别。此刻，除了大门旁玻璃后半块烧焦的门板是原缘缘堂的唯一遗物，丝雨、墙垣、芭蕉、地上的蚂蚁、孩子们的笑声，都不是从前的了。我站在南方的冬雨里默默想，还有多少人知道缘缘堂和丰子恺？一钩新月，能护佑普天下像瞻瞻、一吟、阿宝一样天真的孩子们，来保全他们的赤子之心，健全他们的人格，成全他们也许并不辉煌但让人尊敬的人生吗？

种满庄稼的花园

"我有一所房子，面朝大海，春暖花开。"

这是诗人海子写于 1989 年 1 月 13 日的诗句，曾令无数人心动，铭记，包括我。

那时，海子是个男孩，他想要一所房子。那时，我是个女孩，我想要一个花园——一个长满庄稼的花园。于是，我把他的诗篡改了一下，变成这样："我有一个花园 / 坐落在海边或山下 / 面积不用很大 / 能种草种花 / 还能种庄稼 / 玉米西红柿豆荚 / 还有各种各样的瓜 / 他不是农夫 / 我不是农妇 / 我们忙完工作 / 再忙忙庄稼 / 锄草施肥捉虫乘凉聊天喝茶画画 / 实在的庄稼每天在长大 / 朴素的日子每天有新绿发芽 / 这就是我理想的家"。

随着岁月的流逝，我渐渐淡忘了这个梦想。因为我从来没有看到谁住在一个长满庄稼的花园里，做着一个真正幸福的人。也许，庄稼和花园原本就是矛盾的，所以，拥有那样一个理想的家是不切实际的，不仅仅是买得起一个花园那么简单。

不料，时隔多年后，我却在无意中发现了一个真的曾长满庄稼的花园。

这座两层西式花园别墅位于杭州灵隐路 3 号，建于 20 世纪 30 年代。是它的主人亲手设计建造的。小巧玲珑的花园顺势依偎在平缓的马岭山坡上，满天明明暗暗的香樟叶，满地郁郁葱葱的萱草，错落有致地点缀着芭蕉、棕榈等花木。小楼是朴实无华的青砖黑瓦、木纹板材结构，底层用作客厅、卧室、餐厅等，二楼则全部用作画室，一张画案上摆着文房四宝和各种颜料，一张单人床靠在墙边。

三只淡黄色的蝴蝶迎上前来，无声地轻啄着我裸露在外的肌肤。一切都很安静，仿佛已在多年前进入了长眠，连同一个响彻中国艺术之林的名字——林风眠。

林风眠是我国融合中西艺术最富成就和启发性的画家之一。林风眠生于 1900 年，广东梅县人。他原名林风鸣，后来自己将"鸣"改成了"眠"。17 岁时，林风眠赴法留学，进入当时法国最著名的哥罗孟画室，被称为"中国留学美术者的第一人"。1928 年，年仅 29 岁的他在蔡元培的邀请下，带着法国妻子来到杭州，创建了中国现代绘画史上举足轻重的艺术学院——国立艺术院（中国美术学院前身），为首任院长、教授。

和历代文人墨客一样，林风眠爱极西湖。他曾在《美术的杭州》中说："春季则拾掇到处都有的殷山红，夏季则摘莲花采荷叶，秋季则满觉陇闻桂香簪桂花，冬季到西溪看芦花；离此地，则购一切可以纪念杭州的零星东西归遗亲友，并向他们述说杭州的美丽……"初到杭州时，林风眠住在葛岭山下的招贤寺，后来和好友兼同事林文铮、蔡威廉夫妇、吴大羽等人，在离西湖不远的马岭山坡买下几块地，亲手设计、构建了他们的家园。除了日本侵华战争爆发后带着全校师生离开杭州转移到了重庆嘉陵江畔那几年，他在此，一住，就是十七年。

能在自己热爱的山水间拥有属于自己的清静之地，无疑是幸福的。林风眠满怀欣喜地描绘道："南面隔湖可望南山诸胜，与湖心亭、三潭印月为比邻；东依平湖秋月，可望六公园；西趋西泠桥，可望北山诸名迹；中夹白堤马路，为游湖者必经之途；北靠孤山，而隔湖可见初阳朝暾及保俶塔……"

在这个花园里，林风眠度过了生命中最重要的十余年。一开始，他身体力行"社会艺术化"主张，轰轰烈烈开展艺术运动，后来，他和古往今来无数文化精英一样，意欲改造社会，却被社会所摈弃，无奈地放弃了"艺术救国""以美育代宗教"的理想，转而隐身于纯粹的艺术象牙之塔。在凤凰涅槃般痛苦的日日夜夜里，就是这个长满庄稼的花园给了他无限抚慰。

他在花园里种植了梅、桂、棕榈、南天堂、紫荆、凌霄等花木，还在空地上种满了草莓、玉米之类的蔬果。

每天清晨，他从清脆的鸟鸣声中醒来，在晨风里贪婪地呼吸着庄稼的芬芳。除了上课，他每天最喜欢做的事就是锄地、浇水、对着花木庄稼画画。就像晚年他说的"无论鸡冠花还是苞米我都喜欢种一点，它们都是我作画的模特儿，有的画完了还可以吃，自己种的东西吃起来特别香。"

每当夕阳西下，他走出孤山山脊，走出那个寄托着光荣与梦想、孤独与惆怅的艺术学院，慢慢沿着湖往家走。可以想象，当他走过俞楼、放鹤古亭、平湖秋月，走过小桥、岸柳、远山、流云、孤鹜，走进家门的一刹那，就像一只搏击得很累的船终于靠港，心里该是怎样的温馨。

从小楼的窗口望出去，隐约可见远处的湖光山色和国立艺术院的旧址。当年，也是在这幢房子里，他写作、画画、沉思。也是在这个窗前，他终于了悟到了什么，从此渐渐趋于沉默，而把所见所思所感全部倾注在一张张美丽绝伦的画作上，倾注给优雅的仕女、独立不羁的孤鹜、暮色苍茫中的古寺山林、古典神秘的瓶花静物……每一幅画，分不清是水墨、水彩、水粉还是油画，却凝聚着让人难以释怀的美，迅疾凌厉的笔锋，让人难以言道的空灵、肃穆、清冷、宁静的气息，摄人心魂。这独具一格的"风眠体"，极大地丰富了20世纪的中国美术，也使林风眠成为中国现代绘画艺术的启蒙者。

故居的走廊里，挂着一幅幅年代久远的画面，仍依稀可见花园曾经的音容笑貌——

这幅作于1936年的纸本彩墨《鸡冠花》，是林风眠对"中西调和"画法研究的代表作。透过明快、鲜艳的色调，仿佛能看见画家置身于花园中的怡然神情，还有他心中和鸡冠花一样鲜红的热望。

这幅《豆花与黄蜂》作于1944年，仿佛将我们带到了多年前某个春天的早晨，豆花开了，黄蜂嗡嗡地叫着，就像画家妻女的欢声笑语轻轻萦绕在他身旁。

这幅《猫头鹰》，一定是他难眠之夜的收获吧？世界都睡了，唯有他和它在黑暗中各自醒着。

……

在这短暂而又漫长的十余年里，这个长满庄稼的花园对林风眠而言，是给了他欢乐的孩子、给了他安慰的爱人，是给了他力量的朋友、给了他新生的母亲。

1951年，林风眠退职迁居上海，将小楼移交给了某机关。离开杭州的林风眠命运急转而下，先是在上海卖画为生，后妻女出国离散，他一个人在上海南昌路里弄里生活，白天像一个老头一样坐在门口，晚上9点以后开始画画，画他的孤独。十年动乱，他亲手将自己的两千幅画放在浴缸里泡，用脚踩，沤烂了再一勺一勺舀到抽水马桶里冲掉，以免遭迫害，却仍然没有躲过牢狱之灾，在牢里，老人曾被迫跪在地上，像狗一样舔食。直到七十二岁出狱，出国探亲后定居我国香港，于1991年8月12日以92岁高龄在香港辞世。可以想象，在那些孤苦的岁月中，西湖以及那个长满庄稼的花园曾时时在他梦里萦绕。曾经，他告诉傅雷："我在杭州西湖边过了十年，然而在那些年里，竟一次也没有画过西湖。但在离开西湖之后，西湖的各种面貌却自然而然地突然出现在我的笔下。"而在书画家黄苗子的记忆里，"我总是把西湖同林先生联系起来，把孤山的林和靖和林先生联系起来。"去世前，他告诉义女冯叶："我死后，火化当肥料种花也无妨。"

蝴蝶依旧纷飞，故人却踪迹难觅，花园也再不见庄稼。不知道当年林风眠离开它时怀着怎样的心情？他是否想过还会回来？在这个花园里，林风眠完成了从一个入世的文化精英到出世的纯粹画家的华丽转身，可是，他心甘吗？

不知为何，心里怅然。在中国历史长河里，有哪一个文人真正拥有自己最理想的家园？真正实现了自己的梦想？有哪一个文人最后含着幸福的微笑长眠？

夜里做梦，梦见一个消瘦的身影，慢慢穿过林风眠故居的长廊，立在一幅《孤雁图》前——在他久久的凝视里，恍惚间他成了孤雁，孤雁成了他。他们的魂魄合二为一，穿过黑夜，叩响了那个曾经长满庄稼的花园。

远去的书香

1924 年秋，一个天高气爽的午后，杭州孤山脚下俞楼年轻的女主人许宝驯和往常一样走上楼台，凭栏远眺。远处的山、远处的水、远处的雷峰塔也和往常一样安详、澄明。忽然，随着一声闷雷般的轰隆声，南屏山方向瞬间腾起一股黑烟⋯⋯

雷峰塔倒了！

许宝驯不由惊呆了，一时以为自己在做梦，第一反应就是转身去找丈夫俞平伯。咚咚的心跳声中，她想起，难怪前些天雷峰塔上的宿鸟时时惊飞而散，原来，那就是预兆。而与雷峰塔一湖之隔的俞楼和自己，正好目睹了这惊天动地的一刻。

时间的抛物线落在九十年后的春天，一缕午后的阳光，无声地落在我的鞋面上。我穿着布鞋，从孤山南麓的西泠印社出来，靠右走几步，看见一块很大的草坪，中间有一棵很高大的香樟树。在树下坐一会儿，再往前走几步，路边有个小院，院里有座两层三开间的中式楼房掩映于绿荫丛中，便是一代国学大师俞樾以及他的后人著名诗人、学者、红学家俞平伯的故居，人称"俞楼"。

一个人走进幽静的俞楼时，仿佛仍能听到遗落在时间里的轰隆声。真静啊，似乎这儿不是一个门庭若市的名人故居，而是普通人家居家过日子的地方。

对于俞楼的主人，这儿的确曾经是居家过日子的地方。

俞楼的第一位主人是清末独步江南的国学、书画篆刻大师俞樾。俞樾(1821—1907)字荫甫，浙江德清人。30岁中进士后入翰林院，因直言考场营私舞弊，惹得龙颜大怒，被罢官后，携家南归，主讲苏州紫阳书院和上海求志书院。他在苏州造了一个"曲园"，筑了个"春在堂"，取"曲则全"和"花落春仍在"之意，自号"曲园居士"。俞曲园在经学、史学、诸子学、文字学以及音律、训诂、书法等方面都有很深造诣，讲学影响很大，不仅深得国内学界重视，而且声名远播东瀛日本，因此，当时的浙江巡抚马新贻亲赴苏州，敦请俞先生出任江南著名书院——杭州诂经精舍山长并兼管浙江书局。

1868年，俞曲园来到杭州，在诂经精舍著书讲学三十余年，前后受业门生多达三千人，其中不乏许多很有成就的学生。在这些学生中，有一位特别体贴入微的弟子徐花农，官至兵部侍郎。他见老师因一家老小都还在苏州曲园，孤身住在孤山精舍，便发动众同学捐资，于1877年在孤山西泠桥旁、六一泉侧，建造了一座中式二层楼房，这就是俞楼。

俞楼，从此成为俞曲园在杭州的家，也成了文人雅集的著名场所。也是这座不起眼的俞楼，走出了无数举人，走出了章太炎、吴昌硕，还走出了著名词人俞陛云、著名诗人、学者、红学家俞平伯，而后两位，一个是俞曲园的孙儿，一个是曾孙。

俞平伯是俞樾最疼爱的长曾孙。俞平伯在苏州出生时，俞曲园已 80 高龄了。俞平伯儿时爱拿笔东涂西抹，俞曲园便自制描红纸，诱使他涂抹三字经。有诗为记："娇小曾孙爱如珍，怜他涂抹未停匀；晨窗日日磨丹砚，描纸亲书上大人。"

1919 年，毕业于北京大学的俞平伯投身"五四"新文化运动，以写新诗、白话散文而被誉为"五四俊才"，是中国白话诗创作的先驱者之一。当年，他和朱自清共游南京秦淮河，曾以《桨声灯影里的秦淮河》为题，各写一篇散文，轰动文坛。此后，俞平伯转向了对《红楼梦》的研究，著有《红楼梦八十回校本》《红楼梦研究》《脂砚斋红楼梦辑评》等重要著作，和胡适同为"新红学"的代表人物。20 世纪 50 年代，他遭受猛烈的政治围攻，得以平反后，便一直致力于文学创作和红学研究，直到 1990 年以 90 高龄逝世。

雷峰塔倒掉的那个日子，是年轻的俞平伯携夫人许宝驯在俞楼居住后不久。他与俞楼，有着一段短暂而深远的情缘。1920 年 4 月，俞平伯从英国留学回来，受聘于杭州第一师范学院，和夫人客居杭州。当时的俞楼因俞樾晚年回到苏州而荒置。由于种种原因，直到 1924 年，俞平伯才得以入住俞楼。入住后的第二天，他就无比欣喜地写下了这样一段文字："这是我们初入居湖楼后的第一个春晨……今儿醒后，从疏疏朗朗的白罗帐里，窥见山上绛桃花的繁蕊，陡然的明艳欲流……今朝待醒的时光，耳际再不闻沉厉的厂笛和慌忙的校钟，唯有琐碎妙闲的鸟声一片，密接着恋枕依依衾的甜梦……"

1925 年，俞平伯离开杭州，回到北京任职燕京大学。虽然在俞楼只待了短短的九个月，俞楼却带给俞平伯无限惊喜，激发了他强烈的创作欲望，留下了《西湖的六月十八夜》《竹萧声的西湖》《忆江南》《眠月》《春晨》《西泠桥上卖甘蔗》等一篇篇美文：

> ……轻阴和绯桃是湖上春来时的双美……它们固各有可独立之美，但是合拢来却另见一种新生的韶秀……无论浓也罢，淡也罢，总像无有不恰好的。
>
> ——《绯桃花下的轻阴》
>
> 我住楼上，其上之重楼旁有小台。我就登临一望啊！这一望呀……"
>
> ——《楼头一瞬》

朱自清说：俞平伯是与西湖"粘"在一起的。回到北京后很多年，俞平伯对俞楼、对西湖，总有"一种茫茫无羁的依恋，一种在夕阳光里，街灯影傍的依恋"。

春日午后，我穿着布鞋，一个人慢慢走在俞楼里，闻到了一种遗落在时间里的馨香——"斯文一脉，累代相传"，那是俞楼日夜浸淫在袅袅书香中的女人们，为俞楼注入的一种别样的馨香。

俞樾的结发妻子文玉，是他青梅竹马的表姐，两人情深义重，辗转流徙，不离不弃。得知丈夫部考第一的喜讯后，文玉在信中回了一首诗："耐得人间雪与霜，百花头上尔先香。清风自有神仙骨，冷艳偏宜到玉堂。"既是恭喜，又警醒他。俞樾被罢官回乡永不再用时，文玉又温言软语，极尽安抚。多年的漂泊艰辛，使文玉很早就开始掉牙，俞樾心痛不已，将妻子的落牙细心包好。文玉仙逝后，六十一岁的俞樾也开始掉牙，他把落齿与那颗珍藏了多年的文玉的牙齿收到一起，一同埋在俞楼后面，取名为"双齿冢"，并写下了"他日好留蓬颗在，当年同咬菜根来"的动人诗句。

俞平伯的夫人许宝驯，是俞平伯的母亲许之仙的侄女，也是杭州书香大家出身，自小受过良好的文化熏陶，唱起昆曲字正腔圆，还能填词度曲，1922年，俞平伯创作出版的第一部新诗集《冬夜》，就曾由夫人亲手誊写过两遍。在漫长的岁月中，他们夫唱妇随，唱曲吹笛，填词谱曲，神仙眷侣般，给幼小的外孙留下童话般的印象："外公租了人工摇的乌篷船，带了笛师，带了吃喝的东西，把船飘在后湖上唱曲子。一群游客围着听，都觉得很惊奇。"结婚六十周年之际，俞平伯写下一百句七言长诗《重圆花烛歌》纪念"婉婉同心六十年"。

就连俞家的小孙女，也被一脉书香耳濡目染得格外聪慧伶俐。杭州灵隐的冷泉就有一个有趣的典故：当年俞曲园偕同家人游冷泉时，见亭上原有一联："泉自几时冷起？峰从何处飞来？"俞老夫人说：此联问得有趣，何以作答？

俞曲园应声答道：泉自有时冷起，峰从无处飞来。

俞老夫人说：不如改为"泉自冷时冷起，峰从飞处飞来"。

小孙女听了，笑道：也可答为"泉自禹时冷起，峰从项处飞来"。

俞曲园问：项处是何出典？

小孙女答：项羽"力拔山兮气盖世"，若不是他把山拔起，山安得飞来？

众人开怀大笑。

春日午后，我穿着布鞋，一个人在俞楼里慢慢走，仿佛还能听到遗落在时间里的笑声。几经翻建的俞楼，故去的生活气息已荡然无存，俞樾一生最重要的著作《春在堂全书》250卷还整整齐齐地码在玻璃柜里，隔着玻璃，仿佛仍能闻到一缕袅袅书香，就像依然飘荡在俞楼的一脉相承的精魂——简朴，平静，凝重，还有温暖。

假如，可以像俞楼的人们，一生都埋头在挚爱的书香里，同声同气，相濡以沫，这何尝不是一种最美好的人生？

孤山不孤

孤山的孤独，是一种充盈的寂寞。

一、从冬天说起

在孤山的时间深处，彳亍着一个人。

这个人大约四五十岁，很清瘦。胡须在柔韧的西湖风里，斜斜地指着一个方向，衣袂也斜斜地指着同一个方向。于是，他和他身边同样清瘦、同样指着一个方向的柳条一样，看上去非常的飘逸，而且固执。

当这个人从西湖北岸走过来，踏上西泠桥的刹那，如一只光洁的鸡蛋从蛋壳中脱颖而出，一切繁华的背景被他抛在了身后。他走下西泠桥，往左拐，沿着一条小道，慢慢踱到了孤山的东北麓。

孤山是西湖北部的一个岛，因独处湖中而得名。是湖中最低的山，最大的岛，离堤岸最近，仅一桥之隔。就是这一桥之隔，既隔开了喧闹和清静，又使人们在任何时候，都可以随意去孤山走走。

沿着平缓的绿色山坡往上走，踱进花树掩映下的幽深小径，就像走进只属于你一个人的心绪里，曲曲折折，明明暗暗，但终究会豁然开朗。停下来，放眼远眺，烟波浩渺的西湖和你隔着一层镂空的枝叶，感觉很远，又很近。随意找块山石坐下来，吹吹风，叹叹气，心便会慢慢静下来。

多少年来，人们把孤山当作放牧心灵的草原。当然，羊放过风，吃过草，总是要回家的。因而，直到一千年前，这个中年男人出现在孤山前，没有哪个属于闹市的人动了真心要在孤山住下来。

一千年前的那个早晨，一只飞鸟从孤山飞过，看见了这一时刻：一个人走下西泠桥，走进了孤山坦荡的怀抱。

这个人将手搭在已经有些皱纹的额上，皱起眉，朝山后的天色看了看。

孤山南麓的天比北麓的蓝，飘着单薄的几朵云，山顶的枝枝叶叶被八九点钟的阳光刻成了一幅巨大的剪纸。

那么，等太阳照到北麓，该是下午了吧？

他低下头，陷入了思考。

这时，有一种声音渐渐朝他逼近——是孤山南麓的湖水在金色的阳光下耀眼的光芒，是渔船丰收后的欢唱，是游人在错落有致的亭台间笑闹，是文人雅客们落地有声的咬文嚼字，是卷帘掩映后的江南丝竹……

他突然觉得有点烦。这些来自儿时记忆里温暖的声音，他并非不喜欢，但此刻，他却想远远地避开它。否则，他没有必要从更加繁华的远方回到故乡钱塘为自己找一个安身隐逸之所。

就是这儿了！背阳的地方永远比向阳的地方清静。这个人在心里说。

从此，这个人留在了孤山，这一留，就是二十年，一段"梅妻鹤子"的千古佳话也随之拉开了序幕。

这个人就是北宋著名诗人林和靖。他生于钱塘（杭州，隋朝之前称钱塘），原名林逋，从小资质聪慧，立志为学。成学后，游学于江淮间，以诗会友。他作诗填词、书画绘画，造诣精深，但秉性恬淡好古，无视富贵功名，不求荣华利禄，自题："道着权名便绝交"，一生不出仕，连宋真宗都请不动他。

历史的细节果真是我想象的那样吗？

不知道。

当我在一个雪霁的午后来到孤山，在刺骨的寒风里渴望阳光快一点从孤山南麓移到北麓来时，我实在匪夷所思：

生前死后，林和靖都将孤山东北麓作为自己的安身之所，那么，他为什么会对难得一见阳光的孤山东北麓情有独钟，而不是向阳的南麓呢？

他来孤山之前，孤山有梅吗？

他种下三百六十棵梅树，本意是为观赏，还是为生计？

历史永远只记住晦涩的结论，而忽略有血有肉的细节。

书无法告诉我答案，我期望在梦里遇见他。

在相当长一段时间里，林和靖是忙碌的。他选了孤山东北麓一块高地，围了一个园子，在云树掩映下结茅为室，编竹为篱，美其名曰"巢居阁"。用他自己的话说：

> 绕舍青山看不足，故穿林表架危轩。
>
> 但将松籁延嘉客，常带岚霏认远村。

又临水修了一个水轩，置了一些简朴的家具，便在那儿住了下来。

如果说，孤山是母亲的怀抱，巢居阁便是母亲的子宫，让他终于有了"回归"的感觉。

转眼，冬天到了，下雪了。

孤山仍然是他儿时记忆里的孤山，经历了几十年风霜后，如久违的家人，乍然相见，百分之二十的陌生感融化在百分之八十与生俱来的亲近感里。他一个人，孤山也一个人，孤山的一切，便成了他的伴。他凝视一棵草，草就是伴；他靠在一棵树上，树就是伴；他和一只乌鸦说话，乌鸦就是伴；他仰头看一朵云，云就是伴……不仅孤山，整个西湖山水，对于他，都是如此。

然而，闲放孤舟遨游湖山时，一种时有时无的失落感侵扰着他。总觉得，孤山——这天籁般美妙的乐章里，还缺少一种音韵，是什么呢？

一个雪霁的清晨，他从长夜中醒来，忽觉暗香盈室。他吃惊地推开了窗。一树梅花，正远远地依水而立，如他命里的知音，毫无预兆地猝然来到了他的生命里，并恰恰暗合了他内心深处最本质的秉性。他的眼里慢慢涌起了泪，那颗似乎仍在流浪的心，终于找到了最终的归宿。爱的潮水汹涌而来——是对女人、伴侣、妻子那样的爱。

于是，次年春天，他在屋子周围的山地上开始栽种梅树，第二年接着种，第三年还种……日积月累，整整种了360株。

就像现今的文人，原先把写文章当作玩，后来慢慢当成了谋生的技能。林和靖一开始种梅是喜欢，后来竟成了他的衣食来源。他把360株梅子所卖的钱，包成360包，每日取一包，或一钱二钱，用作当日的开支。从此，这个人的生活不知不觉间进入了一种令古人和今人无比羡慕的状态——不富，但衣食无忧、清闲自在——一种特别"小资"的理想生活。有人说他作秀，有人说他是与现实过不了几招，败下阵来才屈身隐退……他不管这些，他喜欢，什么挡得住喜欢？

> 水墨屏风状总非，作诗除是谢玄辉。
>
> 溪桥袅袅穿黄落，樵斧丁丁斫翠微。
>
> 返照未沉僧独往，长烟如淡鸟横飞。
>
> 南峰有客锄园罢，闲依篱门望却归。

这首《孤山后写望》，把他从容的生活活生生地展现在人们眼前。

这是平常的日子，而梅花开时，他便经月不出门，饮酒作诗。

是怎样的一个月夜？他来到湖边，站在梅下，吟出了流芳百世的那句诗：

疏影横斜水清浅，暗香浮动月黄昏。

梅静静依水而立。

梅听懂了这一千古绝唱。

梅用芬芳的话语回应着他。

梅想，我是多么幸运的一树梅啊。

梅成了他的妻。

他永远坚贞的妻。

后来，他临终时，对满山梅树说："二十年来，享尔之清供，已足矣。"他死后，梅林似有感应，慢慢荒芜了。到如今，孤山已找不到一棵古梅了。

当然，他还养了两只鹤。

林和靖虽然隐逸了，但名声远播。上至当朝者，下至四方达贵、百姓，对他钦佩有加，当时来造访的人很多。如郡守薛映特别景仰他和他的诗，因而政事之暇，时常到孤山来，与他吟诗唱和。当他外出游玩，或者踏访寺僧时，如果有客人来到家中，家僮就会把客人请进屋，然后把鹤放出去，招呼主人返回。

鹤轻轻掠过天空。

鹤一眼就能认出他。

鹤停在他肩上，默默无语。

鹤成了他的儿子。

他永远孝顺的儿子。

后来，他临终时，抚摸着鹤的身子说："我欲别去，南山之南，北山之北，任汝往还可也。"但他死后，鹤没有飞走，而是在他墓前悲鸣而死，后人将它们葬于主人的墓侧，取名鹤冢。

他走了，鹤死了，梅也死了，巢居阁也死了，留下空谷回声，如他的来处——母亲子宫里的余音，一绕一千年。

现在，他在时间的深处，睡着。

雪霁的午后，几枝新种的蜡梅在他的坟边，隔着一条小路，散发着难以觉察的幽香。几个少男少女笑着叫着在他的坟边打雪仗。

墓碑上，记载着元代林和靖墓被盗时，发现棺中只有一块端砚、一支玉簪的事。有人说，他死后，便已"夜下玉棺葬湖水"。其实，他已与孤山融为一体，睡在土里，睡在水里，都是一样的。

我伸出手，轻轻触摸了一下被残雪覆盖着的坟头。

我的手冰冷冰冷的，他的坟头也冰冷冰冷的。相隔整整一千年的时空，此刻，我们却已心犀相通，因为这相同的接近零下的温度。

一阵风吹过来，树上的积雪纷纷而落。

我仰起脸，看见高高的雪杉树在下雪，在金色的阳光里下雪。

二、春天里的轻舞飞扬

在孤山，在时间的更深处，徜徉着一个人。

春天，当我一个人沿着北山路，走到西湖边，在西泠桥畔，就会遇见她——一个才情兼备、风华绝代的江南女子。

她旁若无人地与我擦肩而过，小巧玲珑，巧笑嫣然，黑发飘飘，白衣飘飘，步履飘飘，仿佛一个影子。

的确是一个影子。是我心里那个永远清丽脱俗的影子，那个和我同姓苏却离我一千五百多年的影子。

她，就是南齐时杭州著名歌伎苏小小。

春天，当你一个人沿着北山路，走到西湖边，在西泠桥畔，会遇见一座和她有关的古亭——慕才亭。

金粉六朝香车何处，才华一代青冢犹存。

千载芳名留古迹，六朝韵事著西泠。

两副楹联，将你带回遥远的钱塘——

苏小小出生于钱塘一户儒商之家，是独生女儿，因长得玲珑娇小，就取名小小。她聪明灵慧，又深受家风熏染，自小能书善诗，文采横溢。可怜她十五岁时，父母就相继谢世，怕睹物伤情，便变卖了家产，和乳母贾姨移居到青山环绕、碧水盈盈的西泠桥畔，在松柏间造了几间瓦房。一院梨花，一墙书，一张古筝，几件朴素的家具，陪伴着她远离红尘的闲居生活。

> 妾本钱塘江上住，花落花开，不管流年度。燕子衔将春色去，纱窗几阵黄梅雨。
>
> 斜插犀梳云半吐，檀板轻敲，唱彻黄金缕。望断行云无觅处，梦回明月生南浦。

一个女子，年轻加上才华已经是一种富足，上天又赋予她绝世美貌，让人心里隐隐的不踏实，上天再赋予她一个个自由而寂寞的日子，便注定了她生命的凄丽。苏小小，这位才貌双全的少女，以她的花容月貌和用以遣怀的诗词，令无数仕宦客商、名流文士心醉神迷，纷纷慕名前来造访，哪怕只与她对坐清谈，或远远地听听她的琴声歌声。

对于人们而言，苏小小就是那座孤山，自然、幽深、神秘、美丽、不俗，虽一桥之隔，想离开，却吸引着你，想深入，却婉拒着你。

每当春天来临，西湖边群芳吐蕊，嫩草如金。踏春的人们就会看到一辆装饰艳丽的油壁车，行在西湖边。习习清风里、杨柳碧波间，苏小小缓缓走下车，气定神闲，临风而立。湖山因她而成了仙境，她仿佛一位落入凡间的精灵，霎时照亮了整个西湖，拨动了无数人的心弦，在那个非同寻常的春天里，也拨动了名门公子阮郁的心弦。

他爱上了她，爱她的才貌，更爱她的内心，那种远离平庸和复杂的率真。她从来不在意世人的评说，她觉得，上天赐她美，她把美展示给世人，就像一朵花的开放，是自然的，美好的，而不是罪过的。

他们相遇，相知，相爱，尽情享受因山水而美丽的爱情，因爱情而更美丽的山水。

妾乘油壁车，郎骑青骢马。

何处结同心？西泠松柏下。

苏小小放声高歌，毫无保留地歌唱着她的第一次爱情，也唱出了她执子之手、与子偕老的深切愿望。

于是，贾姨妈做主为他们定下终身，选了个黄道吉日，张灯结彩，备筵设席，办了婚事。

不久，阮郁的父亲听说儿子在钱塘与妓女混在一起的消息，恼羞成怒。虽然苏小小并不卖身，但在人们眼里，她终究是"诗妓""歌妓"。他立即派人将阮郁骗了回去，严加看管，不许他外出半步。

从此，苏小小失去了此生唯一的爱情，也迷失在万劫不复的命运里。她一天天盼着他回来，却一天比一天失望，一天比一天心灰意冷。她的身边从不缺少爱她的人，但是，她纯净如初的心只装得下一个人。

她的性情变得更加孤傲，因而得罪了朝廷命官，以借诗讽喻、藐视朝官等罪被判入狱，关了数月，生了场大病。而对阮郁的苦苦等待最终换来的是伤心和绝望。

又一个春天来临了，苏小小穿过满院洁白的梨花雨，一个人来到西泠桥畔，孑然独立。她侧耳倾听着，仿佛真的听见了那熟悉的马蹄声。她朝着马蹄声飞奔过去，却被自己顿然醒悟的泪水绊住了脚步。

天下着蒙蒙细雨。孤山与她只一桥之隔，却像隔了一年那么远。春天的往事，虽然只有一年之隔，却已如同隔世，唯有那份伤痛，如同记忆深处孤山的曲径亭台，已经烙在孤山的灵魂里，每一步，都痛彻肺腑。

一阵湖风吹过，银针般的雨丝扎在她脸上，孤苦伶仃的水鸟的影子投进了她的心里，寒意浸入了她的骨髓。

小小的风寒，对于一颗枯萎的心，便是一场致命的风暴。十八岁的苏小小，因这场调治不及的感冒而香消玉殒。临终前，贾姨妈问她还有什么未了之事，她微笑着说，我能在青春年少最美的时候死去，是上天对我的仁慈。此生别无他求，只愿埋骨于西泠，不负我对山水的一片痴情。

是啊，没有美的生命，仍然可以很精彩。没有爱的生命，即使长过百年，又有什么意义？

但青春年少死去，她果真心甘吗？如果，她仍然拥有阮郁的爱情，她何尝不想与他白头到老，即使老态龙钟，难看至极，即使世人都离她而去？如果他仍然拥有阮郁的爱情，她会忽视那场小小的风寒吗？

"墓前杨柳不堪折，春风自绾同心结"，世人怎知一个妓女的坟里，埋着一颗怎样痴情的江南女儿心？后人怎知西湖水里，凝结着多少江南女子执迷不悔的泪？

我曾经在孤山固执地寻找苏小小的墓。后来在书上看到，其实她的墓早就不在了。如今的孤山是一个真正的公园，谁也不可能来这儿买块地，住下来，或者长眠。幸存下来的几位名人的墓都被修缮一新，成了有名无实的景点。但我知道，她在，在孤山的深处，睡着，"草如茵，松如盖。风为裳，水为珮"。

她在安睡吗？

还是，会时时从梦中惊醒，站在翩翩起舞的月光下，聆听远处那永远不会响起的马蹄声？

春天，我一个人，沿着北山路，走到西湖边，在西泠桥畔，又遇见了她。

她旁若无人地与我擦肩而过，小巧玲珑，巧笑嫣然，黑发飘飘，白衣飘飘，步履飘飘，仿佛一个影子。

定睛看，却是一位衣着时髦的妙龄少女，正轻盈地向着孤山走去。

游人如织，瞬间把我们分隔成了两个世界。

忽然想起在网上不知谁留的一个帖子，开头忘了，只记得让我动容的结尾：

半年之后，他决定启程回国，回来找她。他找遍了西湖北岸的旅馆，最后在孤山对面的香格里拉找到了一点线索。服务台的小姐说半年前的确曾有过一个像她那样的小姐来订过房间，三〇六。他按捺着狂跳的心，走了进去。

湖水在一面墙壁的窗户外面，蒙了层水雾，那是中午的景象，平和宁静，苏堤上柳树依旧，白堤上孤山依旧。她应该看到这些，在他所在的位置。

在窗台的角落里，留着一些极细的铅笔字。不会有人注意，除了他。那是她留给他的一首重见西湖的小词。

他呢喃地读过，边读边用食指仔细地擦去，读完后无力地抓过一把白纱窗帘埋首其中。纱帘中陈腐的灰尘堵住了他的鼻息，那些流出的泪水浸出很快就会阴干的痕迹，西湖上的夜灯渐渐地亮起来。

……

多么相似的两个故事，相隔整整一千五百年。一千五百个春天在西湖来来往往，却带不走一滴湖水，一丝垂柳，一片碧桃。一个一个脚印重叠着，一场一场相似的爱恨情仇还在上演。

我回过头，果然看见，西湖上的夜灯渐渐亮了起来。

三、夏·37°2

六百年前，孤山的古梅花又开了。

爱梅的冯小青却已一病不起。

孤灯下，她呆呆地望着挂在床边的一幅画像。画中的她斜倚在梅树旁，生动逼真，美轮美奂，呼之欲出。画外的她，病入膏肓，憔悴不堪，形吊影只。

老仆妇已经无数次端进新熬的药，但都被冯小青拒绝了。老仆妇当然不明白，她拒绝服药，是已觉此生再无甜味，怎么还愿意喝下这一碗又一碗凄苦？

往事如梦。

十岁。广陵太守府中来了一个化缘的老尼，见了太守府唯一的宝贝女儿——秀丽端雅、聪颖伶俐的冯小青，转身对太守夫人小青之母说："此女早慧命薄，愿乞作弟子；倘若不忍割舍，万勿让她读书识字，也许还可有三十年的阳寿！"

十六岁。朝政喋血，冯家成了新帝的刀下鬼，株连全族。冯小青恰随一远房亲戚杨夫人外出，幸免于难，随杨夫人逃到了杭州，寄居在曾与冯父有过一回交往的经营丝绸生意的冯员外家中。

十七岁。嫁与冯员外之子冯通为妾，只过了短短一个月甜蜜的日子，从此陷入了无尽的孤苦之中。

梦是什么？是生与死之间的必经之路吗？生命的最后，

这个孤独的灵魂一直游荡在半梦半醒之间，一闭上眼，一幕幕不堪的旧戏就自动重演。

是梦，还是回忆呢？

……白梅开了。在广陵旧宅的闺阁前，她和侍女们一起，从梅花枝上扫下晶莹的积雪，烧梅雪茶，猜谜语，对诗……欢声笑语惊落了片片白梅。

……白梅开了。在杭州的冯家小院里，他们相遇了。那天，杭城下了第一场春雪，到处银装素裹，冯家屋外的几树白梅，正迎雪吐蕊，清香溢满小院。飘落异乡的冯小青又见到了熟悉的梅花映雪，忧郁的心空闪出了一片晴朗。于是，她找了一个瓷盆走出房间，从梅花瓣上收集晶莹的积雪，准备用来烧梅雪茶。这时，他——冯家少爷冯通从院门外走进来，走进了那个芬芳的午后，也走进了她的生命里。

他们相爱了，却如同雪与梅的缘分，注定了美丽，也注定了短暂。

冯通是有妇之夫。为了爱情，冯小青作为名门千金，嫁他为妾，毫无怨言。

那是一个多么温暖的春天啊！他们朝夕相伴，天地间再没有了任何苦难和酸楚，只写满了一个字——爱，爱，爱。冯小青以为劫难已过，否极泰来，在西子湖畔重新抓住了幸福的人生。

然而，短短的一个月后，劫难又来临了。迫于原配夫人崔氏的泼辣横蛮，冯小青被赶出家门，住在孤山别墅，只有一位老仆妇相伴，与心上人咫尺天涯。一开始，他还来看看她，但每次都来去匆匆，被大太太派来的人催逼回去，渐渐地，他的踪影越来越少了。

那是一个多么寒冷的夏天啊！葱茏的孤山在她眼里如沙漠一样荒凉。每一片绿荫、每一阵清风，每一声蝉鸣，带给她的不是清凉，而是直逼肺腑的阴冷。

那又是一个多么酷热的夏天啊！每一个漫长的日子，都是一团烈火，烹煎着一个字——等，等，等。

孤山的第一朵花醒来之前，她已经醒了。孤山的最后一颗星落了，她还没有合眼。空寂的孤山，让冯小青如此厌恶。如果说还有什么能令她想多看一眼，让她留恋片刻，就是那两朵刚刚盛开的并蒂莲了。

两朵花，生死相依，一样的幸福，写在两张一模一样的脸上。

……白梅又开了。孤山的梅花看尽人间盛衰，却无语安慰伤心的小青，无声的花瓣雨，和小青两行无声的泪，化成一束悲诗：

> 冷雨幽窗不可听，挑灯闲看牡丹亭。
> 人间亦有痴于我，岂独伤心是小青。

冯小青知道，人世间，有很多和她一样孤独的女子，从这个角度看，她并不孤独。然而，孤独是属于每个人自己的，世界上没有任何一个人可以分担另一个人的孤独。即使同样孤独的两个人紧紧相拥，孤独仍然在各自的心里，永远在。

也许只有自己才能分担自己吧，像泪，流到嘴里，又咽回肚里。

于是，小青重金请画师为自己画了一幅依梅而立的画像，挂在床边，每天呆呆地望着画中的自己，与她作心与心的交流：

新妆竟与画图争，知是昭阳第几名？

瘦影自临春水照，卿须怜我我怜卿。

秋天又来了，画中人光鲜依旧，画外人却已茶饭不思，缠绵病榻，日渐衰弱。看看画像中的自己，再看看镜中的自己，她掩面步出了房门。

多久没有出来看看孤山了？其实，一直默默承受自己所有爱恨悲欢的，是孤山。给她抚慰的，也是这自己时刻想逃离的孤山啊。

乍然相见，秋光里的孤山，叶落了，荷枯了，草凋了，竟像洗去了一身凡尘，突然变得那么开阔，澄明，安详。

那一刻，冯小青什么都明白了，也把什么都放下了。

从此，她拒绝服药，直到死。

那一年，她还不满十八岁。一个十八岁的女孩，在如今，才刚刚读上大学，刚刚开始风光旖旎的梦幻。而在孤山的时间深处，冯小青却已历经沧桑，受尽世态炎凉，再也不愿意继续一天比一天更凄惨的梦境，决绝地关上了自己的心门。

冯通，那个喝西湖水长大的暧昧男人，在听到小青的死讯后，才不顾一切地赶到了别墅，抱着她的遗体大放悲声："我负卿！我负卿！"还是这个冯通，不但任她孤独地活着，任她孤独地死去，最后还将她安葬在孤山，让她一个人永远孤独地睡在那儿。

如果小青地下有知，她会怨恨他吗？短暂的一生里，她受了那么多苦，有谁比她更有理由去怨恨这个世界呢？

可是她没有。

> 稽首慈云大士前，莫升西土莫升天。
>
> 愿为一滴杨枝水，洒到人间并蒂莲。

爱情是一座炼狱，一念之差可以使人变成天使，也可以变成魔鬼。冯小青——这位世俗眼里的怨妇，爱情对她如此不公，她却在爱情的炼狱里超脱了恨与怨，将爱情升华成一种更为博大的爱，写下了如此动人的诗句。她看到的已经不是自己的痛苦，而是人世间夫妇很少幸福美满的事实，因此，她不求死后升天做仙人，而是愿化作菩萨净瓶中的一滴甘露，洒向人间，保佑天下伉俪情深。

是谁给了她这样的胸怀？

是孤山吗？

六百年后，我和朱、许、李坐在孤山对岸的上岛咖啡馆喝茶。

朱说："文革"前，冯小青的墓还没有被平掉。小时候，我们玩得很疯，有一天天黑了，亲眼看到她的坟茔边燃烧着一种蓝色的火焰。我还记得当时我和一位小伙伴打赌说：那蓝荧荧的鬼火到底是热的还是冷的？

我说：结果呢？

他想了想，说：忘了。

我说：37°2。

他说：37°2？

我说：有一部电影叫《37°2》，是法国著名导演雅克·贝内克斯 1986 年的作品。医学上来说，37°2，是人正常体温的极限，是心脏骤跳的温度，激情燃烧的温度。

也是夏天的温度。

爱情的温度。

四、一个和秋天有关的名字

她来到孤山的时候，是躺着的。

她已经躺在灵柩中长睡不醒。但睡着的她来到孤山，却仿佛唤醒了孤山，它阴柔宁和的眉眼间陡然增添了一股英气。

等一碗乡愁 / 苏沧桑

曾经是一位养在深闺的纯真少女，有一个美丽的名字"璇卿"。

她喜欢春天。柳树刚开始发芽，她便穿上凤头鞋和绣罗裙，和女伴一起去福州郊外踏青，听一听黄鹂的啼鸣，走一走芳草萋萋的河堤，望一望弯弯的流水，感怀水中漂逝的点点落红。她的内心无比明快，春天在她眼里是这样的：

> 寒梅报道春风至，莺啼翠帘，蝶穿锦幔，杨柳依依绿似烟。

她也歌唱夏天：

> 夏昼初长，纨扇轻携纳晚凉，浴罢兰泉，斜插素馨映翠钿。

即使是萧索的秋天，在她眼里也别有情趣：

> 夜深小凭栏干语，阶前促织声凄凄。

冬天更是喝酒、赏梅的好时节：

> 炉火艳，酒杯干，金貂笑倚栏；疏蕊放，暗香来，窗前早梅开。

她也曾经是一位满腔柔情的少妇、满怀爱意的母亲。

十八岁，父亲将她嫁给湘潭的富绅王家之子王延钧为妻。新婚宴尔，鱼水和谐，三年中生下一子一女。后因丈夫纳资谋到了一个部郎的京官，便随他来到了北京。作为一个旧时代的女人，她原可以做个本分的官太太，相夫教子，过完平淡而舒适的一生。

然而，她不是别人，她是"身不得男儿列，心却比男儿烈"的秋瑾。

国家都快完了，民族都快亡了，男人们却还在醉生梦死，她的心里燃烧起侠烈和悲悯两团烈火，把从前的秋瑾烧死了，一个叫"竞雄"的秋瑾诞生了。

秋瑾离开已形同陌路的丈夫，抛下一双儿女东渡日本寻找革命同志。出发前，她改穿男装，特地留影，将一张男装的照片赠给来送她远行的挚友。

她说，女子不弱，国势才不会弱。

她说，女子要有学问。

她说，女子一定要自立，不应事事仰仗男人。

她洗去脂粉，并不是不要做女人。生不逢时，她只能像男人一样去拼搏，争一片真正属于女人的天空，让她们堂堂正正地活在自由、平等、尊严的空气里。

于是，她像男人一样，辗转东洋、上海、绍兴。像男人一样主持光复会在绍兴的训练基地，起义，失败，被捕。像男人一样经受酷吏的严刑拷打。像男人一样穿着破旧的白衫，游街示众，被蒙昧的人们唾骂"女匪"。最后，在那个血色黎明，在绍兴的古轩亭口，像男人一样被砍头，结束了她秋天般惨烈而绚丽的一生。

死时，她还不满三十三岁，身边没有一个亲人。

死后，她被抛尸街头数日。她的生前好友吴芝瑛等人冒着杀头的危险，历经艰险，按照她的遗愿，将她的尸骨收葬在杭州西泠桥畔孤山西麓。然而，她仍不得安宁，被平墓，棺木几经周折，送到夫家，又被拒留。直到中华民国建立后，由秋社发起，还葬西泠，才得以安息。

物换星移，又是一个春天。

孤山的杜鹃花开了。排成一列一列的小学生，冒着绵绵细雨，来到她的塑像前，献花，敬礼，朗诵。也有很多组织来敬献花圈，纪念她，在她面前举行入党宣誓仪式。

撑着伞，站在她的塑像前，我惶惑。

这分明是一位外表柔弱秀丽的江南女子，目光凌厉，却分明透着一丝温柔。那么，在她日夜奔波的年月里，某个夜深人静的时刻，她会突然想念远方的亲人吗？

她也会觉得累吗？

她会哭吗？

她，也需要爱与呵护吗？

生前，她便嘱托好友，死后，将她葬在西泠桥畔。为什么？仅仅因为仰慕岳飞，还是有什么别的缘由？或是，生前，她无缘做一个幸福的女人，又不甘做一个愚昧平庸的女人，因而，死后，她要重做一回无忧无虑徜徉山水之间的璇卿？

料峭的春寒渐渐带走我手指的温度。

没有人告诉我正确答案。

突然，我特别想回家。回家，把手放进另一双手里，那双能时刻给我温暖的亲人的手。

离开孤山，走上西泠桥，我回过头，用目光与她作别。

她，一个人，站在风雨里，很单薄的样子。

我深深祝福她，在另一个世界里，也有一双可以暖手的手。

轻轻合上电脑，却合不上孤山的烟雨，满怀愁绪久久盘萦不去。恍惚间，印满字迹的纸，仍空冥洁白，若无一字。孤山孤山，也许，从来没有人真正读懂过你，我又如何说得清，你本孤独还是我本寂寞？

还是什么也不说了。

今夜，风月无边。就让我坐在你身旁，与你一起，沉默。

青山不老

赖有岳于双少保，人间始觉重西湖。

——清·袁枚

一、知音少，弦断有谁听？

公元 1142 年农历十二月二十九夜，临安（现杭州）大理寺。

一杯毒酒穿肠而过，该有多痛？

比母亲将"精忠报国"四个字一针一针刺在背上还痛吗？

比目睹山河飘摇时一声"还我山河"的嘶吼还痛？比"莫须有"之罪还痛？比严刑逼供还痛？比 39 岁英年最后的绝笔"天日昭昭，天日昭昭"还痛吗？

毒酒穿肠而过，在冬夜彻骨的寂寒里，岳飞轰然倒下，大地开始颤抖，整个南宋开始颤抖。

三十年前，母亲用我的第一笔稿费，买了四轴巨大的字画，挂满了三楼雪白的一面墙，从左到右，第一幅是岳飞的《满江红》，然后是苏轼的《赤壁赋》《水调歌头》，还有一幅我忘了。

从左到右，从上到下，我在心里一字一句地默诵着那些字句——

怒发冲冠，凭栏处，潇潇雨歇。抬望眼，仰天长啸，壮怀激烈。三十功名尘与土，八千里路云和月。莫等闲，白了少年头，空悲切。

靖康耻，犹未雪；臣子恨，何时灭。驾长车，踏破贺兰山缺。壮志饥餐胡虏肉，笑谈渴饮匈奴血。待从头，收拾旧山河，朝天阙。

念着念着，我听见一个懵懂少女心里有一个声音说：我爱他。

那时候，故乡靠山的南窗吹进来一阵一阵春风，混合着从山的另一边飘过来的海水的气息。那时候，我还没有去过杭州，不知道岳飞就葬在那儿，我也没有去过比杭州更远的地方，无法想象与江南小镇截然不同的大漠孤烟、飞沙走石、铁马金戈的时空。可是，那时候，我日日夜夜念着这首诗，看到他一次次从那幅字画中走出来，真真切切地站在我面前，他帽子上的红璎珞随着阵阵南风微微晃动。我在课文里找到他的《出师表》，在课外找寻他的《小重山》《五岳祠盟记》，在历史深处，找寻有关他的一切史实或者传说，像一个恋爱中的少女，想知道那个人的一切。是的，假如我是一个古代的女子，假如我可以爱一个男人，那个人就是岳飞。

不仅因为，他是旷世奇才，他是中国历史上最著名的战略家、军事家、抗金名将，是世界历史上胜率最高的将领之一，是两宋以来最年轻的建节封侯者，他还是书法家、文学家，最重要的，在一个少女心里，他是一个懦弱时代最阳刚的男儿，也是最有魅力的男人。

公元 1103 年普通的一天，河南汤阴一户普通农家的屋顶上突然掠过一只大鸟，飞鸣着，盘旋着，与此同时，屋顶下一个男婴呱呱坠地。这户岳姓人家便给他取名"飞"，字"鹏举"。岳飞长大成人时，正值宋朝危亡之秋，20 岁应征入伍，临行前，母亲姚氏脱下他的衣服，在他的后背刺上了"精忠报国"四个字。

带着那四个字，他出发了。他是一个伟男子，能"挽弓三百斤，弩八石，能左右射"，他武艺绝伦，勇冠三军，毫无悬念地不断得到赏识和重用。公元 1134 年，他第一次北伐大获全胜，被擢升为清远军节度使，全军将士欢欣鼓舞。那是一个秋天，骤雨初歇，江山明丽，本该志得意满的他，却陷入了更深的忧虑。他深知宋高宗一心议和，收复失地、洗雪靖康之耻的志向难以实现，凭栏远眺，感慨万千，一首气壮山河、传诵千古的名篇《满江红》脱口而出。

《满江红》余音未了，果然如他所虑，无论他怎样努力，担忧仍然变成了事实。公元1141年，金国再犯淮西，岳飞率领八千骑兵驰援，而朝廷一味求和。金兀术致信秦桧，凶相毕露："必杀岳飞而后可和。"岳飞被召回，以"谋反"罪被关进了临安大理寺，受刑审、拷打、逼供。然而，自始至终，秦桧一伙找不到任何证据。韩世忠曾当面质问秦桧，秦桧支吾其词"其事莫须有"。韩世忠当场驳斥："'莫须有'三字，何以服天下？"

天下不服又有何用？公元1142年农历十二月二十九夜，高宗下令赐死岳飞。岳飞部将张宪、儿子岳云亦被腰斩于市门。

不知道那个除夕前的夜晚，是否有大雪纷飞，是否有寒风彻骨，是否有亲近的人为他送行？临刑前，岳飞什么也没有说，提笔在供状上写下"天日昭昭，天日昭昭"八个大字。曾经，他的书法章法严谨，意态精密，又畅快淋漓，龙腾虎跃，气韵生动，此时，墨字无声，一笔一画，都是力穿纸背的悲愤呐喊！而那一声呐喊纵然惊天地泣鬼神，却撼动不了整个飘摇南宋的懦弱。

岳飞轰然倒地。夜深人静时，一个叫隗顺的狱卒冒了生命危险，将岳飞遗体偷偷背出杭州城，埋在钱塘门外九曲丛祠旁。直到死前才将此事告诉儿子，并说：岳帅精忠报国，今后必有给他昭雪冤案的一天！

岳飞沉冤 21 年后，公元 1162 年，宋孝宗即位，重振北伐大旗，下诏为岳飞平反，加封谥号，改葬西湖栖霞岭。从此，一个最刚硬的男人，睡在了最柔软的母亲怀抱般的西湖山水里。西湖山水像一下子装进了主心骨，变得沉甸甸的了。

十八岁，我来到了杭州，栖霞岭下，拜谒了岳坟，拜谒了心中的那个王。

青山有幸埋忠骨，白铁无辜铸佞臣。

这是西湖的幸运，也是我的幸运。我离他这么近，中间就隔着一堆土，一些空气，或者一阵风而已。一阵风吹过来，他石砌的坟头上一棵青草微微晃动，又一次，他从我年少时那幅南窗边的画轴上走下来，站到了我面前。

我的眼睛立刻湿了。

又一个十八年以后，或更多年以后，我常常开车经过西湖北岸，经过岳坟时，常常，我会摇下车窗，远远望向岳坟门口人山人海的更深处，问候我心里的王。岁月早已风干了我年少时的眼泪和梦想，我的眼睛告诉我，如今，这繁华喧嚣的真实世界里，再也不会有岳飞这样的男人了，更不会有很多女孩像年少时的我那样，奢望嫁给他了。

因为，嫁给他，做他的亲人，幸福吗？答案一定是否定的——

他的全家都只能穿粗布衣衫，有一次，妻子李氏穿了件绸衣，岳飞便说，皇后与众王妃在北方过着艰苦的生活，你既然与我同甘共苦，就不要穿这么好的衣服了。自此，李氏终生都没有再穿过绫罗绸缎。

念他劳苦功高，宋高宗曾要在杭州为他建造豪宅，岳飞辞谢说，北虏未灭，臣何以家为？

他乐善好施也就罢了，还经常化私为公，有一次，命令部下将自己家"宅库"里的所有物品，除了皇帝"宣赐金器"外，全部变卖，交付军匠，打造良弓两千张以供军用。南宋对军队犒赏极厚，岳飞从来不取一文，全数分给将士。

他的子女，丝毫没有沾过父亲的光，必须"自立勋劳"，每天做完功课后，还必须下地劳作，除非节日，不得饮酒。长子岳云屡立殊勋，岳飞却多次隐瞒不报。直到风波亭事件，却遭父亲连累惨死。

但是，难道他不爱他们吗？答案也是否定的。

他不纵女色，旁无姬妾。蜀帅吴玠曾试图以子女交欢，送名姝国色，被岳飞送还，说，国耻未雪，皇上都不安宁，岂有将士先取乐的道理！

他是极孝顺的儿子。母亲病了，他"尝药进饵"，母亲亡故，他赤脚扶棺近千里。岳飞说："若内不能克事亲之道，外岂复有爱主之忠？"

他爱兵如子，爱民如子。与将士同甘苦，常与士卒里地位最低下的人同食。士卒有伤病，岳飞亲自抚问，士卒遇到家庭困难，他让相关机构多赠银帛。将士牺牲，厚加抚恤，妻子李氏也时常慰问将士遗孀。如此赏罚分明官兵同心的军队，自然是"撼山易，撼岳家军难。"岳家军所到之处，"冻死不拆屋，饿死不打掳"，民众无不欢欣，"举手加额，感慕至泣"。

这样一个完美的男人，他幸福吗？答案一定也是否定的。

岳飞虽是武将，但心思敏感，文采横溢，一个特别有才华有思想有抱负的人，注定一生都是寂寞的。他浴血沙场，赤胆忠心，不为功名，只希望得遇明君，实现抱负，却一腔热血空付东流。一首《小重山》便是这个寂寞英雄的内心写照：

> 昨夜寒蛩不住鸣。惊回千里梦，已三更。起来独自绕阶行。人悄悄，帘外月胧明。
>
> 白首为功名。旧山松竹老，阻归程。欲将心事付瑶琴。知音少，弦断有谁听？

"知音少，弦断有谁听？"陡见这一句，以为是深闺秋怨，谁能想象，这一句无奈之叹，竟出自真男儿岳飞之口？

多年以后，赏识他的明主登基了，太迟了。

一百年以后，一千年以后，无数景仰他的人来了，各种肤色的知音站在他面前，然而也太迟了。

十八岁冬天后的那个春天，我开始了初恋。

北山路，岳坟旁，有一个老饭店叫香格里拉，是当时杭州最好的饭店。他第一次带我出去吃饭，去了香格里拉的一个咖啡厅，一场烛光晚餐，第一次吃到冰激凌香蕉船，味道甜蜜而复杂。

夜色深沉，西湖如历史般凄艳、凝重。烛光朦胧，我眼前的那个人也面目朦胧。那时，我不知道他最吸引我的到底是什么，阳刚？自信？霸气？仿佛都是同义词。我想，也许，都和那个永远活在我心里、那一夜睡在我们不远处的那个王有关吧。

公元 2014 年春天一个下雨的午后，一位少女从西湖北山路两岸咖啡落地窗前的雨幕中慢慢穿过。她心里的王会是谁？

二、清风两袖朝天去

公元 2013 年春天一个下雨的午后，电影《悲惨世界》在一片唏嘘中临近尾声——一滴泪从垂危的冉阿让的眼眶跌落，却没有流下，瞬间被他下眼睑沧桑纵横的皱纹吸干了。

如同，一个又一个英雄在沧桑纵横的滚滚历史里湮灭。

公元 1405 年，钱塘（现杭州）。他七岁。一个和尚看了他的相貌，面露惊异，说："这是将来救世的宰相呀。"

十年后，他已考中秀才，就读于吴山三茅观，写下了那首名垂千秋的《石灰吟》：

千锤百炼出深山，烈火焚烧若等闲。

粉身碎骨浑不怕，要留清白在人间。

陡然见此诗，有谁能想象，这是一个十七岁的少年写的，这不是应该历经磨难饱经世事后才可能有的感慨和坚定吗？也没有人想到，一个十七岁的少年在象牙塔般的书斋里写就的一首诗，后来果然成了他人格和命运的真实写照。

这个人，就是与岳飞并称西湖"双少保"的明代民族英雄于谦。

在中国浩瀚的历史长河中，有无数大臣，有的是治理之臣，有的是乱世之臣，而有的是救世之臣，于谦、岳飞就是。他们受命于危难之中，力挽狂澜，如果没有岳飞，也许就没有后来的南宋，同样，如果没有于谦，也许大明朝早就灰飞烟灭。

于谦少年得志，官居高位，大权在握，却为官廉洁正直，曾平反冤狱，救灾赈荒，既受皇帝宠爱又受百姓爱戴。

但一对兄弟皇位的反复更迭，终究连累了他。明英宗时，瓦剌入侵，英宗被俘。于谦拥立英宗的弟弟为景帝，竭力反对南迁，调集重兵，在北京城外击退瓦剌军，取得了著名的京城保卫战的胜利，使百姓免遭蒙古贵族再次野蛮统治。但是，英宗被释放回朝几年后，景帝重病而亡，英宗复辟，记恨他被俘时于谦居然拥立他的弟弟做皇帝而拒绝向蒙古妥协，在奸臣怂恿下，英宗终以"谋逆罪"诬杀了于谦。

性格决定命运，这话没错。于谦性格最大的特点就是"刚正不阿"，为人称道，亦招人嫉恨。遇到有不痛快的事，总是拍着胸脯感叹说："这一腔热血，不知会洒在哪里！"他看不起那些懦怯无能的大臣、勋臣、皇亲国戚，因此憎恨他的人更多。

绢帕麻菇与线香，本资民用反为殃。

清风两袖朝天去，免得闾阎话短长。

这首写于正统年间的《入京》，很有来历。当时宦官王振专权，百官大臣争相献金求媚。而于谦每次进京奏事，从不带任何礼品。有人劝他说："您不肯送金银财宝，难道不能带点土产去？"于谦潇洒一笑，甩了甩他的两只袖子，说："只有清风。"

从此，"两袖清风"传为佳话。

其实，于谦作为一个臣子，是幸运的，至少，比岳飞幸运，在他有生之年，他得遇知音，深受重用。他奏对的时候，声音洪亮，语言流畅，皇帝都会很用心聆听，他所议论奏请的事几乎没有不听从的，包括用人，都言听计从。于谦自从土木之变以后，发誓不和敌人共生存，经常住在值班的地方，不回家，但一向有痰症病。景帝派太监轮流前往探望。听说他的衣服、用具过于简单，下诏令宫中专门为他打造，甚至亲自到万岁山砍竹取汁赐给他。

当他被诬陷时，连英宗都有些犹豫，说："于谦实在是有功劳的。"但当时的徐有贞进言说："不杀于谦，复辟这件事就成了出师无名。"

于谦被处决，弃尸街头。一个叫朵儿的指挥官，把酒泼在于谦死的地方，恸哭，被鞭打，第二天，他还是照旧祭奠。都督同知陈逢被于谦的忠义感动，冒险收敛了他的尸体，一年后，送回杭州安葬在三台山。

此后，陷害于谦的一干奸臣连连事发，就连英宗也为于谦之死深感悔痛。公元1489年，于谦冤案终于得以平反，孝宗皇帝赐谥"肃愍"，并在于谦墓旁建祠纪念。

杭州三台山麓，乌龟潭畔，草木森森。一个春日的午后，我应朋友之邀前往于谦祠喝茶。之前，我从未去过那儿。我疑惑，那儿怎么会适合喝茶呢？车子掉头了两次，才在三台山路一个不起眼的拐角处找到了于谦祠的入口。

一个很大的幽静的院落，居然"静中取闹"，散落着不少喝茶的人，杭州人总是很会找地方享受。然而，终究是太热闹了。坐了整整一个下午，我仍然觉得，弄错了吧？这儿怎么会是一个古代英雄的长眠之地呢？直到我看见它——

于谦祠大门往北不远，一块白色牌坊上"热血千秋"四个黑字在满目葱翠之间格外醒目。翠竹掩映中，墓道长长，芳草萋萋，两旁肃立的石神石兽，守护着远去的肃穆与庄严。

一个人也没有。

一个游客也没有。

墓道的尽头，便是于谦墓。墓是圆形的，用石块砌成，但墓的上端拱圆部分，没有砌上石块，而是泥土，泥土上，覆盖着蓬勃的春天的野草，娇嫩如花。墓的后面，是一片幽深的林子，阳光从森林般的浓密树干间透过来，仿佛天外透过来的圣光，照亮了墓边矮墙上的迎春花，娇黄夺目，如新生婴儿。

生命与死亡如此亲密。

重读《百年孤独》时，读到了"凉薄"这个词，和人讨论过这个词到底是贬义还是褒义。它形容景物时，有那样一种沁人心扉的凄美，比如夕阳下的芦苇，比如晾晒在记忆里的乔其纱裙，比如眼前这座春天的三台山，埋葬着千年前的热血丹心、两袖清风，那么安宁，如同襁褓给予一个婴儿的熨帖。

可是，它用来形容一个人时，想必是无情无义的代名词吧？把国看得比家重的于谦、岳飞，家人日日夜夜感受到的，必然是亏欠，是凉薄，即使，他们的内心是太阳。

站在于谦墓前，我又一次想起了"凉薄"这个词——多么清冷的一个地方，有几个人会来呢？某个清明的早晨，也许会有一群孩子跟着老师来献花，并不懂什么叫"刚正不阿"。某个午后，也许会有像我这样的成年人，偶尔路过，逗留，"刚正不阿""两袖清风"，我们都懂，但更懂它的代价有多么昂贵。如今，一定还有于谦这样的人，但更多的人，运用着狡黠的生存智慧，模糊黑白、善恶、好坏，让绝对的是非曲直之分迷失于安全的灰色地带，让慷慨激昂义愤填膺都归于麻木平静，如我此刻，鞠一个躬，留一个叹息在墓前，转身迎向现实。

除非突然来一场战争。

一代一代的人心正在老去，一个一个岳飞、于谦们正在被慢慢忘记，唯有青山，怀抱着一腔骨气浩气正气，不肯忘记，不忍老去。

古道密码

2016 年春天，我们去富阳新登看桃花。看桃花之前，十来个人在车上讨论着万亩桃花到底有多壮观。都是舞文弄墨的人，对数字很是没有概念，一亩有多大？一万亩是一望无际吗？当地朋友笑了，说，不是一望无际，是一层一层种着桃花的梯田，沿着山坳一直延绵至大山高处和深处。于是，我仿佛已经看见，漫山遍野的桃花，像粉色的瀑布正在往山上倒流，像一整个春天在时光里倒流，流得很慢，像日出日落那么慢，像行云流水那么慢，像如今人类唯一还保持着亘古不变节奏的心跳和呼吸。

当我们真正进入花海，便进入了无边的寂静和无边的喧哗。每一朵桃花都是安静的，然而无数朵安静的桃花，汇聚成了巨大的喧哗，密集，震耳欲聋。被这无边的寂静和喧哗感染，大家先是沉默了一阵，继而又开始讨论。讨论桃花，讨论枝干的苍遒，花瓣的娇嫩，讨论剪枝和收成，讨论转基因和毒疫苗，讨论留守儿童和老人，房价和雾霾，讨论战争和宇宙大爆炸……我们当然还讨论文学，讨论最近一部极火的韩剧为什么那么火。

有人说，我们的缺失，是文学精神的缺失。

有人说，多少行业、领域，都正在缺失一种精神。

有人说，还是看桃花吧，说多了都是泪。

桃花一语不发，像在凝神倾听油菜花、紫云英、草、竹林和山野的低语。一阵微风掠过，传来了很响的蜜蜂的嗡嗡声，听起来无法无天，多少年没有听见这样的声音了。一只很大的黑红色蝴蝶，停在一株油菜花头上。我用手机捕捉它的须眉、黑红相间的肚皮、翅膀上的诡异花纹，它居然不逃，慢慢舒展开双翅，又慢慢闭合，一点不在意我这个另类对它构成的威胁。此时此刻，天地静谧安详，只有我一个人在喧闹，姿态很忙，心思也很忙，而桃花一门心思开花，等待授粉结果，竹子一门心思长高，蜂蝶一门心思采蜜，它们没有更多欲望，因而没有更多烦恼。我停下脚步站了会儿，突然开始喜欢这个我本不太喜欢它的名字的地方——新登，半山。那时，我没有想到，我即将与一个千年前的灵魂相遇。

看完了桃花，春寒浸透了每一个人。大家用酒和茶驱逐寒气。夜真正开始时，一位文友因第一次参加采风，敬了所有人一杯酒，大概喝高兴了，突然高声唱起了家乡的婺剧，音色很土，声调高亢，落在猝不及防的酒席上，把大家都吓了一跳，他也愣了一下，便嘿嘿笑了两声又埋头吃菜。上车后，他似乎意犹未尽，旁若无人地唱了一路的越剧，《葬花》

《劝黛》《送凤冠》等等。突然，他抓着前排陆兄的肩膀大声说，下辈子，我一定要做一个戏子，唱大花脸，去流浪，去过从前慢悠悠的日子！陆兄平静地说，为什么要等到下辈子呢？

其时，同伴们都在聊天，我的听觉在黑暗中闪躲腾挪，捕捉着他自言自语般的哼唱，他唱的每一个段子，我都会唱。没有人看见黑暗中的我一直无声地跟着他唱，无声地喊：我也想去！

夜里八点，一个叫湘溪的山村、一条溪水旁一个干净的民宿接纳了我们，大家互道晚安。我和园姐约好要出去走走，但外面黑灯瞎火的，被大家一劝，犹豫了。站在各自的房门口，我们对望了一眼，想看穿彼此的心意，去还是不去，假如有一个人觉得累了，就绝不勉强。昏暗的灯光下，我们读懂了彼此，异口同声地悄悄说了声：走。

当我们从院子里往溪边走，陆兄也下来了，说，一起走。然后，楼上阳台传来一个怯怯的男声：我可以加入你们吗？我们说当然好啊！却不知是谁。待他在眼前站定，才发现是当地一位不熟悉的文友，家就在这个村里，有点意外，有点惊喜。突然又有人从二楼阳台门露出半个脸来说也要去。我们沿着溪水边走边等时，她来了，说，后面还有人来。于是，两个人的夜行，变成了六七个人的。

一群人在黑暗中走，听到了越来越有力的溪流声，随即，感觉双脚踩上了一条鹅卵石泥路，抬头可见一条影影绰绰的长廊。大家漫不经心地走着，好像说了些话，又好像什么也没说。我觉得很自在，一群热爱文字的同道者，本来就应该是这样的状态，可以说什么，也可以什么都不说，很多话都在文字里表达了，或将在文字里表达。夜虽冷虽暗，大家散散落落的，看不到彼此的脸和眼睛，却觉得很近，这是白天没有的感觉，也是很多关于文学的场合没有的默契。

不知过了多久，眼前慢慢亮起来，感觉双脚踩上了平坦的水泥路，才知已走完了溪边小道。大家回头，猛然看见路口牌匾上赫然几个大字——"苏东坡古道"。

每一个人都"呀"了一声，除了那位加入的当地文友。一路走来，他居然什么都没说。

我站在那几个字下，眼眶一热。我怎么都想不到会在此地此刻与他相遇——苏轼，与我同姓的祖辈，族谱里的远亲，我最敬又最爱的古人。他是儿时墙上挂的那幅《水调歌头》，是三十岁时读到的林语堂《苏东坡传》里那个活色生香的男人，是离家不远那一段梦一般的苏堤，是暗夜里灯火阑珊处颔首微笑的兄长，是让人肝肠寸断的《江城子·记梦》……他的一切才情品性，甚至有点"二"得可爱，都让我痴迷，并怀疑自己血液里真有他一丝一缕的基因，否则为何明知像他一样真性情的人注定一生坎坷，却一次次纵容自己的心魂誓死追随？多么希望，我真的有他哪怕万分之一的传承啊。

公元 1073 年农历二月，他来新登时，三十八岁。那时，他的境遇虽然不是很好，但还不是特别糟糕。虽妻子王弗、父亲苏洵都已过世，但他续娶了王闰之为妻，又陆续生了两个孩子。虽与王安石相悖，自请外调，但在杭州期间工作顺利，爱情甜蜜，还觅得不少知己。那时，离他在密州写下千古绝唱《水调歌头·丙辰中秋》还有三年，离乌台诗案还有六年，离他在黄州自号东坡居士写前后《赤壁赋》和《念奴娇·大江东去》还有近十年。

夜里，四十八岁的我和三十八岁的苏轼聊天。

我说，老弟，我不快乐。

他说，怎么？

我说，人心不古，不痛不痒的文字于现实有何意义？我还要继续写吗？

苏轼先是顾左右而言他，问我，小说是什么？电视剧是什么？散文是什么？见我不答，才说，继续写吧，写所有正在流逝的美好的东西。

我说好。

我又问，身体被速度裹挟，灵魂被脚步抛弃，我想从巨轮中逃出来，做简单的自己。我可以放下所谓的得失，但我可以放下责任当一个逃兵吗？

他没有回答。

当早晨的阳光穿过窗帘啄醒我，我想起，我并未梦见他，而是在梦里自问自答，并且，依然没有答案。我迅速起床，直奔那条昨夜我走过、他在九百四十三年前走过的溪边古道。

此时，正是农历二月，正是多年前他来的时节。我想，他那时看到的和我此刻看到的景物，应该是差不多的。他这样写道：

新城道中（其一）

> 东风知我欲山行，吹断檐间积雨声。
> 岭上晴云披絮帽，树头初日挂铜钲。
> 野桃含笑竹篱短，溪柳自摇沙水清。
> 西崦人家应最乐，煮芹烧笋饷春耕。

这首诗，难以掩饰他行走在春天的田野里的兴高采烈，大概正如陆兄后来所说，当时他在一位农妇家住了一晚，吃了煮芹烧笋，心情大好。

然而还有第二首，是这样写的：

新城道中（其二）

> 身世悠悠我此行，溪边委辔听溪声。
> 散材畏见搜林斧，疲马思闻卷旆钲。
> 细雨足时茶户喜，乱山深处长官清。
> 人间岐路知多少？试向桑田问耦耕。

一颗归隐的心，昭然若揭，这才是他的心声。如同久在沙场的战马，他已疲惫不堪，翘首以盼鸣金收兵的信号。他哪里会想到，近一千年后，有一个和他同姓的女人，站在他走过的古道上，纠结着是否为自己敲响"卷施铔"，他更不会想到，他曾足迹遍布的大地之上，有多少被速度、压力裹挟着的睡眼惺忪的孩子、大人，也侧耳倾听着也许永远不会响起的"卷施铔"。

苏东坡古道的尽头，是一大片怒放的油菜花，我像疯子一样奔进去，任浑身沾满花粉，任过敏性鼻炎更加肆虐。当我在阳光下打着无数个喷嚏时，想起网上一位"苏迷"根据苏轼日记译的几个很"二"的故事——"公元 1083 年十月十二日夜，苏轼已经脱了衣服准备睡觉。都躺下了，就是睡不着。咋整呢？去承天寺找张怀民。苏轼：老张，睡了吗？老张：没呢！苏轼：就是！睡什么睡，起来嗨！""苏轼患了红眼病，医生告诉他不要吃辛辣，少吃油腻，尤其是肉。苏轼说：其实我的脑子已经决定听话了，但我的嘴不听。""苏轼评价自己的作品时是这样说的：说实话，写得太好了！"

奔跑在油菜花田里，我看见苏轼去看风景，走一半走不动了（这于我是常有的事），他看了一眼山林间的亭宇，要到还早着呢，怎么办呢，良久，他顿悟道：我不去了！此事出自他的《记游松风亭中》，他说这样决定后，"如挂钩之鱼，忽得解脱。若人悟此，虽兵阵相接，鼓声如雷霆，进则死敌，退则死法，当恁么时，也不妨熟歇。"忽然想，"挂钩之鱼，忽得解脱"是他给我的答案吗？

　　然而，他自己按照答案做了吗？没有，他一生都不曾做到，否则又怎会有后来的种种境遇，如何会陷入乌台诗案几次濒临被砍头的境地？如何会二下杭州疏浚西湖、建造苏堤？如何会年届花甲还被一贬再贬，直至再无可贬的天涯海角，甚至被逐出官屋，自筑桄榔庵？他六十六年的生命里，几时真正放下一切，当过逃兵？

　　我奔跑在油菜花地里，其实我没有奔跑，但我感觉到灵魂已随风出窍。我在油菜花田里大笑，其实我没有大笑，我心里在大笑，觉得莫名的轻松——既然放不下，就继续前行吧。一个人别无选择时，也是一种解脱。我想，在昨夜无意的行走中，我的脚步早已在冥冥之中沾染了他千年前的足迹了，它们暗示着我，可以像他三十八岁时那样心存倦意，患得患失，但即便蝼蚁般微贱，也始终不扭曲，不逃跑，为爱着的一切，不怨，不悔。

　　溪流声很响，是这个早晨唯一的声音。阳光从参差的藤蔓间漏下来，在苏东坡古道上铺开了一张画，真切，明亮，温暖。我想，这是我穿过一千个春天截获的人生密码。

第二辑

遇见树

人类从森林出发，一路挥毫泼墨，画着丝绸蚕桑、男耕女织，画着江南丝竹、黄钟大吕，画着琴棋书画、铁马金戈，画着人类历史文明的壮丽长卷。

遇见树

盛夏七点钟的阳光照在雕花旧木床上，照见尘埃在光线里浮沉，水母般忽明忽暗，也照见一个女婴的落生。如同一颗种子，被飞鸟衔来，又随意丢弃，我落生在一个叫楚门的江南小镇，在阳光、灰尘与血水奶水混合的气息里，发芽。

我相信，江南的每一个婴儿，第一次睁开眼睛时，一定会看到树，至少，也闻到过树。树就在屋外，从老屋的每一个缝隙里，渗进来暗绿色的呼吸，提前让一个婴儿感受泥土的味道，雨水的味道，星辰的味道，早晨和黄昏不同的味道——万物生命之初的清纯味道。

我看到过树，也如同，我一定看到过祖先们，虽然我的记忆里并没有他们。祖先，就是墙上黑白照片里英俊的外太公，和墙下佛龛前日夜诵经的外太婆，简单而神秘的构成。每一个人的生命，都起源于祖先们的爱恨情仇，而我们对他们几乎一无所知。就像一棵树，它一定是有来历的，但它并不知道自己来自何处。

其实，我想说的是，那时，树还是树，我还是我，同为平凡的生命体，离祖先一步之遥，离大地一步之遥。

然后，一棵棕榈树，成为记忆里第一棵具象的树。它孤零零地站在祖母家老屋后一个很大的菜园子里。菜地匍匐着矮矮密密的一丛丛碧绿肥厚，只有一棵棕榈树，鹤立鸡群。剑一样的树叶，总在午后晴朗的太阳风里奋力挥舞，而一阵雨后便垂头丧气，像一个永远对当下心不在焉而执着眺望远处的诗人。关键是，它结满了硕大的海珍珠般的累累果实，金黄色的，极其紧实。可是，果实不能吃，白长了。我问树：树，你结的果子不能吃，为什么还要结果子？树当然没有回答。

于是我猜想，世界上有些东西，其实是没用的，比如棕榈树的果实，还比如一棵棕榈树，它长在那儿，和没有长在那儿，有什么区别呢？还有，学校里有两棵枇杷树，会结可以吃的枇杷，可是，更多的时候，它身上爬满了棕色的毛毛虫，让人毛骨悚然。我想，身上每天被毛毛虫爬着，活着有什么意思？还有一棵老桂花树，我跟母亲说，那棵桂花树闻着很臭。母亲说，怎么会臭的呢？你的鼻子有问题吧？其实是太香了。我又想，它那么香，却被冤枉成臭的，那它活着，也没什么意思。小镇边的山上，也有很多树。但是，它们长在那儿干什么呢？又不会吃东西，也不会玩，更不会说好听的话，大多也不会结好吃的果子。如果世界上没有树，也没关系的吧。那么，如果世界上没有我，也没关系的吧？那么，整个地球，整个宇宙，没有人，又有什么关系呢？对于地球和宇宙，人会不会就是一群恶心的毛毛虫？

于是，我想，我和一棵树一棵草，其实是一样的。怎么长大，怎么活，怎么玩，也都是一样的，自己心里舒服就行了吧。这样一想，顿时如释重负。那时我不知道，世界上有"无忧无虑""闲云野鹤"这些词，说的就是当时我像一棵树一棵草那么没心没肺的状态。

几年后，与一棵树的遇见和别离，生命的味道开始变得不一样。一棵与我同龄的桂花树，在一个下着大雨的春日的午后，被连根挖起，从乡下运到了我家，栽在刚刚造好的院子里。

一个孤僻的女孩和一棵孤独的树，开始精神上的相依为命。树干、叶子，都特别干净，花香很淡，我喜欢。坐在树下读书写字，有好的句子就念给它听，有想说的话，就在心里说给它听。风吹过来，树叶发出沙沙的响声，世界离我们十万八千里。常常，我会呆呆地站在树下好半天。有一次，做错什么事被母亲责怪，我在树下站了很久。夜深了，树像一个人，被黑暗笼罩，我被它笼罩。雪从它身上纷纷落下来，我听见一个声音说："你长大了，你应该……"

生命里出现了"应该"这个词——你应该这样，你不应该那样……十八岁，当我离开它去杭州读书，发现，整个杭州城都是桂花，仿佛我走了三百六十公里，桂花树跟了我三百六十公里！

隔着三百六十公里，我问树：树，我想和你一样，和所有的植物一样，不离开土地，不张扬，不索取，不争夺，一生都保持植物般的优雅，可以吗？我只要一点阳光，一点泥土，静静站着，简单活着，可以吗？可是，在动物的世界里，为什么不争不抢，就会失去尊严，甚至存活的机会呢？就会被说"没用"呢？为什么我不喜欢被人说"没用"呢？人和万物，本来不就是没用的吗？

树没有回答。我忽然意识到，从那一刻起，所有的树已与我分道扬镳。

很多年后，又来了一棵树。

是一棵幸福树。搬新办公室时，朋友送的。它真的是一棵树，而不是花草。它被两个花店的工人很费力地搬到十七楼。它长在一个很大的花缸里。花缸是粉紫色的，柔弱得似乎难以承受这么高一棵树。

我"应该"了几十年，终于达到了人生的某种"高度"：我干活的地方，我睡觉的地方，都离地百尺。像城市里无数人一样，离地越来越远。但我没想到树也搬到了楼上。

办公室朝北，整天没有一丝阳光。曾经有一天，我被一缕阳光晃了眼，百思不得其解，最后发现，是阳光被对面大楼的玻璃反射过来。这可怜的一丝阳光，细微得如蝴蝶的吻，在树叶上缓缓移动，叶子幸福得微微颤抖。树会怎么想呢？它的一生，估计要和我一起，永远禁锢在此，灯光，自来水，是它的阳光雨露，就像，方便面、快餐，经常是我的午餐。多么可怜。

　　奇怪的是，以灯光为生的幸福树，居然枝繁叶茂得不可思议。时时有缎子般的新叶，从树冠处一丛丛地钻出来。有时，出差回来，见它蔫蔫的，浇点水，又舒展了。它怎么这么逆来顺受呢？怎么这么像我呢？

　　终于，叶子的方向出卖了树的心。过一段时间，所有的枝叶都朝着窗口倾斜过去，像无数只伸向救命粥的手。绸缎一般的嫩叶，像婴儿的嘴唇，贪婪地找寻着乳汁的方向。树什么都没有说，却什么都说了——我渴望！我渴望阳光泥土的味道，雨水的味道，星辰的味道，早晨和黄昏的味道，蝴蝶和鸟的味道！

　　这棵树，永远也不会有鸟来筑巢。

　　十七楼的窗外，一阵乌云路过，雨水随后滴落，落不到树上。一阵风从窗口路过，试图摇动窗内的树枝，树一动不动。

　　风想，树不是这样子的，这是一棵假树。

　　风会不会想，树边上那个女人，也是一个假人？

水知道

人体百分之七十是水。

一个人，其实就是一滴水。人生，就是以一滴水的形式，走在世间。

雨

暗夜被一道霹雳撕开产门，亿万个婴儿破云而出，"噼里啪啦"坠向黑色大地。每一滴雨，都浑圆晶莹，全部的身体和心，闪烁着绝世的圣洁光亮。

这时候，他翅膀透明，纤尘未染。

这时候，一切都还纯洁，公平，美好。

这时候，没有谁怀疑，这滴雨，是不是干净？他的前世是湛蓝的海水，污浊的阴沟水，还是吞噬生命的洪水？即使人们相信生死轮回，也没有人怀疑，一个美好的婴儿，他的前世是否有罪。

所有的灰尘，全部宣布臣服，自动从半空降到土里。

所有的生灵——野猫，夜行人的掌心，叶脉，草尖，花蕊，虫，鱼眼，牛睫毛，风，魂……都在仰视，用直觉去直觉一场雨即将带来的悲喜，只一瞬，便低下头，便已忘记，更不会想，这些和他们一样，莫名其妙从天而降的生命，此时究竟是悲是喜？

就像，从来没有人去尝尝，婴儿的第一滴泪，是苦是甜？也不会去想，这滴泪预示着的一生是幸或不幸？

谁都知道，是泪，就一定是涩的——不容易的一生——开始了。

这时候，快乐是件简单的事，还不知道，从此，简单是件快乐的事。

泉

不愿继续坠落的雨，仿佛先天的智者，想尽办法夭折，用尽最后力气，挂在叶尖上，任身体被阳光蒸发，灵魂被蜂蝶鸟的翅膀重新带回天上。

绝大多数雨，听天由命地渗进地里，落进水里，开始了漫漫长路。

他是一滴落在高山的雨。落在最高的山顶上，最高的那棵落叶松上，最高的那枝树梢上，最高的那枚松针上，停留了短短一瞬，便继续坠落，砸向地面。霎时，尘土飞迸，只一瞬，他，便被一种巨大的吸力，吸进了温暖、坚硬、黑暗。

土壤温暖、坚硬而黑暗，散发着清新而又陈腐的味道，他懵懂的童年，汇入土壤下的亿万水滴大军，浩浩荡荡，日夜兼程，奔向唯一的归宿——长大。

长大是什么？不知道。

树根，他绕过去。

腐泥，他钻过去。

爬虫，他躲过去。

他是无知无畏的孩子，孤独，新奇，隐秘，快乐，忧伤，全都是无敌的力量，终于有一天，这力量将他们从岩缝间逼了出去——他重新来到了世界——以泉的形式。

天哪，这么明亮！

天哪，这么自由！

天哪，这么精彩！彩虹，游鱼，花香，蛙鸣……还有那一场无疾而终的初恋。

一眼泉，是一个人的青春年少，正告别懵懂无知，却依然纯净，透彻。

一眼泉，日夜翻涌着无数梦想，却还没有汇集成一个真正的梦想。

湖

一开始。

"这水真傻。傻透了。"

这是刚刚长成为湖的泉，安静得和天空一模一样，和镜子一模一样，世界是什么，他就映照什么，没有一点点走样。

移云，翠林，枯枝，芦草，羊群，水鸟的俯冲，挑水的藏族小姑娘……

这时候，湖刚刚安身立命，没有一点想法，湖哪儿都不想去，世界给他什么，他就安心接受什么，不见异思迁，不三心二意。好在，世界总是美比丑给得多，爱比恨给得多，所以，"傻透了"的湖一点都没有吃亏，天天傻乐。反而是，天下人赞叹他的自然，他的没有想法，把他的名字传得很远很远。

自然，有一天，天下人也会将一些陌生的想法带得很近很近。于是，无数选择一夜间纷至沓来。这时候，事情开始变得复杂，痛苦来临。

"走，还是不走？"

披着成熟与责任外衣的欲望，日夜在湖面游荡、呢喃："你不能这样自甘平庸，你应该成为走得更远的河！河！"

莫非，这就是我的梦想！

湖心有一丝涟漪开始悸动，湖底的云便跟着走样了，翠林、枯枝、芦草、羊群、水鸟全都走样了，变成了鄙视的眼，挑水的藏族小姑娘连同最淳朴的歌声一起消失，去了城里……

涟漪变成一波一波的浪开始翻涌，终于有一天冲开一个缺口。湖，便从那个缺口出发了。

奇怪的是，没有踌躇满志，却有一种无可奈何的悲凉，他想：辽阔，或幽暗，清澈，或污浊，苦难，或幸福，我都认了。

河

河真的可以走得很远。

如果幸运地躲过断流、干涸以及误入下水道的命运，一路上，真的可以收获很多。丰衣足食，成就感，尊重，爱，并福及家人鸡犬。

可那是怎样艰难的前行啊。他往前每走一步，都眼睁睁看着自己变得浑浊一点。先是惊讶，再是不甘，再是矛盾，然后接受，然后习惯，然后走着走着，发现，世界上，再也没有一条清澈的河了。

所有年轻的年老的江河，所有年轻的年老的水滴，全都大腹便便，脚步滞重，满面倦容，满身伤痛。

原来，作为一条河，必须放弃清澈，学会同流合污。

原来，作为一条河，必须放弃宁静，学会张牙舞爪，纷争计较。

原来，作为一条河，必须放弃明辨是非的智慧，学会随波逐流。

原来，作为一条河，必须放弃方向，放弃理想，任地心引力带你翻山越岭，摸爬滚打，饮下风与雨，苦与痛，并饮下一个事实——你永远到不了你想去的地方。

往前看，梦想与现实早已在地平线上一拍两散。

往周围看，愈渐荒芜的河岸，匍匐前行着内心，愈渐荒芜的众生。

回是回不去了。

这时候，想死了作为湖的日子——没有欲望，脚步更轻盈，心更简单快乐，生命，才会走得更远。

海

尘埃落定。

所有历经沧桑的水都汇集在此——海——每一滴水的坟墓，轮回转世的道场。

立春雨水，梅雨水，液雨水，露水，甘露，明水，夏冰，腊雪，冬霜，雹……这些曾经的天水，落到地上，成了地水，变成流水，井泉水，玉井水，澧泉，温汤水，热汤，盐胆水，山岩泉水……还变成高贵的香水，甜蜜的糖水，恶臭的阴沟水，苦涩的泪水，血，汗……一切，都重新成为最初那一滴水。来时没有选择，去时同样没有选择。

一切的一切，将由日月洗礼，由风重新带回天上，变成云的婴儿，雨的前身。

这时候，一切重新变得简单，公平，美好，而安详。

你穷尽毕生得到的富贵荣耀，并没有谁会铭记，就是铭记了，这个铭记的谁最后也会消逝。而假如，消逝前的全部的身体和心，纯美宁静如最初来到世间的那浑圆一滴，而非污浊与破碎，一个人的一生才能叫幸福吧？

水结晶

最后。一个日本男人，从海里舀起一瓶水，放到显微镜下，解剖、拍摄水分子，他要洞透水的灵魂。

他在瓶子上写下"快乐"。片刻后，显微镜下的水结晶居然呈现出无比美丽的图案。

他在瓶子上写下"痛苦"。水结晶分崩离析，丑陋不堪。

他对着一杯水赞美："你真好！我爱你！"水结晶变成了美丽的六角形雪花。

他让水听抒情明快的贝多芬《田园》交响曲和优美的莫扎特音乐，水结晶无比精致优雅，几近完美。

他让水听《离别曲》和现代重金属音乐，水结晶被完整地分割成碎片，甚至解体。

他对水说："你真恶心"，水结晶立刻杂乱无章。

最神奇的是，他对着一杯水说："我要杀了你！"水结晶似乎出现一个人拿着利器的形象。

原来，水是有生命的，水懂！人凝视水的时候，水也在凝视人，就像一个人在凝视另一个人。一切的一切，水生命不仅能看到，还能懂！

也就是说，当我们想什么，身体里的水生命都能感知。我们想纯净，身体这滴水就清澈；我们想快乐美好，身体这滴水就快乐美好；我们想痛苦丑恶，身体这滴水也会痛苦丑恶。

而当一个人对另一个人，一群人对另一群人，就像是一滴水面对另一滴水，彼此的和谐与不和谐，其实是生死攸关的啊。

原来如此。

夜。窗外有雨，隔壁传来新生婴儿的几声哭，相对无比老而厚而浊的世界，它无比的嫩与薄与清。

如果人生必须以一滴水的形式漂泊在尘世间，我愿他从此诗意地长大，行走，消失，如他今晚诗意地出现。

仰望风

2013 年南方的夏季是一锅沸腾鱼，油腻，灼热。

那一夜，空调坏了，下雨了。窗开了一夜，涌进来无数的久违。

一

被雨淋湿的风，以 29 摄氏度的体温降临人间。如刚从冰水里撩起的黑色绸缎，从窗口游进来，拥抱脸，颈脖，前胸，双臂外侧，领养了皮肤上的灼热。这是一种仁慈的温度，来自天上，或地下，一定不是这个酷夏里人间的温度。

风渗进肌肤，血液，如雨水渗进一棵树，根须惊叫了一声，树枝、叶脉、叶尖上每一个细胞，都汇入和声，又瞬间恢复平静。一场风，带来的不是凉爽，是无与伦比的宁静。

无与伦比的宁静里，风消失了，其实到了天上，它脱去了月亮身上的云，月亮哗地裸露出一身白亮，像被洗劫的仙子，不再神秘、高雅，像个凡人一样真实可爱。月亮看看自己，仔细一想，我要云这块破布干什么，我要满天的乌烟瘴气干什么，我要鞋子干什么，赤脚走，多自在。月亮是天空的心，心袒露了，天地一片清白。

风从天上下来，落在多年不睡的凉席上，凉席瞬间复活成了一大片竹林，黑暗里涌动着丰满的绿意。凉席裸露在雨后的夜风里，我裸露在凉席上，如同裸露在夜的竹林里。我将脸紧紧贴着它，鼻尖抵上它，便清晰地闻到了竹子的清香。曾经，多年前的盛夏，一个天井，一轮圆月，一群老人孩子，一堆竹榻、竹椅，人们乘凉，聊天，吃西瓜，摇着扇子入睡。那些诗一样的旧光阴，被风带到哪儿去了？

假如，空调修好了，凉席又会被搁进柜子里，搁很久，也许是永远。而空调坏了的今晚，我多么依赖它。逝去时光里的那些人，我也曾经多么依赖，却被时光搁置了起来，很久不见，或永远不再见。

二

风突然送来一小团香，薄得像一把冰匕首，穿越空气，贴上鼻尖。是墙角的一小盆茉莉花。这一小团香，左右躲闪，徒劳地抗拒着自己被空气吞没，却只剩一团花影，花影落在雪白的大理石窗台上，清晰得像一枚孤独的亡魂。当我目光抵达，它魔术般长高长大，窗台前瞬间花影婆娑——如被招魂一般，遥远的娘家院子里无数独自开放又独自凋零的花儿们，穿越时空在眼前浮现，诠释着"岁月静好"这四个字。

岁月静好吗？风知道。风曾经吹过烈日下的铁皮工棚，差点被棚顶的温度灼伤。一台旧空调，如一堆废铁躺在草丛里，一朵黄花在它身旁轻轻摇晃。这是十来位民工省吃俭用凑钱买的一台二手空调，指望它能让他们在烈日下苦熬一天后睡个安稳觉。空调装好了，一开，跳闸了，再一开，又跳闸了，然后，有人来了，呵斥声和求饶声灌进了风的耳朵……风带着这些声音一路走，一路觉得脚步沉重。这是怎么了？到处那么热，那么忙，那么累，那么多耸人听闻的新闻，那么多毒，那么多恶，那么多艰难、不幸……

每一个夜的城市都很美，但有很多人无法入眠的夜，拿什么意境去诠释"岁月静好"？

茉莉的一小团香灰飞烟灭时，蛙声骤起，一阵比一阵肆无忌惮。这是万物苍生的权利，想说就说，想唱就唱，想多大声就多大声，唯独人没有。风从天上看下来，看到一格格玻璃窗，像一口口水晶锅——人们在日子里泡着，如在温水里煮着的青蛙。

三

然后，风送过来夜航船的汽笛声，将蛙鸣的海洋犁成两半。

窗往南一百米的地方，就是钱塘江。如果夜夜开着窗，就夜夜能听到汽笛声吧？汽笛夜夜在说："我走了。""我回来了。""借过，借过。"像一个家人。

这个家人，在从前，有着从容的岁月和爱情。钱塘江上的夜航船，和任何朝代任何江河湖海一样，渡名利是非，也渡一个个悲欢离合。他总是在水里，她总是在岸上。船起航了，像风筝飞上了天，她的眼睛就是线。曾经，某一年某一天某一夜，年轻的船员躺在船头，仰望着满天星光，不愿侧脸看两岸的灯火，两岸的灯火却硬是挤进他的心，连同那些紧闭的窗内其乐融融的场景——本该他也拥有的场景。他闭上眼，唱起一首歌，歌声托着他在江面上漂浮。然后，船老大说："进来吧，喝两口。"他进去，接过酒，喝了一口，又一口。酒进了肚，泪就下来了。船老大说，还哭呢，呵呵。

船老大不说话了，看着他，像看着曾经的自己。曾经，他遇见了一个岸上的女子，船窗开着，她的窗也开着，窗前挂着一只中药香袋、一盏旧油灯。他的窗口遇上了她的窗口，四目对视，一次，两次，便有了故事。然后分别，然后重聚，然后有一天，她的窗关上了，再也没有开过，关了几百几千年，一直关到今天，关到空调坏了的今夜。

今夜，我的窗开了，也会有一个船老大经过，但他不会再看到岸边高楼里我开着的窗子，因为，他的窗关着，船舱里有空调，有电视，还有手机，他很忙。

四

风应该送过来钱塘江的潮声，可是没有。从前的钱塘潮，是一个声如雷鸣、气吞山河的男人，是这个城市的血脉和风骨。尤其是农历八月十八，潮头如千万匹灰鬃骏马喷珠吐沫，又如十万大军兵临城下，传说是钱塘江两岸同样都被冤死的伍子胥、文种的灵魂在怒吼。

而从前的钱塘人，也是气吞山河的男人，钱塘潮冲毁两岸堤坝，祸害无穷，于是，两个男人开战了。

八月十八，"潮神"生日，吴越王钱镠登台击鼓，下令万名弓弩手张弓"射潮"。

"喂，潮神听了！潮水不许涌来！否则不要怪我手下无情了！"

潮水置若罔闻，奔涌而来。钱镠一声令下，万箭齐发，直射潮头。据说，后来潮水在临近杭州城时便偃旗息鼓，就是钱王的大手笔所致。

风吹过来，依稀传来遥远的呐喊。其实，江南风，江南水，江南人，从古至今，从来不只是阴柔的。一代代浪潮拍过来，一代代罡风吹过来，一代代勾践、夫差、伍子胥、文种、褚遂良、岳飞、于谦、张苍水、苏轼、秋瑾……在历史深处喊潮、弄潮、射潮……今夜，侧耳细听，呐喊声呢？那些担当与悲壮呢？哪儿去了？

五

窗开了一夜，我仰望了一夜风。

仰望风，仰望它比任何生命都自由的脚步，无羁无绊，无孔不入，无处不在，只因它一无所有。

仰望风，是仰望风来的方向，安详的群山，浩瀚的江海，时间的深处……和从那些地方出发的先人，从那些地方出发的美，文明，思想。

仰望风，仰望风从过去的日子里捎回来的诗意，简单生活，简单爱恨，而不是匍匐，挣扎，算计。

仰望风，是仰望风的风骨。风是个由着自己性子的人，不媚俗，不苟且，而昨天今天明天的我们，还能坚守自己多久？昨天今天明天的家风、民风、国风……正走向何方？

在这个盛夏的静夜，其实，我一直在期待，来吧，来一场飓风吧！飓风最好长着一双明辨善恶的风眼，摧枯拉朽，所向披靡，飓风最好还长着一张吸毒的嘴，吸走世间一切脓血腐败，哪怕留下伤口，伤口上涌出的，定是蓬勃的新生机。

仰望风，是仰望风的去处。我想，它唯一的方向，是更高，更远。

水下六米的凝望

一只飞鸟俯瞰中国南方，看见一条江从杭州穿城而过，江的北面有一个湖，是它熟悉的西湖，江的南岸也有一个湖，是它从未去过的湘湖。它想了想，飞向了那片陌生的水域，轻轻落在水中央一棵清瘦的柳树上，看见了湖中自己同样清瘦的倒影。

这是一月的湘湖，讲述着完全不同于其他地方、其他季节的故事。一月，是一年里最深沉的月份，大地上的一切已经结束，一切尚未开始。这个被雨雾笼罩的上午，万籁寂静，骨骼清奇，飞鸟的身影落在湖里，没有惊起一丝涟漪，脚尖落在柳枝上，没有惊动其他任何一只鸟。

一切仿佛睡着了。睡意蒙眬中，它听见不远处传来一阵水声，然后传来船夫的一句话："这么个下雨天，雾又大，老人家还是回家待着好。"

老人家，是我年近耄耋的父母，从老家来看我和弟弟。他们常来杭州，已经把西湖看厌了。我想起仅一桥之隔却从未去过的湘湖，便带他们来了。

船窗前的父亲，久久凝视着上午十点冬天的湘湖，没有侧过脸来，只听得见他的声音："我见过的景色里，最像水墨画的，甚至比水墨画更美的，就是这里了。"

母亲说，是啊。

我也说，是啊。

是真的。

一月的湘湖，就是父亲小时候教过我的那种留白很多的写意山水和花鸟画。花格船窗将天地框进一个天然的画框，雨雾如磨墨般，将天、地、水、物磨成了浓墨、淡墨，或更淡的墨，比烟还淡。浓的，是一座拱桥，一段堤坝，一群飞鸟或一群栖息的鸟；淡的，是远处一片枯干的芦苇，三两棵垂柳，或一座亭子的倒影；白的，是天空，水，雾。寥寥的几点黑，大片的浅灰和白，在船静静的前行里，泼洒，勾勒。极静，极美。

一切都显得那么清瘦、紧致，透着内里的某种节制。

我用手机记下了几幅画。第一幅是一大片白雾迷蒙的水域，右边一棵无叶的垂柳，栖息着很多一动不动的水鸟，如被岁月催眠的一棵树上结满了永远不会掉落的果实。树的确是睡着了，明年春天才会醒来，鸟是暂时睡着了，它们醒来时，会像一盏盏灯亮起来，照亮着树，继续哄着它睡。雾和雨，也达成某种默契，为它们盖上了薄被，于是，一月的湘湖的上午十点，像深夜般静谧。

第二幅，是从船头的玻璃窗往外看。雨滴在玻璃上，晕染出迷离的前景，雨滴里，一座拱桥越来越近，桥上两个打伞的人也越行越近，然后交错，然后又渐渐分开。两个陌生人，在另一个陌生人的镜头里的一滴雨中相遇，又分离。我不知道他们是除我们之外仅有的两个游人，还是园区的工作人员？他们也不知道，桥下缓缓驶来的画舫里，只坐了三个游人，一对年近耄耋的父母，一个年近半百的女儿。船穿过桥洞，我们彼此也越行越远。他们亦不知道，自己交错的身影会被一个陌生人永远留在镜头里，记忆深处。

第三幅画的格调，有大漠孤烟的味道。主角离我很远，是十几棵静立水中的水杉，在如镜的湖里，每一棵树的倒影仍然是笔直的，且是独立的，整个画面干净到苍凉。然而，我看到了水下的秘密：它们看似互不相干，但它们的根在水里相握相缠，不动声色，不分开，像一些美好的感情。

每一个细节，都是一幅画，无数个细节构成的湘湖，美得让我们三个人哑口无言。

我将镜头转向父母时，他们像醒了似地转过脸来，发出了一致的感慨。父亲说，萧山离杭州这么近，居然有这么美的地方，我们以前怎么不知道呢？

他说的，也是我想说的。

还有一句话我想了想，没有说出来。父母和我，都去过世界上不少地方，却很少有什么地方，是我们仨一起去的。我也带他们一起去过几个地方，但没有哪一片美景哪一个时刻像今天这样，没有预谋，没有喧闹，没有他人，没有五颜六色，也无关文化，只有我们仨，只属于我们仨。

即使让我任意想象一个属于我们仨的最美的梦，也不会比此时此刻更美吧？

四个月后，当我和一群文友又一次来到湘湖，我发现，初夏的湘湖，讲述着与一月完全不同的故事。

一月清瘦的湘湖此刻已显丰满，处处是尚未老去的绿意，明净的湖面在阳光下显得光鲜亮丽。而我的父母，早已回到老家，过了一个春节后，他们又老了一岁。当我聆听着与湘湖有关的历史文化，当我站在湘湖水下六米处与八千年前的独木舟对视，我忽然想起，我和父母来时，并没有真正进入湘湖的深处。我们不知道写《回乡偶书》的贺知章就是这里人，八千年跨湖桥文化遗址就在脚下，我们也不知道，船行走在静静的湖面上时，水下六米处正躺着一艘远古先民留下的独木舟，将古老的浙江文明史又往前推了一千年。

独木舟与我隔着一面玻璃，我的身影与它、与灯光、与周遭的一切叠映在一起，古老先民一个个鲜活的生活场景在屏幕般的玻璃上一一闪现。我困惑八千年前的那根骨针，是用什么工具钻的针眼？半根空心的玉璜，用什么钻的孔？我们最初的祖先，到底来自哪里？但不知为什么，我想得更多的，依然是我的父母，我自己的故乡，我的根。

故乡在海岛玉环，父母留恋家乡的小院和亲朋，偶尔来杭州或者去北京姐姐家小住。我每次回老家，都有一种越来越深的恐惧：他们百年之后，我还会踏进那个再也没有他们的院落吗？"少小离家老大回，乡音无改鬓毛衰。儿童相见不相识，笑问客从何处来。"公元744年，八十六岁的贺知章告老返回故乡越州永兴（今杭州萧山）时，距他中年离乡已有五十多个年头了。这是为什么呢？假如父母在世，他怎么可能不回来？无论何种原因，这些含笑的诗句背后一定是怆然。

叶落归根，根在哪儿？中国的村庄里，如今住着的绝大多数是老人和孩子，多年以后，老人们都不在了，还会有人回去吗？还有几个人会寻根问祖？更多年以后，当我回到老家，还会有儿童"笑问客从何处来"吗？地理上的根都不在了，灵魂深处的根还会在吗？

八千年前的独木舟，静静躺在水下六米，棕黑色的原木，已没有亮光。远古的先民，曾经乘着它去过很多地方，把古老的文明带到了比我们的想象更远的地方，比如南太平洋，比如大溪地。这是真的。更让人惊奇的是，2010年夏天，有人从遥远的南太平洋，如他们的祖先一样乘着一艘独木舟，沿着五万年前祖先的原始迁移路线重返本源——中国南方海边，来寻找他们的根。6名船员，有航海家、水手，也有人类学家、动植物学家。独木舟经由阿瓦鲁阿、纽埃、汤加、斐济、瓦努阿图、圣克鲁斯群岛、所罗门群岛、巴布亚新几内亚、印度尼西亚、菲律宾、中国台湾，最终抵达上海。整整1.6万海里的艰苦旅途中，他们上岛添购食物、淡水、水果，也在大海里捕捞、生吃海鱼，最后两天，一点食物都没有了，每人只有一小瓶水维持生命。他们与近十米的惊涛骇浪搏斗，看海豚们在独木舟前方带路，任不知名的海鸟停在胳膊上……最后，他们来到了这里，水下六米深处——这一条独木舟前，他们的"根"之前。

"当他们看到独木舟时，眼睛都放光了，太惊喜了。"博物馆的人说。

真想亲眼看看这些用生命来寻根的人。他们想要寻找的，其实并不仅仅是这一艘独木舟，而是在灵魂深处，每一个人都正在失落却又拼命想要寻回的东西。

从水下六米处出来，我在湖边遇见了一只鸟。它栖息在一块石牌坊上，是雕刻的，有着优美的体态和姿势，翅膀如飘带卷起。它是湘湖先民的图腾。我相信它就是湘湖的灵魂，这一片水域因为一直住着它，才能这么静美。在我长久的凝望中，这只鸟渐渐活了，飞离了我的视线，飞回了湘湖的一月，那个懂得节制与蕴藏的季节。我想，当我凝望着它，它也一直在凝望着我，如同水下六米处的它们和他们，千百年来也一直在默默凝望着我们，用无声的语言警示着每一片离根太远的叶子——独木舟，水稻，骨针，玉璜，以及湘湖本身，以及我们从未谋面的祖先。

所有的安如磐石

据说，从太空往地球看，中国东部有一块最绿的地方，叫"磐安"。

当我以"生态"的名义，踏进那片古幽的绿，融入它原始的呼吸，像突然摆脱了一个魔，什么都不一样了——呼吸，心跳，步履，思考，一切。

是一种从容不迫、安如磐石的幸福感。

一、那些醒得最早的眼睛……

这是磐安的乡下，没有比露珠睁得更早的眼睛了。

如果在城市里，这时候，加夜班的、泡网吧的、泡夜店的、失眠的，都还未曾合眼，双眼红肿，浑浊。

而在这磐安乡下的清晨，所有的眼睛都如露珠一样清澈。人的，牛的，羊的，庄稼的，花的，草的，叶的，还有一汪汪碧水……到处都是初生般纯净的眼睛。

这些眼睛的主人，都在晨光中自然醒来，起身，开始一天的平常生计。晨雾慢慢散去，阳光慢慢亮起来，水慢慢流过来，火慢慢旺起来，炊烟慢慢升起来，饭慢慢焖熟，庄稼慢慢拔节长高，牲畜慢慢长大……不急，不燥，安常，处顺。

仿佛，所有的一切，都在同一种亘古不变的舒缓节奏里，在负氧离子含量比城市高 150 倍的空气里，一起做"深呼吸"。

而城市一旦醒来，便会被一个"魔"控制、驱赶——快快快! 忙忙忙! 效率! 效率! 无论大人、孩子，都有太多事要做，实在累极了，急喘几口气，却忘了，可以慢下来，停下来，深呼吸一下，把肺里的积垢呼掉，把心里的积垢排掉。

快一点，是能得到多一点，却不知，无数更为宝贵的，已随风而逝。

而在磐安的乡下，时间的概念已完全不同，时间，掌握在他们自己手中。

站在晨间的田野上远望，视野的左边，隐约可见晨雾里修旧如旧的老村，炊烟袅袅升起；视野的右边，新建的一排排三层小洋楼，筑成另一个崭新的村庄。有着几千年历史的磐安，名副其实的首批国家级生态示范区，无论新的旧的村庄，都没有任何污染，没有乱扔的垃圾，没有边拆边建的工地。

如果以为，古老的就是陈旧的，腐朽的，那就错了。磐安的身体很古老，它的血液却很通透，它的呼吸很清新。

如果以为，这儿没有贫穷与艰难，那也错了。也有沉重，也有困难，有"保护"与"发展"永远的矛盾，有要不要"快"的困惑。它有时会是一滴有点苦涩的泪，却绝不是一滴污浊不堪的地沟油。

一丛野菊花，无比的鲜黄，一声婴儿啼哭般照亮了整个初冬的田野。

时光恍惚回到了三十年前。我也曾是这山野中的一员，上学必经的山间小径，处处开着野菊花，一个小女孩独自走着，唱着歌，即使有时饿着肚子，有时冒着雨雪。她和她的父母，从不像现在的家长，担心会碰到什么坏人，少学了什么，吃了什么亏，落下什么好事。

多少年了，多少人，和我一样，在城市这个第二故乡里，仍然从未习惯那一个个急促错乱的节拍。

此刻，我在已三十年不曾走过的、带着露珠的田野上，慢慢走，深深吸气，轻轻呼气。

眼睛映照着露珠，眼睛也变得清澈透明。

露珠映照着山野，身体和灵魂也变成了一颗露珠，映照出一个世外桃源，离尘世无比远，忘了自己是谁，身边有谁，头皮贴着天，脚心贴着地，脸贴着空气，一个最简单的灵魂，契合着大自然最简单的节奏。

路旁，一头老黄牛，慢慢咀嚼着草料。它抬起纯洁的眼睛，像一颗巨大的露珠。眼一眨，睫毛上一串露珠"吧嗒吧嗒"落进土里。

农夫过来看看，并不催它。他的手里没有牧笛，也没有鞭子。

我忽然觉得，这粗壮的农夫，是几千年前的孔孟，用无言诠释着"五谷不时，果实未熟，不鬻于市。木不中伐，不鬻于市。禽兽鱼鳖不中杀，不鬻于市"这一"取物顺时、合乎礼义"的自然法则，他懂得，在满足生存需要的同时，爱护自然万物，合乎自然法则。

"走吧。"许久，农夫孔子或孟子站起来，说。

"走。"我听见牛答应了一声。

"走。"

大家继续走，慢慢悠悠，散散落落，炊烟般舒缓，自然。

二、那杯千年前的茶……

上午九点半的阳光。

海拔五百米的泉水。

三五片来自晋代的"婺州东白"。

四合院，白墙青瓦，精雕细琢的两层木楼。

天井砖石缝隙里苔藓的绿意……

全部一起，注入透明的玻璃杯底。

绿茶，在汩汩的水声里翻飞，我忽然听见千年前的喧嚣。

这是中国茶文化史上的一座丰碑——全国罕见的玉山千年古茶场遗迹。

这儿的茶，晋代开始声名远播，自唐代开始进贡朝廷，宋代实行榷茶制度和茶马交易两项重要国策起，这灵秀之地，便有了"榷茶"之地"玉山古茶场"。

春秋两季，茶农们来此祭拜茶神、兜售茶叶，官家在此征税、专卖，五湖四海的茶商来此住宿、品茶、买茶卖茶。

那些已然作古的人们，曾经坐在二楼的雕花椅子里，一边看戏，一边谈笑风生，一边细品一杯杯新茶，定出等级、价格，交与伙计。

楼下的人们则侧着耳朵，盼着伙计走下楼梯一声吆喝："贡茶——马路茶——文人茶——"

有的脸瞬间苦了，有的脸瞬间灿烂，如同千年后九点半钟的阳光。

假如下雨呢？

雨淅淅沥沥下着，蓑衣斗笠的茶农，任凭雨怎么下，都不言不语地等候着他们的生机。家里人在家等急了，便冒着雨，送饭过来，正好听到伙计报的自家茶的价位。夫妻俩隔着雨，对望一眼，笑了。卖完茶，他们挑着空篓，踩着泥泞一起回家。

雨从古代一直下到现在，那份幸福也是。

我听见满足，虽然只是贫贱的山里夫妻。

我听见茶香，在他们说出的私语里。

最陶醉的，是我听见了最真实、最自然的风雅，在这山野之间，在平凡、地道、自然的每一个生活细节里。

我们一干人，各自手捧一杯热茶，靠着，坐着，听着或什么也没有听。不知谁偷拍了一张几个人闷声不响喝茶的镜头，包括沉浸在某种声音里的我。同行的龙一看见了，说，真像地主婆啊。

是啊，多么享受。

如果没有人叫醒我，我愿意一直捧一杯热茶，窝在太阳底下，一坐一千年。

三、那些古村的王……

从一个长着千年古树的村庄，嫁到另一个长着千年古树的村庄，该算是一个新娘最好的归宿吗？

当我远远看见屹立在古村头的它，我觉得，它，就是古村的王。

这棵七个人才抱得过来的银杏树，已有 1400 岁。它看见庄稼青了又黄，黄了又青，看太阳月亮交替，看村里的屋子破了又建，建了又破，看芸芸众生悲欢离合。雷劈电闪过，风吹雨打过，牛啃过它的根，鸟在它头上拉过屎，女人上吊过，金榜题名的文武状元和十八位进士，在它脚下玩耍过，世界在它面前新，在它面前旧……

一切都是浮云，唯一不变的，只有天空、大地、它——古村的王，时间的王。

当我走近，像一只蝼蚁，匍匐在它裸露在地表的黑色根茎，匍匐在满地的绚烂中时，我觉得，它，是我的王。

是我最爱的银杏树，是我见过的最古老、最美丽的银杏树。它的美，不仅在它参天覆地的树干，古老而娇嫩的叶子，雍容而素朴的气质，还在它身后斑驳的石墙，黑色屋背上覆盖着五分之四的金黄，它脚下那满世界静谧的、纯粹的金色。

最美的，是它站在村头，在天地之间、万物之上那王者一样的气势，却与它周围一切的相依相傍，惺惺相惜。仿佛所有生命，随时愿意与它一起，旋转轮回，上天入地。

我也愿意。

远处传来沸腾的鞭炮声，整个古老的村庄，正为一个姑娘送嫁。嫁妆从刚刚修旧如旧的石屋里抬出，大卡车上，已堆满大红大花被子。

她会嫁到哪儿？

在村的另一头，我们又遇见了很多古树，好几棵同根生的，像"两口之家""三口之家"，最有趣的是，其中有两棵树合抱在一起，树根像极大腿，像在合欢中的男女。

大家都笑了，多么祥和，连树也是。

我们行走在一个又一个长满古树的村庄，拜谒着那些沉默的王，傍晚，我们栖息在王的脚下。

沸腾的鞭炮声突然又在不远处响起，村长说："走，带你们闹洞房去！"

真巧啊，白天出嫁的那位姑娘，嫁到这个村来了。新郎和她一样，都在青田打工，雕刻石头的。

多么般配，同样的土生土长，乡里乡亲，同样的古树，是他们无论走到哪儿，一生都不会变的相同的乡望。

我们一个个像孩子一样把衣角兜起，兜回一大捧喜糖、花生、香烟、膨化米棒。

走在初冬的冷风里，嚼着一颗生花生，在别人的故乡，我忽然闻到自己故乡暖暖的味道，不知道为什么，眼眶慢慢热了起来。

在越来洋气、越来越亮丽的故乡，我已经很久没有闻到这样的味道了。

我们有几个人，还能嫁娶乡里乡亲，知根知底，每天与故乡相拥而眠？

四、那份真诚劳作的香……

磐安的每一口食物，新鲜得像直接从土里到嘴里。印象最深的，是两顿早饭，以及"顺"来的一堆野食。

"吃早饭啦！"主人纯农村的大嗓门，是绝美的引子，引出一大海碗鸡蛋猪肉青菜香菇蕨根粉，热气腾腾，香气腾腾。

我似乎看见，鸡蛋刚从还热着的鸡窝里掏出来。生它的鸡，可能就是昨天引起我们围观的那群土鸡，它们自己排着队，亦步亦趋走过一座架在溪流上的石桥，觅食，闲步，吵架，交配。它们不会被关在暗无天日的地方，像上班族一样拥挤，按钟点吃规定的饲料，打抗生素针，被催肥，催长，催生。

我似乎看见，猪早上还在跑，它临终前的每一天，都很快乐，不用吃掺了什么精的饲料，不用接受人工授精，不用站在大卡车上痛苦地长途跋涉，它们的一生都没有被谁摧残过。

我似乎看见，青菜刚从地里挖起来，还带着露水，泥巴，菜虫。

我们曾经在暮色中看见，一座大桥下，一对夫妻在两个大得像谷仓的木桶旁劳作，我们隔着河问他们在干什么。他们笑说，在做蕨根粉，要挖地三尺，挖出蕨菜根，再晒干，打成粉，在溪水中一遍遍过滤，再晒干，再做成粉条……

这碗蕨根粉，像直接顺着河水流进碗里。

油是菜油，自家轧的。

水是山水，后山接的。

仅仅是一碗面，所有的来龙去脉一清二白，那么直接，那么新鲜，没有危险，没有污染，真实得让人落泪。

我把面汤都喝了个光。

几天后，我们在另一村庄吃过一顿极为丰盛的早餐。我们寄宿的几户主人，将自家做的早饭全部集中到一户——玉米饼、蕨菜饼、野猪肉炒香菇、雪菜炒笋、炒野菜、酱萝卜，还有羊杂蕨粉羹、玉米羹、白稀饭、烤番薯、烤芋艿、烤馒头……没有油条，也没有任何其他油炸的东西，整个房间里浓香馥郁，吃过早饭的每一个人，呼吸里都散发着新鲜食物的香气。

主人们非等我们离席了，才接着吃，几个女人抓着饼，端着大碗，站在门口吃，吃得很香。其中一个女人，见我看她，粗糙黑红的脸，突然绽开一个笑，散发出被阳光晒透了的干香。

多么知足啊，此刻，仿佛我不是客人，而是她们中的一个。

每一天，我和同行邹园都形影不离，走着走着，总想

"顺"点什么。在一个门口有水车的屋主人那儿，发现了生栗子，偷吃了一个，出乎意料的甜！主人见了，硬往我们兜里装，还硬塞给我们大半袋葵花瓜子，奇香无比，是我们这辈子吃过的最好吃的瓜子！

我们一路还"顺"了几根农民晒在野地篾竹排上的番薯丝，很甜，刚出炉的香榧，很脆，还有漫山遍野的野草莓，酸甜后的回味是不可思议的鲜。据邹园交代，她还"顺"过农民晒的干菜，特别鲜美，可惜我没吃到。

当我们不得不以那些来路不明、成分暧昧的食物为生时，这里哪怕粗茶淡饭，都显得格外香甜、珍贵，不仅因为，它们直接来自田间地头，还因为，每一个环节，都渗透着真诚劳作的芳香。

五、那座长满药的森林……

从太空往地球看，最广袤最深邃的葱茏，就是我们祖先的老家。

早在五万年前，人类在森林中横空出世，"树叶蔽日，摘果为食，钻木取火，构木为屋"。他们在土地上最大的生态系统中孕育，诞生，成长，繁衍，壮大。

依赖它，崇拜它，爱它，感恩它，懂得保护它。

后来，人类走出了森林，带着森林赋予他们的一切——

森林之美，绿，香，氧气，还有至今未找到答案的特殊刺激物，给人类肉体和精神的双重享受，以及梦想。

森林之品格，大气，坚忍，固守，包容，无私。

森林之智慧，吐故纳新，自然从容。

人类从森林出发，一路挥毫泼墨，画着丝绸蚕桑、男耕女织，画着江南丝竹、黄钟大吕，画着琴棋书画、铁马金戈，画着人类历史文明的壮丽长卷。

从太空看，中国东部那块最绿的地方，就是磐安的森林，覆盖了磐安近百分之八十的土地。和所有的森林一样，它拥有无数珍稀动植物和风景名胜，但最独特的，是它举世闻名的中药材。

自宋代起，磐安便因中药材而蜚声中外，有"药花开满若霞绮，万国皆来市"之说，这片神奇的土地，得苍天独厚，山水土质和气候条件特别适宜中**药材**生长，动植物药材1200多种，品种多、门类全、产量大、质量好，享有"中国药材之乡""千年药乡"美誉。

然而，再丰厚的宝藏也经不起无休止的挖掘。有一天，一个磐安人意识到什么，停下了采药的手，第二个磐安人，停住了上山砍伐的脚步。紧接着，一个个，一户户，一村村，一镇镇……都停了下来。

不上山采药，靠什么过日子？

自己种！

于是，"家家户户种药材，镇镇村村闻药香"。从此，磐安的中药材种植成为传统优势产业，产量占全国五分之一，在国内外市场举足轻重，悠久的历史还积淀了丰厚的药乡文化、养生文化。

森林也终于缓过了元气。

儿时，最喜欢闻的，就是中药味，悠悠药香，袅袅热气，带着母亲的体香，喝了，人就舒坦了。

"大德无言"，一碗沉默的中药，是磐安对世人无言的爱，也是森林母亲无言的乳汁。

森林，这个巨大的生命体，永远像母亲眺望着、守候着远行的孩子，看着自己的孩子累了倦了回来歇歇，即使无尽地索取，也从无怨言。

自然科学伦理学家图尔明说："在宇宙中有在家的感觉。"

当"啃老族"们变本加厉盘剥着大地母亲时，磐安是个孝顺孩子，没有忘记自己的老家、老妈。

六、那些过去和现在的他（她、它）……

理想与生存，几乎永远矛盾。无论是时间深处，还是当下这一秒。

淅淅沥沥的冬雨，落在榉溪村孔庙黑色的瓦檐，飘下一线线银色游丝，仿佛飘忽不定的时光。

我想，世上有几个人，能像孔子四十八世裔孙孔端躬那么幸运，来到磐安这福祉宝地，既能继续他繁衍生息的幸福生活，又能实现传承儒家精神的美好理想呢？

八百多年前，北宋被迫南迁，孔端躬背井离乡，挈族避难。他携带一株来自孔林的红豆杉苗，行到婺州榉溪时，因父亲病重不能再行，便在这灵秀之地，种下了红豆杉，弃官为民，从此以山水为伴，日出而作，日落而息。但是，他没有忘记他的理想与责任，他兴办学堂，教化民众，传授儒家文化。

其实，磐安，本就不是乡野磐安。早在南梁，昭明太子萧统曾隐居大盘山编写文选并种药救死扶伤，唐朝诗人李白曾漫游好溪，宋朝诗人陆游、明朝文学家屠隆都曾到磐安旅居，留下千古诗文，为磐安的山水增添了无限神韵。

如今，20 个乡镇，363 个行政村，随便哪个支书、村长，几乎都能出口成章，对历史文化、天文地理娓娓道来，对庄稼地里的事，更是熟络得如家常便饭。

这儿随便一个并无书生相的人，却出人意料地写得一手好字、好文章。

这儿随便哪个山丘，都有可能葬着文人进士。

这儿路边普通的一座坟墓，墓碑上不刻名字，而是"山水知音"。

这儿随便一个村，几乎都有庄重肃穆的祠堂。人们供奉祖先，不仅用仪式，还用自己的一言一行。

那些逝去的人们，享受着比生前更隆重的尊敬，即使，他们只是平凡的农民。尊敬，便意味着，活着的人，是清醒的，知道什么是对的，什么是错的。

当我们无数人，将"欲望"误读成"理想"时，走在磐安的古村古道古巷，浸淫在它隔世般缓慢古老的节奏里，我常想，这儿的每一个平凡人，会有什么样的"理想"？

假如，他们从小生在这儿，长在这儿，从来不曾离开，从来不曾去过外面的世界，一定不会有所谓的"理想"，一定每天很知足，很充实吧？

像她，那个坐在门口削着番薯的老农妇，在我们一干城里人的众目睽睽之下，怡然自得，旁若无人。

像她，那张照片里的百岁老人，照相前将头发梳得溜光，笑得那么美。

像那只狗妈妈和它的三只小狗，太阳下，尽情亲昵嬉戏，一点不怕我这个陌生人。

像她，两岁的小女孩，在挂着红灯笼、堆着稻草和柴、码着大缸酸菜的进士府邸，并不懂得曾经的荣耀，捧着半碗没有菜的煮粉条，一边挑到嘴里，一边和两个小男孩玩得起劲，他们空着手，没有玩具，却那么开心。她突然抬起头，笑，叫我"阿姨"，像叫一个每天都来他们家的亲戚，又自顾自玩。我掏出包里所有吃的给他们，他们接了，也不抢，也不说谢谢，继续玩。

像他，中年木匠，在傍山傍溪的街旁，听到我们赞叹花雕椅的精致和圆润时，露出雪白的牙，笑说："不是我刻的。我油漆。"神态相当自豪。

……

这里，没有人为掌声而活。

也许，只为内心而活，也许，从来没有想过为什么而活。

多么简单，又多么智慧。

最后一晚，我们住在一户山里人家。

不知道为什么，墙上冒出很多黑色的小飞虫，我们奋战了好半天才消灭干净。后来想，大概是房间里开空调热，山里的夜太冷。

这年头，连虫子也喜欢空调，明知那是不真实的空气，明知是赴汤蹈火。

我们又何尝不是那些虫子？人生和虫生是一样的，无非两种选择：

一是老老实实做不要空调的虫子，山野村夫般自由自在，自给自足，自生自灭，知足常乐。

二是做有空调的虫子，为所谓的"理想"努力奋斗，地沟油得吃、废气得吸、压力得扛，哪怕头破血流，都是平常正常。

选好了，是好是坏都认了，何必患得患失？

这样想，心就开阔多了。

七、所有的安如磐石……

两天后，我去了香港。车子飞驰过青马大桥，进入灯火璀璨、高耸摩天的钢筋水泥的森林，感觉像穿越梦境，不由叹：反差真大啊。

人类的进步发展，说到底是从森林到"森林"，这对于人类，对于地球、宇宙，到底是福是祸呢？

我一直不懂。

有一个网站，可以看到世界各名牌大学的视频公开课，我第一次打开，便被《幸福课》吸引。"我们来到这个世上，到底追求什么才是最重要的？"被誉为"最受欢迎讲师"和"人生导师"的哈佛大学心理学讲师 Tal Ben-Shahar 无比坚定地认为："幸福感是衡量人生的唯一标准，是所有目标的最终目标。"

此刻，当我以"生态"的名义，重新回望磐安，我想起，磐安县名出自《荀子·富国》："为名者否，为利者否，为忿者否，则国安于磐石。"多么不简单啊，一个小小的王国，任世界变幻，始终磐石一般，坚守着自己那份最深的"绿"，让无数颗心灵，安如磐石。

但我深知，为此，它不仅付出过，还在失去，"生态"背后，一定是"生计"之艰难，是贫穷，落后，还有沉重，伤感。

歌里说，"从未感到过孤寂，就算这尘世颠翻天地……光阴逝去，命运点滴，唯一不变的是一起。因为坚信，我们敢去，哪怕远方看不清……"

磐安，你慢慢走，做你自己。我和你一起，你所有的子民，也永远不会弃你而去。

时代与时代相连，历史与历史轮回，仿佛是个圆，你看似走得很慢，其实，也许，你正走在最前面。

夜渡莲岛心染香

莲，自一亿三千万年前已然褪尽铅华，它，还可能再淡？

此时，在江南富阳的香莲岛上，一注沸水、一朵干莲花、一个玻璃壶，三分钟后，一缕极幽的清香引路，一朵极淡的莲花轰然盛开。

莲没有迎面朝我们盛开，而是顾自垂首向下。当我将玻璃壶高高捧起，仰脸细看，正热烈聊天的三五好友突然噤声。

透过玻璃壶底，我们与莲面面相觑。片片花瓣，比宣纸更薄，更透，更淡。细软如珊瑚的白色花茎花蕊，随着水的微流齐齐摇曳。一朵莲，仿佛一条绝世独立、自在游弋的鱼。

平时所见的莲，已然最高洁脱俗的了，却原来，还可以再褪。褪尽一切一切的铅华后，便有了鱼的魂魄，有了真正的自由、自在。

香莲岛上的莲，是有些来历的，名"九品香莲"，为台湾友人相赠，有金、黄、紫、蓝、赤、茶、绿、红、白九个颜色，花朵直径很大，花瓣重叠繁密，有"千重莲"之称。爱莲人将九品香莲遍植岛屿，香莲岛便成了一个名副其实的莲的世界。每年五六月间，花开时，随手采一朵新鲜的莲花蘸着蜜生吃，唇齿之间清香回味无尽，亦可以泡茶，入菜，还可酿酒。

莲最常用来作为宗教和哲学象征。传说佛祖诞生时，下地走了七步，步步生莲。佛教六字真言"唵嘛呢叭弥吽"中，"叭弥"的意思便是莲花。而在中国传统文化中，"莲"与"联""连"谐音，"荷"与"和""合"谐音，台湾友人相赠莲种，寄托着一个多么深切的愿望啊。想必，台湾宝岛上的莲，也快开了吧？

香莲茶让人思绪游离，香莲酒却会让人沉醉其间。入口，先是一股醇香，感觉酒是烈的，热的，回味却是一缕甘甜，如转身后一个温暖的目光。配上岛上自产的农家菜，如香椿头、水芹菜、野荠菜、野兔、山鸡、山菌类等野味，效果却是清火的，似乎，几口过后，感冒已久的鼻息也通畅多了。

在茶与酒的冰火交织里，香莲岛的夜，随着湖面上的薄雾蜿蜒而来。零星的灯火，清冽的空气，无边的寂静，已看不到向晚时分看到过的湖水，水里的鹅卵石子，湖心一动不动的船，一层比一层远的水墨般的山，远山那边隐约可见的油菜花田，水杉林，水潭，廊桥，小木屋，还有我想象中的杜鹃花。天地只一岛，我一人。

此时，茶与酒换掉了我的血液，使我恍惚间成了此地的原始岛民。此时，我眼里，油菜花只是农作物，而不是城里人为之雀跃的观赏花。我种粮食，种莲花，也种时髦的巴西桑果、日本樱桃、七彩番薯、油桃等等，吃自己种的养的东西，住自己造的小楼，一群鸡鸭、几只土狗承欢膝下，日子散淡而厚实。

城里人一定喜欢极了这里，热闹着他们的热闹，割蜂蜜、喂山羊、磨豆腐、挖地瓜，烧烤、钓鱼、攀岩、打牌，我一边在心里善意地嘲笑仿佛从牢里放出来的他们，一边深深地理解和同情……明天，一离开，我就是他们。

这一夜，我是浮在水上睡的——茶里，酒里，湖水就在窗外。这些水，一波一波漫卷着梦的边缘，"出淤泥而不染，濯清涟而不妖""人来间花影，衣渡得荷香""留得残荷听雨声"……一句一句、一阕一阕，先是波光闪现，再是顺势蔓延，荡涤了脑海里占据已久的俗事俗物，留下一片澄明。

这一夜，我是浮在香味上睡的，整座岛，像一朵浮在水上的巨大的绿莲花，吸收着天地日月精华，倾吐着缕缕暗香。我的呼吸、酣眠，都随着这朵花吐纳，自然，舒缓。

这一夜，我是浮在空中睡的。真静啊，连风声都没有，如同太空，偶尔有几声夜鸟的低鸣，才像人间。晨起时，居然能听到隔壁小楼里的人语声。

这一夜，我经过香莲岛，像经过一个渡口，像一朵干莲花经过一场沸水，滤下铅华凡尘，带走一颗余香缭绕的心重新上路。

这种香，就是香莲茶的味道，居然是一种出人意料的，略带青涩的，最本真的谷香。

灵魂私奔的地方

覆卮山，念 fù zhī 山，意思是倒过来的酒杯，因东晋山水诗人谢灵运"登此山饮酒赋诗，饮罢覆卮"而得名。而我更喜欢它的谐音，"福祉""福至"——我轻轻念出声，又把它慢慢咽了下去，像咽下一口酒，然后拾级而上，去拜访那些住在酒杯里的人。

其实，我对上虞的山毫无期待，最高的山只有八百多米，会有什么呢？车子离开市区开了半小时还没到，我已经有点烦躁，大热的天，爬山是不可能的，看寺庙？看风景？酷热的天里，看什么都没有诱惑，此刻，我只想找一个清凉的地方，躺一躺，静一静。

我问陪同的当地人，我们去看什么？他说，如果不爬山，是没什么好看的。

我愕然。我知道覆卮山有一个很特别的地方，是"石浪"——石头像浪头一样层层叠叠蜂拥而起，对于喜欢攀岩登山的人，其乐无穷。然而，不爬山呢？

终于抵达山顶一个叫东澄的村庄。天蓝得很通透，太阳

125

和羽毛似的白云都静止不动，却有山风吹到皮肤上，凉凉的，显得特别善意，仿佛一个主人，应该是个农妇，看懂我心里的烦躁，轻柔而无语地迎上来，让我顿觉内疚。我迎面向风，像端过一杯她递过来的凉茶，端过一座山、一个古村的好意。

这是一座石头村。石头垒的台阶一直蜿蜒向上，连接着整个村庄，所有的房屋也都是石头垒的，特别整洁，藤蔓交缠，古树婆娑，很有味道。来自远古冰川遗迹的溪水从石阶和房子的缝隙间顺流而下，很细，但很清，能想象春天哗哗奔涌的样子和声音。

一排巨大的石臼，散落在村的高处，积了前些日子下过的雨。目光从雨水出发，沿着倒映在水里的一根树梢往上，再向远处，能穿越层层叠叠的千年梯田，望得很远，是望，不是看，还能听到从春天传来的千亩油菜花灿烂开放时蜂蝶的嗡嗡声。

石头垒砌的墙头冒出各种结果的树，橘子树，樱桃树，桃树，梨树，李树。

一位黝黑瘦小的大爷，光着上身慢慢劈着柴，看我们走近，坐到木桩上，点燃了一根烟。

喃喃的念佛声由远而近，堆满木柴的门内，一位老妈妈在念佛，她穿着曳地长裙，显得格外端庄，据说这儿所有的女人只要念佛都要穿上长裙，有一种仪式感。她回头看了我们一眼，继续念。

有很多狗，几乎和我们看到的人一样多。年轻人都出去了，狗成了陪伴老人的年轻人，几声欢叫，成为宁静山村里跳跃的音符。

一根粗毛竹被劈成两半，架在一座正在修建的寺庙的上下层，两个民工正用来运砖头，砖头从楼上滑下来，直接落到地上的车斗里，他们一边干活一边说笑，是此时无比静谧的山谷里唯一的声音。看到我们走过，他们停下手里的活，给我们让路，说，这么热的天，你们来看啥？还是你们自己漂亮！

为什么身在其中的人们都说没什么好看的？为什么我觉得这儿每一步一扭头一转身全是美景呢？

为什么我很想住下来？住在这个倒着的酒杯里长醉不醒呢？

为什么当年的梁山伯祝英台，不来一场私奔？住进这个世外桃源？

从玉水湖畔祝家庄的英台楼远眺，应该能遥望到覆卮山。这座山，也许她从未去过，也或许去过。此刻，我站在英台楼上眺望远山，想象着一场从未发生的私奔——假如梁山伯不是文弱书生，他闻听英台被许配马文才，第一反应是愤怒，第二反应却不是气急攻心吐血而亡，而是一把抓过祝英台的手，说，英台，跟我走，咱们私奔，随便去哪里，就去对面那座山也行，我们砍树，搭屋，种杨梅，种樱桃，打猎，生孩子，苦日子也罢，穷日子也罢，有我在，不要怕。走!

然而，两个读书人能干什么？怎么谋生？就算马太守的官兵们不会搜出他们，他们能在山里自食其力生存下去吗？假如可以，一对家庭背景迥异的贫贱夫妻，能幸福一辈子吗？

梁祝无法私奔。我们呢？都说城市的脚步很快，其实不是的。城市很慢，因为远——从一个地方到另一个地方，从一个人心到另一个人心，从一句话到另一句话，都那么远，那么堵。我们无时不在奔波，抵达幸福的速度却很慢。

而乡村里什么都快，人与人说话，人与牲畜说话，人与空气，与白云，与水，与庄稼，与日月精华，与祖先，都那么近，于是，一个灵魂抵达幸福的速度，也快。

覆卮山下，一坛高粱酒刚刚打开，新采的二都杨梅被投入五十二度烈酒的一刹那，整个山真的变成了一只酒杯，浓香四溢。我们无法和谁私奔，但这是个适合灵魂私奔的地方，适合它放肆一下，休憩一下，并且养养伤。

德清是一个人

二十多年前的盛夏，我们四个人，两男两女，在浙江北部德清莫干山顶一幢很破旧的别墅里，点着蜡烛，听着大雨捶打竹林的声音，一起度过了我二十岁的生日。天蒙蒙亮，我们搭了一辆拖拉机，从山顶呼啸而下。年轻的脸，很长的黑发，在呼啸声中与绿色的风剧烈摩擦，如同我们的内心，准备与这个世界来一场快意恩仇，速度那么快，如今想来，却觉得当时时光那么慢，那么快乐。

二十多年后的公元 2015 年 6 月初，梅雨季节即将来临，我们一行八个写散文的中年人，在莫干山脚下采风。我们佯装散漫，徘徊溜达，无所事事，节奏像一群老人般，我们日益衰老的脸不再与风产生剧烈摩擦，如同我们的内心已与世界达成和解，表面上，一切都显得那么和缓安宁，内心却听到时光嗖嗖嗖的声音。

不应该啊，这是多么好的地方啊，德清。

据科学试验，人的眼睛看世界时，你看什么，只有什么是清楚的，周围都是模糊的，因此，我们看到的，只是世界的百分之一，否则，你的大脑根本无法接受巨大的信息，你的脖子无法支撑你的巨大脑袋，这是造物主的仁慈。此刻，我坐在离德清不远的杭州的梅雨季节里，翻看在德清的一张张合影，却看到了另一个人的影子——德清，它是一个人的样子——一个从旧时光里穿越过来的穿布衫的人，无处不在。

他在虞村的老火车站。虞村有一条颇具民国风味的街道，接近老蚕丝厂的一个拐角处，有两块木头牌子，一块刻印着沈从文的句子"在小羊'固执而且柔和的声音'与乡民平常琐碎的对话之间，存在着一种和谐；这河面杂声却唤起了一种宁静感。"再转一个角，另一块刻着"到了乡村住下，静思默想，我又觉得自己的血液里原来还保留着乡村的泥土气息。"是茅盾的句子。我没想到在这里会遇到他们两个，但这两句话在此时此地却无比贴切。还遇见一个人，名字忘了，大约也是民国时期的某个文人，在火车站古色古香的墙上，印着他的一段文字，说的大约是他要坐火车出门旅游，夫人叮嘱他说，要慢，要安稳。我仿佛听到了来自民国的那班即将发出的火车慢吞吞的鸣笛声从远处传来，而这位先生，正坐在前往火车站的马车上，听铃当叮当作响，他的行李里，一定有一只竹藤箱子，里面一定有几本线装书，是读书人应该有的样子。

我们站在老火车站前合影，请当地朋友用我的手机拍。奇怪的是，不知怎么回事，拍摄模式自动变成了怀旧功能。

于是，照片微微发黄，一群文人仿佛回到了民国，每个人在那种色调里，突然温婉而宁静，四周亦变得宁静，仿佛我们穿越从前，与沈从文、茅盾他们在一起，一起看废弃的旧火车枕木上钻出嫩绿的草，一起看空寂无人的一个咖啡吧里长得像猪一样的两只小白猫。我站在街角，用手机拍它们时，从玻璃窗的反光中看到了无数德清故人的影子——游子孟郊、一代词宗沈约、才女管道升、山水画家沈铨、经学大师俞樾、红学家俞平伯、民国总理黄郛……还有那些曾与莫干山有过神秘纠葛的外乡人苏东坡、赵孟頫、梅滕更……

我气喘吁吁爬到黄郛曾经的藏书楼、如今的陆放版画展厅前时，朋友几个已经坐在巨大的樟树下，架起二郎腿闲聊。雨前天色灰暗，空气无比清新，几百岁的巨大树冠，让我想起释迦牟尼得道的那棵菩提。他们三三两两散落在绿色的大伞下，与我仿佛隔了很多个世纪，大树，天空，积雨云，蚂蚁，蚊子，茶几，藤椅，茶，聊天，看手机，无比的淡而闲。没有领导讲话，没有紧锣密鼓的行程，亦没有非谈不可的主题。从雨前到一场淅淅沥沥的雨下下来，他们在脑海和对话里，也遇见了一些与德清有关的故事和故人，感叹着地杰人灵和民风依旧……我认识他们很多年，从来没有见过他们这么无所事事的样子，这么像从前的文人，这么像一群志同道合的人。而这时候，德清，就是一棵樟树，默默罩着我们，像一位老友，默默给我们递上一盘瓜子，一盘笋干豆子，一杯茶。

等一碗乡愁 / 苏沧桑

　　然后，乐声响起。第一次，是在裸心谷。四面环山的绿谷，空旷幽静，很多人在一起，你却错觉只有你一个人在，真想把心裸露出来。怎么裸呢，大吼一声？大唱一顿？还是喝茶吧，还能怎样？这时，同行的陆布衣先生到车上把萨克斯、音响等一套乐器搬了出来，事前，我们曾力邀他把萨克斯带来，不料他带来的却差不多是一个"乐队"。悠扬的乐声在山谷里低空盘旋，如同那几枚莫干山绿茶，以为自己是鱼，在透明的玻璃杯里上下游弋，在没有夕阳的暮色里，映照着对面的满山竹林、懒步行走的两匹马、一条溪流、藤椅脚边一堆五颜六色的杂粮，盘桓成一种极美的意境，让人忘记一切，只想喝酒，喝红酒，想大哭，或大笑。第二次，乐声在一个叫云起琚的地方又一次响起。那是山坳里的一个小饭馆，一个农家的小院子，我们在楼上轮流讲笑话，萨克斯在楼下的雨声中，一丛翠竹前。我们的热闹，它的寂寞，强烈的反差，黑白照片般摄魂，那时，我觉得德清变成了一个民国穿布衣旗袍的女人，妩媚而善解人意。

　　在新市古镇的一幢古宅楼前，一位韦姓先生站在长满杂草的廊檐下，指着一块石头说，这是世界上最长的条石。我不懂，假装懂，一直点头。他什么都懂，对这个水乡古镇了如指掌，如数家珍，当他将自己编写的书一本本送到我们手里，就知道他有多么爱这个地方。让我想起我的老家，也有一位老先生，他什么都懂，镇子里的杂志都是他负责编，也让我想起同行的安峰对古运河研究的执着，百忙中已经出版了十来本书，还要继续。似乎，每一个古老的地方都应该有这样一个人，但几十年后呢，还会有吗？几十、几百年后的德清，还会是一个自然、人文都得天独厚的清凉美丽世界吗？

这个念头让我低落，直到我走进德清图书馆，遇到一直倡导裸心阅读的慎馆长和年轻的朱炜时，才放下。朱炜还是学生时，就给我写过信，我们在微博和微信上均有交流，但此时我才知道，他如此年轻，却已出版过关于德清人文的好几本书，他还是德清历届最年轻的诗词学会会长，每一个端午节，德清的上空，会一直回旋着他和同伴们的朗诵。

德清，取名于"人有德行，如水至清"。从新石器时代至今，从人德到自然之德，德清也前行也奔波，但始终坚守，不离不弃，因此，在德清短短几日，总有一种错觉萦绕——德清不是一个地方，而是一个中年人，他玉树临风，儒雅智慧，他气色很好，脚步很稳。

2015年6月5日，离开德清前，我们一行八人——陆春祥、马叙、赵柏田、海飞、周维强、安峰、邹园、苏沧桑借用德清钢琴馆的会议室，召开了浙江省散文学会第一次筹委会，没有寒暄和客套，聊得完全忘记了吃饭时间，忘记了两位先生还要赶火车，也忘记了应该留个合影。不过想起这几天已经与德清有很多合影了，每一张合影都沾着他的月明风清，仿佛是个好兆头，也就心安了。

把油灯点亮

在雨声里，水碓声并不清晰。我先是看到了它的样子，静静躺卧在南方冬天依然青绿的田野中，石桥下，芦苇岸边。溪流卷起巨大的水轮，带动碓木和碓锥一起一落，捣在青石臼里，发出"咿—呀—咚——"的声音，混合在细密急促的雨声里，像古琴声在贝多芬田园交响曲的高潮部分里泅渡，低沉缓慢的音符，不细听是听不见的，听见后，听觉便跟着它走了。古人描述的"碓声如桔槔，数十边位，原田幽谷为震"，显然是很从前很从前的情景了。

若有若无的水碓声中，我与善根不期而遇。这是2017年年初，江西上饶东阳乡龙溪村空无一人的村口，我从村外的农耕馆出来，打着伞走在通往村里的石头路上时，看到他也打着伞，迎面向我急急走来。

远远看见他时，我满脑子还都是农耕馆里堪称浩瀚的农具和生活用具，几百件之多，比百度歌谣里的还多：

犁杖耙耱镢锄镰，叉刮镢锤斧夯铲。

绳索套项驴安眼，驮笼驮架马骑鞍。

桶笼箱筐加水担，升斗口袋和褡裢。

刁镰麦耙茇麦秆，杈杖扫帚推刮板。

扬场晒籽用木锨，石槽铡刀碾子碾。

锅碗瓢盆瓮坛罐，壶杯钵匙筷碟盘。

刀擦杖刷与风函，尺镜针锥钳镊剪。

桌椅板凳床柜案，簸箕面渠箩筐篮。

麦耧秋耩播希望，板锄露锄抢得欢。

手头家具样样全，人勤春早仓囤满。

　　但是百度上找不全它们的样子，我用手机一张一张把每一件物品都拍了下来，包括菜籽、松果、玉米种，我想随时翻看无数村庄们正在远去的日常。曾经被视为神器圣物的农耕器具，正在被岁月抛弃，尽管上一秒还沾着泥土和肥料的气息，汗水或鲜血的咸味。龙溪村姓祝的村民们捐赠农具时，心里是怎么想的？舍得吗？还是无所谓？甚至因为手头有了更便利的电动工具而高兴？我想应该是后者，假如我是一个村民，或这个村民的亲人，也会高兴。

　　石头路上，唯有我和他。初冬的田野像初春那么清新，大地盛开着无数绿色花朵，是一些蔬菜和一大片即将在两个月后开花的油菜。唯一的一座水碓响在石头路的左侧，然而大地上一切播种发芽、丰收加工，都已与水碓没有任何关系，它不再是工具，而是作为一道景观存在，水轮像一只巨大的眼睛，看着田野上蓬勃的农事，它成了局外人。离它不远的农耕馆，灯光下陈设的农耕器具、生活用具，也像一只只眼睛，隔着玻璃与游人、与孩子们对视。镰刀锄头已经生锈，像老人黯淡的目光，与泥土、稻谷再也无缘了，像绝大多数村庄一样，再也听不到水牛背上的牧笛了。

他花白的头发很短很齐，也很硬朗，像他的身板。他大约六七十岁，中等个子，古铜色的皮肤，端庄的五官，气质不像一个农民。我抬头看看他，他也看看我，又低头走。即将碰面时，我又抬起头看了他一眼，发现他也抬头看了我一眼，我笑了，他也笑了。此时，薄暮已经笼罩村庄，应该是做晚饭的时辰了，匆匆往村外走的老人，是去农耕馆吗？他去干什么呢？

擦身而过时，我说：老人家，你好！

他马上说：你好你好！

天都快黑了，你去哪儿呀？

我到农耕馆去，我要去锁门。锁了门，再到祝家祠堂给你们讲解。

在田埂上，我们停下来攀谈了几句。我刚刚恋恋不舍离开的农耕馆，和他果然有关系，他是看门人兼讲解员。他叫祝兴华，七十多岁了，是村里唯一的管理员，负责祝家祠堂、文昌阁、江浙社、农耕馆这四个地方。每个月五百元工资。他干过农活，教过书，当过铁道工，染过布，老了回了村里。他还有一个名字叫"善根",是奶妈取的。

我也就是帮帮忙的。没有人管了,年轻人都出去了,就剩下老人家了。

那些农具有你家捐的吗?

有啊,那个装线的箩筐就是我捐的,我祖母用过的。那个书箱,是我太公用过的,他乾隆年间考上过进士。其他都是一百多个村里人捐的。

你每天都要来吗?周末不休息吗?

每天都要来,不来不行的。

老伴呢?

老伴在家烧饭,我工作还没完成,不能回家。

他的语气里,有捧着烫手山芋扔不得的焦急无奈,又明显有一份自豪。

与他道别后,我沿着溪流往村里走,水碓声在我身后渐渐消失。自汉朝起,南方北方,几乎所有有水的村庄都会有水碓声,加工粮食,碾纸浆,捣药、香料、矿石,夜深人静时,水碓房的油灯下,总是晃动着一个个劳作的身影。不久前,我去过千年纸乡温州泽雅,看到竹林间掩映着四个连在一起的水碓,是人们用来捣竹浆造纸的。水碓房里席地坐着一位白发老人,溪水在长满青苔的水轮间跳跃,汩汩有声,飞散的水珠在阳光下叮咚作响,水碓轻捣着石臼里的竹片,发出"咿—呀—咚——"的声音,山谷里回荡着无限诗情画意。然而那位老人只是在展示,而不是生产。此刻,我脚下的东阳曾是三省交界加工粮油的首选地，集砻磨碾榨功能为一体的大型水碓方圆百里首屈一指。而此时，石臼里并没有作料，近听，就能听清一声声空捣声，粗粝，坚硬，像一个空巢老人冬夜里的干咳，听起来有点痛。

一个金黄色的大草垛，立在农耕馆外，应该是刚刚收割后的稻草堆成的。刚才，我把整个身子都靠了上去，果然闻到了浓浓的湿湿的稻草香，那一秒，我觉得回到了记忆深处的村庄、想象中的村庄。龙溪村以血缘关系聚族而居，自古诗书继世、耕读传家。一个古老的村庄，一座桥，一条溪，半面断墙，一棵樟树，一个草垛，一大片油菜，两间青砖灰瓦的矮屋，一个美轮美奂的祝氏宗祠，一个气势不凡的文昌阁，一个仍然萦绕着喧哗声的江浙社，一个静谧的观音阁，田野间响彻着水碓声声，人们的血脉里浸染着翰墨书香，这是我梦想中的桃花源的模样。

可是，我不想怀旧。真的。假如我是一个农家妇女，像善根媳妇那样地道的农家媳妇，我为什么要怀旧呢？如果回到从前的从前，我和大多数女人一样，天没亮就得起床，蓬头垢面，挑水烧火做饭，忍着饥寒将谷子挑到村外的水碓房碾米，顶着烈日扛着笨拙的农具去田里劳作。上树采摘的皂角怎么都洗不净衣服上的油垢，头发里长着虱子，没有擦脸油，甚至没有手纸，要在爬着蛆的粪坑上排泄，忍着蚊蝇叮咬。一场微不足道的小病就会轻易夺走自己或亲人的生命，怀胎生子更是过鬼门关。没有动车飞机手机微信，丈夫、孩子出远门了，思念很痛很长很绝望，而不是远隔万里也能随时视频、语音。任何一个极细微的享受，比如洗个热水澡，都要付出繁重的劳作。

在遥远的美洲，生长着一种外表极美的箭毒蛙，只有指甲那么大的母蛙担心蝌蚪在快干涸的水洼里死去，会将蝌蚪背在背上，开始史诗般的迁移。它从水洼出发，爬行一公里后攀爬到一棵大树上，找到凤梨植物叶子形成的完美的小水池，把蝌蚪放下，又回去背第二只蝌蚪，直到将六只蝌蚪一一安放在不同的小水池里。没有食物，它向水里排一个未受精的卵作为食物，隔几天就回来排一个。日日夜夜，它在马拉松式的漫漫长路上奋力攀爬，废寝忘食，让我想起自古以来乡野中的一代代母亲，如同箭毒母蛙一样，在无比艰辛的漫漫时光里攀爬，花容月貌迅速枯萎，脊背早早弯曲，指甲里总是藏着黑黑的泥垢……都说从前慢从前好，其实错的不是现代科技的进步，而是人心不古——忘本，贪欲，不耐心，不实诚，不再信奉一分耕耘一分收获。

水碓声在身后消失的一霎，我听到了一个乡野女子如释重负的叹息。每一个农人，都希望日子是轻快的，美美的，也想住高楼、装空调、开轿车、去旅游，有什么义务为我们城里人保留贫穷落后？保留所谓的诗意呢？时光的钟摆亘古不变，叫我们安常处顺，不必为一些注定消逝的事物伤感，并非只有通过水碓声，人才能接得上地气，记得住乡愁。有时，只需把心里搁置已久的油灯擦一擦，点亮。

2017 年的第一场雨里，我与善根挥手告别，去跟同伴们会合。善根说，快点跟上他们哦，村子很大的，不要迷路了。

从前所有的村庄外都响彻着水碓声，假如我是一个迷路的人，顺着水碓声，就一定能找到农家。坐在竹篱茅舍前，喝着他们递过来的粗茶时，一定能听到鸡犬相闻，听到"咿—呀—咚——"的水碓声，多么美好。但我也只是试着想象一下而已，我不想农人们回到所谓的美好。因为他们是我自古以来的亲人。

神仙的日常

脚尖碰到云，云像被犁开的土地，翻滚起很多比喻——一个人走进五月的仙居，像一根银针刺进一幅锦绣，一片落叶惊动静湖，一个声音跌进树的年轮……脚尖带起的气流，涟漪般慢慢扩散，一幅叫"仙居"的巨画也慢慢醒了过来。

我已经厌倦走一个地方，就讴歌一个地方，厌倦眼里只有 PS 过的美丽而故意无视种种缺憾。诗人荷尔德林说，做一个诗人，你要忍受那些必须忍受的，歌唱那些应该歌唱的。此刻，我不想歌唱仙居，但站在这个"仙人居住的地方"——李白梦里的天姥山，却很想大声唱歌。

"上河里的鸭子下河里的鹅，一对对毛眼眼照哥哥……"差点脱口而出的这首西北民歌，与此时此景完全不搭调，然而就是这么奇怪，可能因为这是我唱得上去的音调最高的歌了。唱什么不重要，就是想大声唱，因为此地的神奇，也因为它的日常。

后退，是仙居给我的第一印象。我是躺着进入仙居地界的，腰部不适，便将车座放平，车身平稳，躺在车上就像躺在船里，我的整个视野，便是车窗上方越来越明净的天空。云朵在往头顶上后退，路在往耳朵后退，盘桓于脑子里的诸多杂事杂念在往身后退，仿佛整个世界都在往后退。我想，平躺的姿势并非主要原因，不同寻常的地名"仙居"本身就具有强大的蛊惑力。何况，它是"沧海桑田""一人得道，鸡犬升天"等成语典故的发生地，有距今七千多年的下汤文化，有皤滩古镇，有蝌蚪文、春秋古越文字，有理学家朱熹送子求学的桐江书院，等等。

真正做神仙的感觉，从脚尖踏上"神仙居"的第一个石阶开始。我们遇见预料中的负氧离子极高的空气，遇见预料中的溪水、瀑布，遇见预料中的南方红豆杉、香果树、长叶榧、浙江楠、杜仲、厚朴木、金刚大、八角莲，还遇见一位石将军和一位睡美人，一个气拔山河，一个恬淡悠然，如果说神仙居是一部长篇小说，他们俩就是意味深长的引子，一左一右，一阴一阳，一文一武，一张一弛，在山脚迎着你，将你带入一个预料之外的深处。

出乎预料的，不是没有遇见传说中的金钱豹、穿山甲、五步蛇，而是那些神出鬼没的奇峰、断崖。远处或者近处，会突然出现拔地而起、巍兀独立、险峻无比的山峰、悬崖，它们有时隐在云雾里，有时骤然闪现，当你左右环顾时，会有草木皆"峰"的感觉，一座座都像是活的。这些奇峰、奇山、奇石、奇崖，让人惊艳，又让人匪夷所思，因为，仙居群山迤逦西行，绵延不断，唯独神仙居周围的山峰如刀切斧削，耸然独秀。

其实也不是特别高，一千多米，但当你和群峰一起在云雾里行走，便觉得离人世很远了。云雾缭绕着山峰，也缭绕着你。山峰俯瞰着大地，你也俯瞰着大地。山峰静默，你也会不由自主安静下来。你会觉得，自己成了其中的一座，自己在这里已经站了很久很久，几千几万年那么久。然后，她出现了，确切地说，是她一直在——观音峰，静静背对着你，双手合十，眉眼低垂，俯瞰苍生。在民间，人们总是将"快乐逍遥"与神仙相连，总是将"大慈大悲"与佛菩萨相连。站在高山之巅，我既没有快乐逍遥的感觉，也没有大慈大悲的念头，我只是觉得，站在这个"神仙居住的地方"，遥望着她，心里特别特别静，特别想多待会儿。

没穿袜子，裸露的脚背时不时会碰到野草，碰到树根，岩石，青苔，碰到阳光，溪水，云雾，我觉得是它们在叫我，所有的生命，都在跟我打招呼，让我多留会儿。我也想叫住它们，用我不成曲调的歌声，叫住云雾，叫住这个清晨，然后叫住黄昏，叫住一切美好的时光，一点一滴都不让它们溜走。

飘飘欲仙的感觉，最后被山顶一碗极其普通日常的浇头面带至高潮。清汤、笋丝、肉丝、鸡蛋丝、豆腐干丝以及柔滑的米粉，热气腾腾地摆在面前！这么一碗极富当地特色的浇头面，居然能在山顶吃到，加上一咸一甜两块麦饼，又累又渴的身体从生理上油然而生感恩之心。偷偷想，不食人间烟火的神仙恐怕也无福享受这份舒畅吧？

终归是俗人。生活的美好，本就由琐碎的日常与偶尔的神奇构成。只是在仙居，这两者的反差特别强烈。

飘飘欲仙的脚步离开山巅，踩上山脚的皤滩古镇时，千年盐运码头的日常以一种令人猝不及防的"亲热"汹涌而至。

"亲热"来自我脚后跟一阵细微的疼痛，极其细微，像被谁用牙齿轻轻玩似的咬了一下。随即，小腿被一团什么缠住了。一只白色的小土狗，很胖，绕到了面前，仰着脸笑着。我知道它在笑，它轻轻地抬起身子，想趴上来，果然就趴了上来，无比真诚的目光，不断摇晃的尾巴，所以我知道它在笑，对着我们这群突然闯入的陌生人笑。它来自古镇挂满灯笼又少有人迹的某个深处，它想玩，它喜欢热闹。它在人群里绕来绕去，又轻轻咬了我的小腿一口，湿湿的，像一个吻。

我有点相信，它是来自千年前的一只狗，它的前辈的前辈，一定见惯了这个古镇的繁华和热闹，它们的基因里，没有冷漠，没有警惕，只有友好，这多好啊。假如所有的乡村，假如所有的人与动物，所有的人与人，都这样，多好啊。

过了一会儿，当我在一个敞开的院门里看见一只黄猫和它刚出生不久的两只小黄猫，任凭我走近，隔着一丛野雏菊的距离对它们一顿乱拍，它们全体依然静静地看着我，更坚定了我对它们古老基因的判断。

然后，我们在鹅卵石铺砌的龙形古街闲逛时，流连于唐宋明清及民国遗留下来的气势宏伟、布局精美的"三透九门堂"时，在来自大唐的针刺无骨花灯和九狮图的魅影里迷离时，想象赌场当年的喧哗时，一块块把玩街边小店的彩石时，买蓝印花折扇时，在绣楼前自导自演连续剧时，小白狗一直跟着我们，像一个欢天喜地的孩子。我听见它来自千年前小声的追问：我很快乐，你快乐吗？你们快乐吗？

卖石莲豆腐的大姐，坐在看不出年代的老屋门前，隔着窄窄的小巷，和我叙起了家常。她住在城里，周末来镇里陪陪老母亲，父亲88岁时过世了，母亲89岁了，喜欢自己在后院菜地里种点吃的。她每个周末都来，子女也会跟着来。这里水好，空气好，人长寿，他们喜欢来，很多外地人也喜欢来。我不忍心问她，母亲过世后，你还会来吗？你老了，会回来住吗？将来你过世后，你的子女，还会来吗？

一杯石莲豆腐，让整个古镇更加接近它本来的味道。它是用一种植物做的，清凉解毒，我在老家常吃。走时，我跟大姐说，石莲豆腐里再加点薄荷水就更好了。她就笑，说，好的好的。

其实，我本来想说，再加点薄荷水生意就更好了。我把"生意"二字咽了回去。

在一个被我忘记了名字的村庄里，一位大姐正蹲在溪边洗衣服。流水，捣衣，已经是很少遇见的场景，况且是雨后，有一只黄土狗，有古戏台和盛开着黄花的仙人掌。她专注地用捣衣椎捣着衣服，偶尔抬起头看我们一眼。我不知道她在想什么，但我忍住了用任何矫情的问题打扰她。溪水流过她的手，她的衣服，然后流过整个村子，流向远方。我甩掉拖鞋，将一只脚浸入了从她那里流过来的水里。溪水包裹上了我的脚尖，脚背上翻滚起细小的浪花，像送了我一只水晶鞋。清冽顺着脚尖爬到脑门，让我忽然又想起了"仙人"两个字。

仙居曾名乐安、永安，于东晋立县。一千年前，宋真宗以其"洞天名山屏蔽周卫，而多神仙之宅"，诏改"仙居"。能感觉到山水依旧、世事沧桑，但也能感觉到一种由日常和神奇组合而成的美好，始终贯穿着这个千年古城。当溪水送我水晶鞋，我突然想，这一路走来冒充"仙人"最强烈的感觉，就是一路想"放弃"——披上了云，就想放弃衣衫。沾上溪水，就想放弃鞋子，放弃赶路。看到观音山，想放弃尘世，工作，写作，新闻，朋友圈。看到古镇花灯，想放弃手机，包，帽子，眼镜。喝到石莲，想放弃荤腥，放弃高速公路，放弃车子，城市。俯瞰群山，想放弃抬头的姿势……如同每一个"容颜未老，心已沧桑"的中年人，面对人世间与山水截然相反的丑与恶，常觉无力，想出走，想做神仙，甚至，想试着把自己逼上绝路，与某种食物断交，与某种习惯断交，与某种人断交。

然而，终归是俗人。生活的美好，本就是无数的琐碎、无尽的劳累、无涯的苦楚之后那一点点甜。既然"爱有万分之一甜，我宁愿葬在这一点"，不如好好呵护每一个日常。

仙居一行，谁都不可能真正成仙，但可以肯定的是，来过这里，回到原处，我一定轻了很多。

那么，我能做点什么才对得起那个湿湿的吻，经得起来自千年前那个小声的追问呢？我不想讴歌，但我写下这些真诚的文字，我的文友们写下发自内心的赞美，一定会诱导更多的人来此。这是我的矛盾。作为"江南的香格里拉"和国家公园试点县，今后，会有越来越多的"我"，用身体、脚步、声音，像一把把犁，犁开这片神奇的山水，一定会打扰到它们和他们弥足珍贵的日常。只是，每个人出来时，最好像神仙一样悄然从画面里消失，让那个被"我"犁开的点轻轻合上，不留一丝痕迹。

去山里看海

这里的每一朵莲，至死都保持着盛放的姿势。

这是 2016 年深秋的径山，径山寺所在的径山。一壶鹅黄色的香莲茶递给我们一行七人第一声问候。我想起多年前第一次见它时的情景："透过玻璃壶底，我们与莲面面相觑。片片花瓣，比宣纸更薄，更透，更淡。细软如珊瑚的白色花茎花蕊，随着水的微流齐齐摇曳。一朵莲，仿佛一条绝世独立、自在游弋的鱼。"

午后的阳光照进枯败的荷塘，大部分用来做种的莲藕已经被起出来，去海南过冬了，到了春天，会被运回来，种下去。最后几朵不动声色盛开着的莲，紫色的，黄色的，与这个叫千花里的地方所有花卉一样，淡定而诱人。我们努力牢记着那些陌生的花名，比如粉黛乱子草，比如醉蝶香，瞬间又遗忘，又去问。如同人到中年，穿梭在所谓的重要场合中，努力记住重要的面孔和名字，转身又忘了，记住的总是一些无用的感觉、味道。

在荷塘水面的反光里，我想象那些莲藕种子，带着泥土，圆滚滚地倾泻进千里之外同样大小的荷塘，安静如一群离开母体的胚胎，蜷缩进临时胚胎管。冬天过后，它们回到母体，春分时节抽出第一枚新叶，新叶在水里亭亭玉立，蜻蜓在新叶尖尖角上亭亭玉立，像诗里写的那样。然后，它们开出了绝美的一朵莲，两朵莲……然后，它们被一双手两双手采下，送进机器，烘干，定格，保持了最美的颜色和姿态。最后，在一注热水里，它们活过来，盛放如初开，释放被定格的所有部分，成为此时此刻我们七个人眼前的这七杯香莲茶。

这是径山递给我们的第一道茶。空灵，绝伦。

径山递给我们的第二道茶，叫"水丹青"。黄昏五分之四轮月亮照见径山脚下一个叫"径茶"的地方，一位未施脂粉、一身铁锈红微旧中式对襟衫的女孩，为我们分茶。没有音乐，没有絮叨，她慢慢地、默默地做着茶，仿佛忘记了我们七个人正眼巴巴盯着她把一小盏抹茶分给我们。但她用茶筅搅动茶沫时，速度极快，手机都无法捕捉。最后，她捻起一枚新牙签，在茶碗里作起了画，一枝梅树，两只飞鸟。大家都说，第一次见。

"水丹青"，是古代茶道的一种，自宋代由径山传到日本，又传了回来，让我想起那些辗转千里的莲花种子。我问她，每天都有表演吗？

她说，不是表演，是切磋交流，以茶会友。越好的"水丹青"消失得越慢。

晚餐时，我共起身三次，舍下无比美味的农家菜，去看隔壁茶桌上那碗"水丹青"，淡了没有，消失了没有。趁四下无人，我拿起牙签，学着她的样子，蘸上深色抹茶，在画上加点梅花。第一下，没有点上，第二下，有了，我点了七下，为每一个人，不知道为什么。

后来她说，你把屋檐也点成了一树梅花的样子。哦，原来那是屋檐。

向来对一切博大精深、繁复精细敬而远之。我总觉得，世间万物，原都有属于它们自己的日子，我们人，是否介入得太深了？对于茶道，我也是极抗拒那种正襟危坐、煞有介事，不如一个玻璃杯、一把茶叶、一壶热水，随便一靠、一躺，多简单自在。径山茶道尤其是国家级非物质文化遗产"径山茶宴"起源于唐朝，盛行于宋元时期，具有禅文化、茶文化、礼仪文化等多方面价值，有击茶鼓、张茶榜、设茶席、礼请主宾、煎汤点茶、分茶吃茶、谢茶等十数道仪式程序，想想都繁复得要命，而此时此刻，径山茶道因为一个朴素的女孩、一群相投的文友、大半轮月亮、我偷偷点上去的梅花，却有一种可亲近之感，觉得它与你是不隔的，它像天空那么深，像大海那么大，但它离你很近。

两道茶之后，我想，任何领域都藏着千山万水，没有深入，你便永远不解它的美，而介入太深又不好，怎么办呢？

第三道茶，海拔八百米，耗时爬山一个半小时，耗能一碗稀饭一个小馒头一个鸡蛋十几粒山核桃肉，以及爬山时的微喘、微汗，以及等待径山寺一位年轻法师用斋后迎向我们的五分钟。终于，他坐定，我们也坐定。唐玄宗天宝元年（742年），江苏昆山高僧法钦遵师嘱"乘流而行，遇径即止"，行脚至径山，于喝石岩畔结庐修行，是为径山禅脉开山之祖，南宋嘉定年间，径山寺被钦定为江南五山十刹之首（五山即径山、灵隐、净慈、天童、阿育王），并日渐成为儒释道三家精神融会之处，源远流长。此刻，我们坐在法钦、宗杲、无准、紫柏等大德僧人坐过的地方，坐在日本名僧俊芿、圆尔辨圆、无本觉心、南浦昭明等坐过的地方，坐在"茶圣"陆羽、苏东坡、李清照、徐文长、吴昌硕等坐过的地方。坐在瓶子里开着三朵茶花的屋檐下，仿佛坐在云海之下、竹海之上。

苏东坡与径山有着不解之缘，他临终前作的最后一首诗，就是《答径山琳长老》，参透生死、物我两忘的他两日后便驾鹤西去。他一定很爱径山茶，但他喜欢绿茶？还是和我此刻一样，更愿意紧紧捧住一盏红茶的暖意，去抵挡人间的寒凉？

我问眼前为我们泡茶的年轻出家人，是否去过很多庙宇，为什么在这里落脚？有什么不同吗？

他说，也没有去过特别多的地方，但这里静。

他说话时，语调很静，正往茶盏里续着的茶水也如他的语调，没有一丝一毫晃动。

我低下头，盯着他刚刚为我续的那盏茶，看到的是一道牵山绕水、缠古绕今、海一样宽广深邃的茶。

海，是心海。

茶足饭饱的七个人，从径山寺一路逛到千岱山居时，天阴了下来。在云雾渐起、翠竹环绕的巨大露台上，大家高低错落地拍了一张合影，两男五女，春祥、伍斌、袁敏、鲁敏、向黎、陆梅、沧桑，取名"七闲图"，以作分手后的念想。径山绿茶在一个通透的玻璃杯里，收拢了整个山林，影影绰绰的，让我想起去年春天，也是五女两男——母亲、舅妈、姨妈、姐姐和我，父亲和他的学生——时任乡玉环龙溪书记的施明强，在他一手打造的极富人文气息的村庄"山里"，也这样错落有致地坐在一个巨大的露台上喝茶，也这样错落有致地拍了合影。那个叫"山里"的地方，能俯瞰浩瀚的东海，还有万亩盐田，还有比海平面更远的远方，那里有来自五湖四海的音乐人聚拢而成的"放牛班"，以山里为家，创作、演奏、唱歌，看萤火虫，看一整条银河从海平面冉冉升起。

那个春天前更早的深秋，我回家乡待了十天，刻意体验了一次故乡的"劳作"——我十八岁离开家乡前和离开家乡后均未做过的事情：和渔民们一起剥虾，补渔网，烧土灶，挖红薯，酿桂花酒，做番薯圆，我还想出海捕海鲜、晒盐。这所谓的"寻根之路"，让我不由想，家乡还有多少人在从事着古老的劳作呢？如果不离开家乡，作为一个女子，我的人生本来应该是什么样子呢？大概是这样吧：到海涂上捡海螺丝、抓弹涂鱼，剥虾不会半小时手指就发白；在海岸边补网，时时向着海平线眺望，右手穿网孔，左手用拇指压住网丝不让它逃掉，穿孔两次，锁住，把重叠的部分展开，周而复始，而不会织了两眼网就手痛；还会在太阳下山后用小铲铲下晒在篾席上的鱿鱼干，然后一个人或一家人吃晚饭，然后在灯下继续补网。我应该会有一个皮肤黝黑、酒量惊人的丈夫，他们叫他"酒雕""酒缸""酒棺材"，或者"酒刹"。只要没有遭遇不幸，日子虽苦也甜。

但我现在是什么样子呢？一个在城市生活浸淫了三十年的女子，笑容里还有最初的一丝纯真和羞涩吗？我们像不像繁复茶道里的那一盏茶，永远失去了最初的野性和自由？

在老家的沙滩上，躺着一条老死的野狗，看上去很可怜，但我想，至少它没有被去势、没有被豢养，并老死在自己的家乡，而漂泊的人常常如落叶般扭曲，不知最终会落在哪里。人本来应该是什么样子？径山的每一朵莲花，至死都被定格为盛放的姿势，的确绝美，而人非莲花，还是自然地开放，自然地枯萎，像火一样慢慢暗下去，最后熄灭在土里的好吧？

那一晚，我们住在径山稻田中央的一幢民房里。稻田刚刚收割完，斜阳与它相视而笑，如两位老人。夜深了，茶凉了，民房的主人回家了，狗不叫了，围坐在并未生火的炉前的一行七人互道晚安，鱼贯上楼。我自国外回来后整整两个月的失眠，终于沦陷在大海般浩瀚的稻秆子气味里。

153

有一张纸

"你叫什么名字？"一个女人问。

"泉林。"一张纸回答。

这是 2013 年初夏的一个早晨，在一个巨大的造纸厂里，她用双手捧起一张米色的纸，在心里问它，如同问一个刚满周岁的婴孩。

这是她见过的最奇特的纸。不是见惯的雪白，而是本色的。不是森林做的，而是废弃的麦秸做的。

她看着它，看到了一缕淡淡的清香，从米黄色的纸面上袅袅升起，如她早晨看到的那一层薄薄的雾气，从齐鲁大地无边的麦浪上升起。然后，阳光渗进雾气，蒸腾起温暖的清香，就像这张纸的味道。其实，她知道，这是她的错觉，其实，纸，并没有香味。

这张本色的纸，躺在她手上，素净，妥帖，安静，甚至，仿佛是幸福的。

其实，一开始，不是这样的。一开始，当它还是一棵麦子的时候，它就在抗拒自己成为一张纸。因为，成为一张纸，会失去清白，失去作为一棵麦子的本分，更可怕的，是会制造污染，背上骂名。它生是麦子，死也是麦子，这才是好的归宿。

在被运往造纸厂漫长的路途中，它凄凉地回顾了自己短暂的一生。

麦苗的青涩、单纯，犹如昨天。活着的每一秒，是为与阳光的相爱。爱，与心机无关，与功利无关，它只知道想爱，只知道一直向上长，跳起来长，就能离它热爱的光亮更近，别无他求。

然后，有一天，它的身心终于圆满，沉沉的麦穗、锋利的麦芒，都意味着它已成熟。它懂了，原来，它的长大与成熟，不仅仅是它个人的事情，而是关乎这片土地上无数生命的延续。会有一个孩子，吃下这棵麦子上的果实，果实转换成他的血肉和骨骼，然后，他也慢慢长大，成熟，成家，立业，生子……于是，大地繁盛，生命生生不息。

于是，它坦然等待麦粒从身体抽离的刹那，一下子，它从麦子变成了麦秸，一下子空了，像一个空巢老人般，开始算计自己最后的岁月。一般来说，有这样几种结局——粉碎，焚烧，渥烂，总之，都是变成肥料，重新归于土地。如果真是这样，也挺好，它还是它自己。

但是，如果变成一张纸，那一定会在无法预知的辗转里，失掉什么，失掉什么呢？

白纸，忘了竹简，远古时毛笔尖落在身体上的柔软力感。

纸巾，忘了手帕，和手帕上皂角的香。

电脑，忘了书写，和流转在一笔一画间水墨的韵味。

空调，忘了竹篾席子上清凉如玉的夜色，纸扇上拂动的月光。

网络，忘了千里家书，羞涩的脸红。

缝纫机，忘了细腻的绣花针脚，那午后春光里兰花指撩起的一缕秀发。

电饭煲，忘了柴火铁锅的焦香。

……

在麦秸成为白纸的过程里，必然也会忘记什么。不明就里的化学品、漂白粉，像一波一波文明的潮流，一漂过，便漂去了本色、传统，意犹未尽的种种情怀丧失殆尽。一股股有毒的黑液，所到之处，鱼虾绝迹，草木荒芜，臭气熏天。像一个人，走过了五味杂陈的人生，不再认识自己。像一代一代人，离月球、太空越来越近，离自己的心越来越远。

而它，原本是金色的麦秸呀，它多么希望自己最后仍然是金色的，哪怕，是和草纸一样的颜色。

所幸，它是泉林的麦秸，它没有想到自己在成为一张纸的过程中，走了与它的想象不一样的路。

它被运往造纸厂，没有被渥烂，没有被漂白，没有流出黑液。草浆造纸黑液污染这一历史性难题，已被这里的聪明人攻破。黑液转化成了养育花草果木的有机肥，棕色的污水经过净化，变成了可养鱼、灌溉的生态水，工厂大门外，芦苇遍地，一群红鱼游在清澈见底的水里，如游在镜子里。

就这样，一门齐鲁人以智慧独创的工序，让一棵麦秸幸福地走完了一生，又经凤凰涅槃，此刻，像一个重生的婴孩，躺在她的手上。

其实，出生的那一刻，它是自卑的。它一出生，便面对一些诧异甚至略带嫌弃的目光，它不是雪白的，而是米黄色的。黑色的字落上去，字仿佛穿上了旧衣服，有点暗淡，不光鲜。字嫌弃它，嫁错了人一样委屈哭泣。

可是，更多的人看见它，会看到比"本色"两个字更宽广深远的意义，会由衷地心生欢喜。这一张与众不同的纸，多么珍贵。

2013年初夏的一天，一个女人摩挲着它，欣喜地问："你是纸吗？""是。""你叫什么名字？""泉林"。

"泉。林。真好。"她在心里说。

她不知如何才能更亲近它，便在这张纸上写道：2013年6月15日，泉林，你好，我来了，我在。然后，她把一个女人画在纸上，就像，她把自己安躺在一张本色的纸上，如安躺在她走过的四十多年的岁月里。那一刻，她与这张纸惺惺相惜——多年来，她一直如同麦秸珍爱自己一样，珍爱属于她自己的"本色"。她为它骄傲，亦为自己。

不管什么，最后总是要死的，活着的过程，其实也是一个死去的过程，怎么活法，就是怎么死法。从麦秸到纸，有截然不同的过程，结果却大相径庭，大有讲究。

2013年初夏的一阵清风吹过，一张纸轻轻飞起来贴上了一个女人的脸，像一个知音的拥抱。

第三辑

等一碗乡愁

　　我们种田，讨海，在城市人愈来愈陌生的春分、谷雨、冬至、月半、霜降、填仓的古老节日里，在历经艰险满载而归的鱼舱里，虔诚祈祷，吟诗作画，开怀畅饮……

等一碗乡愁

母亲电话里的声音，随海风一起吹拂耳朵时，我正在等一碗面，一碗海鲜面。

这是立秋过后的东海边，清晨的普陀山，海风开始变得苍凉，像电话那头侧耳倾听着的父亲的白发。

街边很小的面店，是一座刚睡醒的森林，进进出出的人们，是晨间雀跃的百鸟，在木质桌椅板凳的林间觅食。热气腾腾的鲜香，仿佛穿越森林的光芒，笼罩着一位老人一碗面，或是一对夫妻一个孩子两碗面，或是一对情侣分食着一碗面，或是一个孤独的中年男子，也在等一碗面。人们的一天，从喜欢的一碗热汤面开始，一个日子的起头，多么舒坦。

母亲问："是和老家一样的海鲜面吗？"

"呵呵，还没吃到呢。"我说。

海鲜面的味道，就是故乡的味道。

远古时候，中国东南方的大陆一直延伸到汪洋大海，消失不见，又在蔚蓝色的不远处突然冒出来喘了一口气，于是，大海上漂浮起一个叫"玉环"的岛屿——我的故乡。

千百年来，海岛人过得像鱼一样恬然自得。我一直固执地相信，不同性格的家族，与不同的动物有着神秘的渊源，比如有的家族像狮，有的像龙，有的像狐狸，有的像狼……而玉环人的祖先一定是传说中的鱼人，我们的头发、眼睛、嘴唇、四肢、我们的大脑，无不焕发着海水的坚韧柔美灵动。夜深人静时，我们蓝紫色的血液汩汩作响，如静夜深林里的小溪。阳光明媚时，我们骨子里飞舞着的每一个细胞，都朝着快乐自由的方向。我们种田，讨海，在城市人愈来愈陌生的春分、谷雨、冬至、月半、霜降、填仓的古老节日里，在历经艰险满载而归的鱼舱里，虔诚祈祷，吟诗作画，开怀畅饮……

我们依从心灵的声音休养生息，无忧无虑，相亲相爱。

在我尚未出生的无数个黄昏，年轻的祖父挑着两个空箩筐，守在漩门湾，等待渔船载回活蹦乱跳的小海鲜，装满他的箩筐，再挑回十里之外楚门镇小南门的家里。祖母和众多孩子们早已备好几个小一点的箩筐，在天井里一字排开。祖父坐在梨花木椅上，点起烟斗，像一个司令一样指挥着妻儿们将鱼虾蟹分类，又按大小分类。最后，他站起来，顺手从箩筐里捡出几只肥胖的青蟹、发亮的水潺鱼、火红的红绿头虾，孩子们便欢呼起来——这是劳动的奖赏——夜宵——海鲜面——汤无比的鲜，烫，海鲜无比的爽口，面无比的细软，小葱无比的香，嘴里和胃里，无比的熨帖。

天未亮，祖父祖母便将大小箩筐挑到菜市场，贩给卖菜的，也有自己零星着卖的。一家老小的生计，都在一担一担的小海鲜里。有时，天气不好，连刮几天台风，祖父便会空手而归。海鲜面没了，一家的生计，也愁苦起来。奇怪的是，那些愁苦总很容易被忘记，记住的，总是快乐，满足。

闻着海的味道，吃着海鲜面，一茬茬人老去，一茬茬人长大，一茬茬人离开故乡，比如我。有一次，在香港维多利亚港坐船，忽然闻到一阵香味，那是老家久违的海鲜煮年糕，和记忆里的一模一样——鲜香里透着年糕微微有点发酸的味道。海浪晃得我胃发酸，眼睛发酸，心也发酸。海浪里浮现出儿时一家人围坐在一起吃面的场景，母亲总是最后一个坐下来吃，一坐下，就把自己碗里的蛏子、虾什么的都夹给我们姐弟几个，一家人，便你让我我让你，多么温馨。海风吹过，香味倏然消失，我下意识地踮起脚尖用鼻子去寻，如同思乡的人顺着月光去攀缘故乡的月亮，如何够得着？

离乡二十多年，让我吃出海鲜面里别样味道的，是婆婆。公公婆婆就如同现在的我，大学时代起就离开家乡玉环，辗转西安、东北、成都读书和工作。退休前，他们毅然放弃成都舒适的生活回到玉环岛，如两片执着的叶子，被思乡的风带回了根。因此，他们也许比我父母更懂得我的故乡情结。

婆婆是个做菜高手，从她那里，我深切体会到菜是要靠爱来做才更美味。尽管婆婆做的菜是我吃过的最好吃的菜，但我更爱海鲜面。自从发现我是个"面桶"，每次回到家乡，婆婆总会在做了一大桌子菜后，特意再为我烧一碗海鲜面，我说不用，她仍然会做。有一次，她做了一碗面，只有青菜，没有海鲜，一碗面看上去有点凄凉。我有点伤感，不是因为没有海鲜，是因为，婆婆最近老说她老了，不会做菜了，也爱忘事了。我还发现，公公下象棋时，捏着棋子的手微微颤抖，迟迟不落子，看不出是在思考还是在发呆，我的父母，还有曾经和祖父祖母们分海鲜的叔伯姑姑们，头发也都更白，更少了……祖辈们早已故去，与父辈们永别的日子越来越近的慌乱，瞬间烫着了我。岁月怎么只有昨天和今天，中间那些日子呢，怎么这么快就都过去了？多少年后，当乡音未改鬓毛衰的我回到故里，他们在哪里？还有谁再为我烧一碗海鲜面？

突然，婆婆伸过一双筷子，在我的碗里翻搅起来，连说，忘了忘了，鱼和虾先盛出来的，都在面下面藏着呢！哈哈。

心里含着泪，我吃光了面，喝了很多汤，喝下了爱的味道，也喝下了难以消化的离愁。

后来。

后来，在离故乡三百六十公里的杭州，不会做菜的我，偏执狂似地"制造"着各种家乡的味道。

我用母亲酿的黄酒，做家乡的红糖酒蒸糯米。起锅了，糯米饭散发着琥珀般诱人的色泽，浓香四溢，撒上一层红糖，用勺子舀着吃，香糯无比，据说孩子吃了很补身子的。我跟来自千岛湖的阿姨说，你也吃，趁热吃。阿姨说，我不吃，这是你们老家的吃法，我不喜欢的，你多吃点。是啊，你的最爱，对于他乡人，也许难以下咽。

我用鲳鱼烧绿豆面年糕，请朋友们一起吃，他们一开始特别担心会腥气得不得了，后来却吃得不亦乐乎，看不出我心里的失落：鲳鱼、年糕、雪菜都是老家带来的，可是，水，火，调料，葱姜蒜，都不是，一碗年糕，无论如何烧不出老家的味道。母亲说，别说杭州了，就是咱家院子里的井水，买来的海鲜，店里的面，都不是从前的了，污染过了，似乎冰过了，不知是不是做过假了，总之，海鲜面，再也烧不出从前的味道了。

我不管。我仍然固执地每天吃一碗面；我请母亲、婶婶、姑姑教我做海鳗鱼圆、番薯粉圆；我在城市人愈来愈陌生的春分、谷雨、七夕、月半、冬至、霜降、填仓等古老节日里，吃老家过节必吃的食饼，饮酒，祈祷，庆祝，或祭奠……我偏执，不是真的要回去，像祖先一样讨海种田为生，而是，在人生无数个"回不去"里，死守着一个慰藉，试图浇灭那团越烧越旺的乡愁。

2013 年七夕中午，梦见一场太阳雨。梦里，我站在屋子中央，婆婆坐在一张旧沙发上，屋外雨声如鼓，却有阳光从天窗照进来。我仰望着窗，看见一根根银亮的雨穿透玻璃，和金色的阳光一起洒在我身上。我跟婆婆说，杭州很久没下雨了，这雨真好啊，也是你从老家带过来的吗？

醒来时，昏暗的室内仿佛有暮色正浓雾般涌过来，将一个人的心情慢慢染成黯淡。我想起，此刻，所有的亲人都离我很远，在国外，在境外，在远方。小时候大人们说，牛郎织女一年只能相会一次，如今，银河不算宽，鹊桥随时架，而父母与孩子，兄弟与姐妹，挚友与挚友，游子与故乡，你与一碗家乡的面，一年能相会几次？

想念一碗面，想念依从心灵的声音休养生息，想念曾经很容易的团圆，很简单的满足。

时光的气味

时光有时是一种气味，循着它，一路闻过去，会闻到某一年最让你印象深刻的某一秒。

于我，2015 年惊心动魄的那一秒，带着桂花的气味。当时，我们在老家玉环楚门的桂花树下摆了张桌子，父亲、母亲、姑姑、小舅妈、小姨妈，还有抽空回来看他们的我，一起喝茶聊天。离母亲七十三岁的生日和重阳节还有三四天。

那一秒，桂花树漏下了一缕很亮的阳光，照在母亲左脸颊花白的鬓发间。突然，一颗铜钱大的黑痣映入眼帘！我感到心脏停跳了一秒后，咚咚咚失了节奏。

我说，妈！这颗痣什么时候有的？我怎么从来没看到过?!

四周静了下来，只有我的声音飘忽着，听起来有点远。

母亲说，没事没事，以前有的。

怎么这么大？这么黑？去医院看过吗？

没有，不用，有点破了，我用孢子粉涂了，过两天就好了。

姑姑她们说，前些天也注意到了，都问过了，母亲说没事的。她们劝我说，你娘说没事，那就没事！放心！你娘有数的。

深夜，我百度了一下"黑痣"，恐惧像洪水浸漫了我。我不相信，难道充溢着桂花香的那一秒，那么美好的一秒，是母亲和我们的分水岭？是我苦乐人生的分界线？我没有任何思想准备，我无法想象没有母亲的家，没有母亲的人生，尽管我快到知天命的年龄。

手机相册里，绽放着母亲一个个笑脸——2月某日，我回来了，母亲和我在自家小院里喝着自做的咖啡。7月某日，我又回来了，海鲜面、鱼圆汤、糯米饭、杏仁露、食饼筒……甜蜜的乡愁，葱茏的幸福。7月某日，母亲给我装了满满一箱家乡菜带回杭州。8月某日，姐姐带父母去欧洲玩，父亲背着母亲姐姐和侄女的三个包，蹲着马步给她们拍照，母亲像个少女一样，在埃菲尔铁塔下跳起来。

我一幅幅翻看着，心里一直有个声音说，不不不，不会的！

那几日，我照常和父母说笑，出去采风，晒照片和视频给他们看。父亲说，拍照没意思，多拍点视频，将来留着看看。我说对对对，拍视频，鼻子却酸了起来。这句平常的话，我都听不得了。实在忍不住了，问父亲要不要强拉着母亲去医院检查？父亲说，我们都这把岁数了，哪怕真是那什么，也没关系啦，高寿啦。

父亲，我从小最敬畏却最懂我的父亲，早已看穿了我独自沉在谷底的心。他伸出手，把我捞了上来。

时光在几天后的另一秒，变成了红薯粉圆子的味道。我下楼来，母亲手里正做着圆子，她歪了歪头，侧过脸给我看，说，你看，掉了！

一个淡褐色的疤痕，替代了那颗烙在我心里的黑痣！

她说，昨晚洗澡脱衣服不小心扯了一下，扯掉了。我说没事的吧？大概是孢子粉涂多了，看上去那么黑。

她似乎从来都没把这事放在心上，她亦没有看出我这几天的恐惧煎熬，因此，她都没想到昨晚就该告诉我的。

那一秒，我在心里跪下了……感谢老天让我仍拥有完好无损的母亲，让我继续有力气直面并不总是完好无损的人生。感谢老天给了父母那么大的心眼，把一场惊险看得那么云淡风轻。然而，他们是真的心眼大，还是装作心眼大，只为宽慰在他们眼里永远孩子般的女儿？这世间有多少父母，在病痛煎熬中天天盼着儿女回来，却口是心非地说，我们都好都好，忙你们的。这世间有多少儿女像我一样，说忙于生计，其实也忙于名利？

接下来的日子，过节似的，姑姑姨妈舅妈和我同学邻居轮番来玩，每天将笑声填满了整个院子，这势必也让母亲更辛苦忙碌。到了我回杭的日子，我说，你们终于可以好好休息了，太累了。

母亲说，有什么累的，多开心，巴不得天天这么累！

父亲说，你走了，她们也都忙，不会天天来的，家里就冷清了。

想起前几日在洋屿岛遇见两位留守海岛的老人家，儿女都在城里过得很好，他们俩自己种花生芝麻和蔬菜，也过着世外桃源般的生活。母亲常说，我看我们中国大陆的老人最享福了，你看国外，还有我国香港地区，那么多那么大年纪的人都还在当服务员、门卫什么的。

确实如此，可是，我们的老人不孤独吗？不生病吗？最近几年，越来越多的老家亲戚来杭州看病、治病，当我在医院见到他们时，总会惊讶，很久不见的亲戚们，仿佛直接从儿时看到的样子变成了老人。女儿早已叫我"老妈"，越来越多的年轻人叫我"苏老师"。而一回到父母身边，他们当我孩子般宠溺，这种错觉，让我误以为父母还年轻，我们还有很多时间在一起。

老家的海泥涂下，有很多弹涂鱼的窝，封闭的小洞布满了鱼卵。为了那些小生命，弹涂鱼吞下空气，再吐到洞里，日夜重复，直到鱼苗游出小洞，开始它们的一生。而那时，它已老了，筋疲力尽，很容易就被钓走，成为餐桌上的美食。天下一代代父母儿女，如同弹涂鱼，为孩子鞠躬尽瘁死而后已，却一不小心忘了，父母将老。

时光里飘回来一缕白莲花的气味，那是 2015 年春天某日清晨某一秒的味道，在泰国清迈，我与一场化缘不期而遇。四季酒店来自世界各地的员工，大多是年轻人，排着队，为赤足走过的僧人们捧上他们的供奉：莲花、苹果、香蕉、米团，他们的眼神和手势，写满虔诚，整个过程无比安静。各种肤色的他们，并不都是教徒，却以同一种方式，通过僧人传达着对天地神灵的感恩。忽然，一个姑娘递过一枝散发着清香的白莲花，微笑着示意我。我本能地后退一步，微笑着摇摇手婉拒了。

后来，那一秒，一直刻在我心里很久。时光往往会安排一个一闪而过的时机，让你表达你的感恩，让你把感恩付诸行动，比如无关信仰地供奉上一枝白莲花，在心里对天地万物父母师友说一声谢谢，比如一场虚惊让我在心里暗暗许诺，从此每年重阳节都回老家陪陪父母。而在无涯的时光中，这个姿势，或者仪式，常被我们忽略、轻慢。有时，时光以某种方式警醒你，比如母亲的黑痣，比如白莲花，比如病房里沉重的一声叹息……但时光更多时候是无声无息、无色无味的，过去后，便来不及了。

此刻，时光的味道是杭城今冬的第一场雪。去年曾错过一场雪和老友的花雕酒约，今年不要再误了吧。还想去看看年迈的小学老师，还想跟母亲学做红薯粉圆子……都不要忘了吧。

海上千春住玉环

"玉环山……在海中，周回五百余里，去郡二百里，上有流水，洁白如玉，因以为名。"这是《太平寰宇记》卷九十九关于我的故乡玉环的记载。

玉环位于东海之滨、浙江之东、台州最南端，由楚门半岛、玉环本岛以及一百多个外围离岛组成，是徐霞客、谢灵运笔下的海上仙山、世外桃源。五千年来，兼有山仁水智的故乡人，依从心灵的声音休养生息，创造了农耕文化、海洋文化、移民文化水乳交融的独特文明。离开玉环三十年了，故乡留在嗅觉、视觉、听觉里的记忆却从不曾淡忘，随着岁月的流逝，反而日渐清晰。

每个人的故乡一定都有一份"香"的记忆。我的"香"则来自土地，来自大海。

浓郁的是漫山遍野的文旦柚花，恬淡的是后山带雨的桃林，清新的是井水镇西瓜、阳光蒸腾下的稻浪、一年一场大雪后整个大地的气息……熟的香味是粮食、果实散发出来的，文旦柚飘香，番薯粉圆从锅里逸出热气，除夕前夜的手打年糕刚出石臼……海风每时每刻清冽得如同刚从云里出生，海蜈蚣、望潮、虾狗弹、水潺、牡蛎、梅筒鱼、岩头蟹、海螺蛳等等刚打捞上来的小海鲜，散发着比海风更清冽的气息，煮熟端上餐桌时，才知什么叫"鲜甜"。每一个来过玉环的人都说，玉环人太有口福了。

来自大地的味道像母亲，来自大海的味道像父亲。香味渗透在世世代代故乡人的骨血里、精神里，将玉环女人滋养得肌肤白嫩、骨骼玲珑、气质灵动，加之见惯惊涛骇浪、生离死别，因而大气豁达，敢爱敢恨，敢做敢当；将玉环男人锻造得骨骼健壮，酒量惊人，聪明，豪放，幽默，自信，有本事。

而故乡的色彩，则随季节变化而不同，但均如泼墨般磅礴大气。大片的蓝是天和海，大片的绿是郁郁葱葱但不太高的群山，大片的嫩黄是谷雨后的油菜花，大片的金黄自然是霜降后的丰腴。

奇特的，是黑沙滩、黑泥土，缎子般光滑细腻，在阳光或月光下闪闪发亮，故乡人赤着脚，从黑色的泥沙中讨来大海的馈赠——鱼、虾、蟹、海蒜、牡蛎，海苔等，还有盐。更神奇的是坎门后沙的潮水退去后，黑沙滩上会现出一幅幅"沙滩画"，有的像白桦林，有的像巨幅山水，有的像几棵白菜，有的像凡·高的星空。孩子们在吹泡泡堆沙玩，恋人在拌嘴，老人在自拍。人们从东沙渔港的山坡拾级而上，站在古老的灯塔前眺望东海，观看或抚摸海洋文明留下的痕迹。黑沙滩，从前的讨海谋生处，此时的旅游怀旧地。

最斑斓的，是漩门湾湿地的花海。楚门半岛和玉环本岛之间的漩门湾曾经是一个鬼门关，渡船在惊涛骇浪和巨大的漩涡中行进，命悬一线。漩门湾大坝筑成后才变成了通途，如今，这里成了一个巨大的湿地公园，人与自然和谐共处的所在。小船静静划过碧水，白色的水鸟划开蓝天引路，一条黑色鲤鱼跃上船头时，一片广袤的花海如 3D 电影扑面而来，雏菊、薰衣草、格桑花……一望无际。我曾看见一位离乡多年的老人站在花海中久久不动，像定格在一幅油画里，然后，风吹落了他眼角的一滴泪。

还有一种少见的奇异色彩，是大片粉红到金黄的过渡，环绕着整个玉环岛：连绵不断的一排排篾席在海边依次排开，上面晒着各种鱼鲞，新鲜的鱼肉是粉红色的，经过太阳的暴晒，会慢慢变成金黄色。阳光将篾席和鱼鲞的影子投在地上，地上便像盛开着花朵，绵长的海岸线像印花彩缎，将玉环环绕成一个粉红色的、金黄色的"玉环"。

黑色的夜，璀璨的灯火，夜色中的玉环像遥远的天上的街市。千年古刹、文玲书院、楚洲文化城、龙溪山里、石峰山村曼里、干江白马岙交织着古老与新文化的华彩。我的母亲和姑姑姨妈们常怀着虔诚之心，去寺庙里住上几日，祈祷词的第一句是"国泰民安"。我的邻居老大哥、我的高中女同学、我的八十多岁仍风度翩翩的中学老师，常去书院、文化城看书，跳交谊舞，唱越剧，为《曲桥》文学杂志写一篇散文。而去"山里"看海，是故乡年轻人的新时尚，摊开四肢，躺在被重新赋予文化气息的村庄里，可俯瞰浩瀚东海、万亩盐田，可进书香亭读书，可在山顶找萤火虫，看一整条银河从海平面冉冉升起。来自五湖四海的音乐人聚拢而成的"放牛班"，以山里为家，创作、演奏、唱歌，为人们举办别样的"光阴故事"同学会，这些闲暇方式，原本都是别人的故乡才有的。如今，越来越多像"山里"这样深具人文气息的地方，正从沙滩边、泥土里冒出来。

五千年来，故乡不绝如缕的香味和色彩里，跳跃着一个个水珠般悦耳的声音，落进每一个游子的梦里叮当作响。流水声，风声，涛声，锄地当当声，扬谷哗哗声，船帆呼呼声，撒网唰唰声，哈哈大笑声，喝酒划拳"嗷魁嗷魁"声……

最有趣的，是听故乡人聊天。玉环由温州人、福建人移民而来，加上本地人，一个小小海岛便有三种完全不同的方言：漩门湾以北，是以农耕文化为主的楚门、清港、芦浦、龙溪等江南小镇，说的是台州方言，漩门湾以南是更靠近大海的海港渔村，说的是闽南话、温州话。然而大家交流起来居然毫不费劲，要么说对方的语言加手舞足蹈，要么讲玉环普通话，再也没有这里人那里人之分之隔，早已是同舟共济的一家人。

外乡人的声音如一股细流，也慢慢融入了玉环的乡音里。一个叫洪世清的老艺术家，把生命里最宝贵的时光给了我的故乡，在孤岛大鹿岛上以石赋形，创作了近百件令世人惊艳的海洋动物岩雕，涛声里至今仿佛还回荡着叮叮叮的凿岩声。来自邻县却错将他乡作故乡的父母官们，青丝渐成白发，说起话来也"好用好用"（好的）了。还有跨海大桥脚手架上穿橘红色衣服的毛头小伙们，玉环湖贯通工程的治水专家们、建筑工人们，骑着电瓶车穿梭在球阀厂、家具厂和大街小巷的四川人、江西人、湖南人，他们有的就租住在我娘家小院旁，门口晒着花花绿绿的衣被，门前扫得干干净净，低矮的房子里，飘出的不是玉环当地的台州话、闽南话、温州话，而是辣椒炒肉的香。

站在大海边侧耳倾听，还会听到更多新的声音。

大麦屿港口，细浪拍打着"中远之星"号白色客轮，发出唰唰——哗的声音，又一次迎来了宝岛台湾的自驾考察团。大麦屿港是浙江离台湾最近的县级一类口岸，是浙江乃至华东地区赴台的最佳海上通道，也是台州继厦门之后，大陆第二、浙江第一个实现两岸车辆"登陆"的城市。如今客、货直航都已常态化运行，玉环人去台湾，真正成了说走就走的旅行。

乐清湾方向，传来轰隆隆和滋滋啦啦的声音。玉环连接温州等地的乐清湾跨海大桥即将完工，架桥机轰轰作响，焊接钢板火花飞溅处，有汗水滴答……当这些声音骤然停止，代替它们的是车轮时速一百公里的唰唰声，原本两小时的路程，只需二十分钟。而不久之后，玉环岛三个不同的方向，会响起更多轰轰隆隆叮叮当当的声音，一把铁铲，将第一次将"高铁""轻轨"这些字眼种入玉环的历史里，三条高铁延伸段、轻轨和跨海大桥，如同玉环岛拥抱世界的臂膀、腾飞起舞的双翼。

我曾经很羡慕别人的故乡，故乡很富足，故乡人很自信，但曾处于交通末端的故乡像一个离群索居、不被关注的人，有着难以言说的自卑，如同多年前作为一个中国人，我走在异国洁净的街头时的复杂心情。而如今，玉环实现了从孤悬于大海之上的小海岛，向海湾城市的华丽转身，除了美，经济综合实力更居全国海岛县首位。更难能可贵的是，故乡大地上弥漫着的，始终是蓬勃的气息，洁净的气息，故乡这棵大树上，正郁郁葱葱生长着新的骨肉和精气神。

"蓬莱清浅在人间，海上千春住玉环。"清代王咏霓在咏颂玉环时，不会想到，2017年的谷雨来到故乡时，玉环岛被一场春雨变成了"玉环市"，人们被这场金色的谷雨淋湿，欣喜自豪，奔走相告，我也是其中一个。一字之差背后，是一个新的春天的开始，是千万个新的春天的开始。小满时节，我又一次踏进了故乡的娘家小院，石榴树上传来一声青翠欲滴的鸟鸣，鸟鸣是树的内心，树的内心如同故乡的内心，青翠欲滴，从未老去。我将嘴唇圆成一个圆圈，像对一个刚刚诞生的婴儿，轻轻说了声：玉环市，你好！祝福你！

淡竹

初秋，我和他相遇在江南一个叫"百草原"的山林中。

他是竹——植物中的另类。

他看上去清瘦且憔悴，相对于百草原其他植物，像一个混得不太好的中年人。

稻子，正是扬花灌浆的妙龄，名牌大学新生般踌躇满腹。

银杏终于褪去一身浓艳，和蓝天的高洁媲美。

松树很满足，即使干瘪的果子永远得不到更饱满的收获。

法国梧桐是老实人，沉浸在年代久远的优越感里，并不知道，有一种鹅掌梧桐，要悄然代替它无敌的位置。

兰花三七，像极薰衣草，却更美，所有的花都虔诚地朝往一个方向，像被一种崇高使命蛊惑。据说气味能抵挡蛇对游人的侵袭。

浮萍无根，却有心有肺，挣脱着随波逐流的命运。

被践踏的草，总是第一时间奋力挺直腰杆，挂着最底层最灿烂的笑。

贪婪的蔓，不知羞耻地攀爬在高大的冷杉上，一边噬血，一边甜言蜜语……

几乎所有的植物，都攒足劲儿，在喊——我要生存！我要开花！我要结果！

甚至动物。三只人工繁殖的小老虎，眼睛都未睁开，拼命争抢着狗奶妈的乳头。

甚至那口奇异的朱家千年古井，都像藏着无穷的欲望。日夜暗涌不息的水，居然漫过高出地面一米的井沿。如果将井沿继续垒高，水会怎样？

他是竹，是植物中的另类。其实，名利、金钱、权势，如同阳光雨露的垂爱，蜜蜂花蝶的青睐，他不是不想要，可是，要弯下腰，要费心机——要将每一条根都变成利爪，团结土壤，虚伪地赞美越来越污浊的空气，要与昆虫讲和，与风霜妥协，对苍蝇漠视，对强加在身上的种种不公委曲求全，才能安身立命，才有飞黄腾达的可能。

可是，他的节生来就是直的，他不能弯腰。他的心生来就是空的，他不愿费尽心机。

真是空的吗？

不。那一节节空里，早已成就一个美妙的小宇宙——有与生俱来的一些坚持，有人生一世草木一秋的豁达智慧，有对土地的感恩，有和另一棵竹的爱，与笋的亲，与周围无数青光绿影的促膝长谈、开怀畅饮，有鸟儿偶尔驻足的呢喃，有清风明月的和唱……笑忘功名利禄、荒芜繁杂的每一秒时光都格外静谧而美好。

那一节节空里，是永远的满盈。

更让我惊异的，他不仅直，空，而且淡。

他是"淡竹"——全球原始淡竹林最大群落中的一员。从外表到骨子，都是竹子中的最淡——淡紫、淡红、淡褐、淡绿，淡泊。所以，他与世无争到看淡生死。

他可以很入世。生可以防风，成荫，美化环境，死可以做篾，成为最土最实用的晒竿、瓜架、凉席，竹桌竹椅竹篮。

他也可以很出世。他是箫与笛的前世，不死的魂魄随天籁之音往来天地之间，优雅散淡而隽永。

当然，这并不表示他逆来顺受，他会和压在头顶上的积雪抗争，他不允许荒草占领脚下的领地，他摇曳着枝竿向毒蛇示威，他告诉所有的竹要独善其身兼爱天下。

他是李白，"安能摧眉折腰事权贵，使我不得开心颜"。

他是陶渊明，"采菊东篱下，悠然见南山"。

他是郑板桥，"盖竹之体，瘦劲孤高，枝枝傲雪，节节干霄，有君子之豪气凌云，不为俗屈"。

他是文天祥，"人生自古谁无死，留取丹心照汗青"。

他是苏轼，"宁可食无肉，不可居无竹"。

他是疯疯癫癫的释道济公，"数枝淡竹翠生光，一点无尘自有香"。

他是岳飞，辛弃疾，他是中国儒家，"山南之竹，不操自直，斩而为箭，射而则达。"

……

他是我们身边那些还坚守着什么的人。他们懂得，浓墨重彩是一辈子，云淡风轻也是一辈子。奴颜婢膝是一辈子，坦荡潇洒也是一辈子。他们选择了后者，等于选择了物质上的清瘦，心灵的丰衣足食。

于是，这些自由快乐的心灵，站在一个孤寂的阵营里，成为人世间越来越弥足珍贵的另类，风雨过处，仰天长笑。

抵达

雨夜，船潜入东河，像一束静静的光，潜入幽暗的历史深处。

从千年之前的五代开始，东河就像一曲丝竹，在杭州城最繁华地带辗转吟唱，一直往南，最后汇入浩瀚的钱塘江。

船，必定会惊扰到时光，以及安睡在时光里的人们。我们每穿过一座桥，桥洞浮雕里的千年市井百图，便在灯影里，一一活了过来。四季河景，花街，花灯，百行百工，百姓……都有了颜色，声音。

"你好啊。"

"你好。"

"再会啊。"

"再会。"

这些人，这些声音，一次次轻轻簇拥着我们靠近，又簇拥着我们离开。

雨还在下，树影婆娑，灯影蒙胧。一个水边亭台里，传来现代舞曲，两对中年男女，在雨夜里忘我地跳着交谊舞，如古老昆曲里美丽的幻影——仿佛，我们顺着河水，已经抵达清代，元代，南宋，五代十国，或是，更从前。

雨声里，船一次次挣扎着回到现实，而从历史深处被拽回来的我们，突然变得沉静。

其中一座桥，叫万安桥，是古代夜航船的停泊处。

船过万安桥的时候，我跟同船的朋友们说："看，我妈妈家。"

母亲住在上城区的最北边，我住在上城区的最南边。十年前，我搬到凤凰山脚、钱塘江畔时，深感清代李渔举家迁居吴山后所题："湖山招我，全家移入画图中。"

记得暮春时节，陪刚出院的父亲在东河边散步，过来一条挂着灯笼的小船，母亲说，从我家门口的万安桥上船，只要三元钱，一直坐到梅花碑，上河坊街，沿南宋御街走，就是你家门口了。

我愕然，原来，繁华喧嚣里，我们母女，竟然有这样一条静静的东河可以相互直达。

于是，那个暮春的傍晚，父母执意陪我一起坐船，去体验一下母亲说的话。游客极少，两岸灯光次第开放，微风很慢很慢地吹过，小船在静谧的空气里很慢很慢地走。我想，这时候，岸上车水马龙中的人们看过来，我们多么像古代的人，慢慢地顺水而过，去生计，去赴约，去出嫁，去悲欢离合。这么慢，这么静，他们会羡慕吗？

"真幸福。"母亲说。她常常这么说。她这么一说，我心里就会真的幸福很多。

此时，母亲又回老家小住去了，我的思绪抵达母亲后，又随她抵达了故乡。故乡也有这样一条南门河，也是一座城镇的血脉，静静的，慢慢的。当我想着故乡的河水时，我的心是安宁的，因为，无论我在城市里走得多快，我的血脉仍是慢而静的。我想，无论以后走到哪里，只要有这么一条河，我的心便永远是安宁的。

雨继续下，夜继续深。然后，我像一个戴着听筒的医生，摸着东河的脉动，抵达了这个城市的心。

如果说杭城是一个巨人，那么，我家所在的这个杭城最有古老历史文化韵味的区域，应是巨人的心脏。

南宋皇城、御街遗址在此。

八卦田在此。

凤凰山、吴山在此。

城隍阁在此。

清河坊在此。

胡庆余堂在此。

万松书院在此。

历史与传奇在此……

下船后，我以伞为帆，让自己成为一条船，在一条又一条深夜的大街小巷里，游走，触摸，探究，感受。

我想起，每个清晨，我在此醒来，出发，一路向北奔波，一路目睹这个城市新鲜、时尚、生机勃勃的早晨。每个黄昏，我又匆匆向南，回到此地，蜗居，休养，生息。却从不知道，原来，当我枕着这颗城市的心入梦，它，正一头枕着钱江潮的怒涛，一头枕着东河静静的涟漪。所以，它的身手如此敏捷神速，它的脉动却如此从容不迫。

午夜，终于在熟悉的家门前靠岸，仿佛又听见母亲说："真幸福。"

是啊，我们总在路上奔突前行，焦灼疲惫。我们总在寻找，有什么方式，可以抵达安宁？原来这么简单，一个雨夜，一条船，一条河，就可以。

鱼眼

这是地球上的公历 2011 年 3 月，初春，宇宙无涯光年中无限短的一瞬。

坐在阳台上晒太阳，听新闻。我，鱼缸里的三条金鱼，脚旁的两只小狗，宇宙众生中无限小的一两粒。

新闻说——十天前的日本 9 级地震，已造成近一万人死亡，两万人失踪，核泄漏事故连续升级。近日，国人传染了核辐射恐慌，抢了两天盐，现在又在排队退盐，一市民抢购了 1 万多斤，堪称"壮"举，欲退无门。近日，多国部队对利比亚实行轰炸，造成大量平民伤亡……

鱼缸在午后的阳光下，自成一曲绿与光的绝美交响，仿佛离世界无限远——水清澈通透，水底白沙细洁，水草碧嫩柔顺。三条黑色金鱼，游弋其间，静谧，绝尘。

两只小狗窝在我脚下，打盹，或翻起眼，看鱼，看我，或互相舔舔，又接着懒。

突然，我想起，好几天没有给鱼喂食了——仿佛上帝想到了什么，一切因此而改变——

几十粒红色鱼食，均匀地撒在水面上。

第一条游在最上面的鱼发现了，急剧扭动了一下尾巴，张开嘴浮到了水面上。

第二条鱼也发现了头顶上的鱼食，从水底冲了上来，它的尾巴甩到了第一条鱼。

第三条鱼感觉到水波震动，发现了情况，猛地一转身，冲了上去。

一缸水，瞬间被搅浑了，三条鱼的抢食，搅起了沉淀在沙砾里的鱼粪便，鱼缸瞬间浑浊不堪，脏乱得让鱼窒息。

我惊诧地看着这一切。仅仅一个简单的食欲，世界便从天堂到了地狱，被搅起的粪便，像人类世界被搅起的无数欲望，浑浊的空气让人窒息。

有一条鱼显然聪明得多，吞了很多进去，可是吃太多了，又吐了出来。又去抢。另两条鱼比较笨，在同一个地方转来转去，徒劳地抢食着水和空气。其实，它们三个拼命往同一个方向争抢时，水面的另一边，漂浮着很多鱼食。

这时候，两只小狗已然嗅到了鱼食的味道，却又没有发现真正可以吃的，于是，其中一只狗以为我给另一只狗吃了独食，突然就对它翻脸了。另一只狗不甘示弱，冲它吼起来。两只狗扑打了一会儿，发现了鱼缸里的秘密，一齐凑上去闻，未果。然后，它俩再也没有了闲暇和亲昵，一齐眼巴巴地盯着我，做好了时刻扑上来抢食的准备。

这时候，一只苍蝇飞了进来，忽然发现自己飞错了地方，拼命想飞出去，可是撞来撞去都是玻璃窗。其实，敞开着的出口，仅仅离它一尺之遥。

太阳西斜，阳台上黯淡下来，鱼食早被吃光了，鱼缸又恢复了澄净，一切都往平和里走。

短信来了，我查看时，又看到了前几天的那一条：

"世上最痛苦的是什么？辐射来了，盐没了；世上最最痛苦的是什么？辐射来了，盐不好使；世上最最最痛苦的是什么？辐射没来，盐买太多了；世上最最最最痛苦的是什么？人都死了，盐没用完"。

我一个人大笑，歪倒，整个脸贴上了玻璃缸，突然我发现，我的眼和一只硕大的金鱼眼仅一玻璃之隔。

鱼眼很大，没有眼睑，永远不会闭合，永远无法放松。

我知道，鱼眼看东西，靠晶状体前后移动，而不是改变晶状体的凸度，因此，鱼眼是极端近视的。有一种"鱼眼镜头"，有180多度的超大视角，然而，焦距越短，视角越大，因光学原理产生的变形越强烈。因此，鱼眼镜头里的世界极端变形。

这鱼眼，真像人类——近视，变形，不会放松。人类的一切努力，原本都为追求幸福。而当努力等同于算计、争抢、掠夺，当努力不是为了生存而为领先，当人祸烈于天灾，幸福早已不再是真正的幸福了。

刚才，我看鱼、看狗、看苍蝇时，觉得它们无比的愚蠢可笑。可是哪一个人，真正有资格笑它们呢？也许在它们眼里，人类更可笑，抑或可悲。苍蝇已然告诉我们，人类的出路，其实离自己仅仅一寸之遥，一念之间。

我起身离开，发现鱼眼仍盯着我，外星人般诡异。

碗莲花

初冬，因为去看她，在一座江南千年古刹住了一夜。

她年过花甲，是我见过的唯一不说谎话、不说别人坏话的女人。每年，她都会雷打不动地去寺里住上几天，回来后神采飞扬，不知道是什么神秘力量，让她总是那么快乐。

穿过一条隧道，是一个遗世独立般的洞天。四周山峦的影子簇拥着一个遗世独立般的穹庐，天上一个遗世独立般的月亮，地上一个遗世独立般的我，眼睛见的，耳朵听的，脑子里想的，都变得简单，时间长了，真是可以忘记尘世的。

庙宇一层一层依山势往高处延伸，最高处，就是简朴的招待所，供善男信女们小住。夜还未深，便已万籁俱寂，那种静沁入灵魂，一夜间记忆一片空白，没有失眠，没有梦。凌晨，耳朵被带着浓厚当地口音的喃喃梵音唤醒。出屋，湿气润面，千年古树滴下一颗露珠，落到我右耳上，温暖瞬间蜂拥而来，我不由自主笑了，朝它，朝四周的树，朝天空，朝地上的草依次点点头，我感应到它们也和我一样，家人般互相打着招呼。

吃早饭了。才凌晨五点多。

寺庙的每一餐都比山外的要早，基本上是凌晨五点多，中午十点多，下午四点多。

和尚们一个食堂，香客们一个食堂。和尚们的菜，是货真价实的素。而香客们的菜，居然是素菜做成的鱿鱼、鸭肉、螺肉，肌肉的纹路惟妙惟肖，口感味道也很像！其实，香客未必受不了短短几日的无肉之苦，可寺庙真是体谅凡人，如此煞费苦心，像一个娘对待自己的孩子，简直是溺爱了。

吃完饭，她第一个站起来开始收拾碗筷，就像在自己家里一样。

我纳闷，悄悄问："我们食宿费不是都交过了吗？怎么要自己洗碗？"

她说："这儿不是赚钱的地方啊，食宿费意思意思的，到了这儿，要跟自己家一样。"

果然，香客们无论男女，吃完一个便出去一个，秩序井然，每个人桌前干干净净，公用的菜盘子，空了，便有人带出去洗，剩下的，则由最后吃完的那个人洗。没有任何人露出和我一样不解的神色。偶尔有几个人会争执一下，去抢别人手里的碗洗。

水大概是山上接的溪水，很冰，没有洗洁精，饭粘在碗上，很难洗，有时得用筷子刮。她洗了自己的，又来抢我手里的碗，洗完了，用公用的白毛巾仔细擦干，扣到青石台板上，那儿已经摆了好大一堆碗。

我有点反胃，说："这么多人吃，也不消毒，毛巾能擦干净吗？"

她说："吃的时候，会用开水烫过。"

"谁烫呢？"

"有时是食堂里的师傅，有时我们自己，有时谁早来谁烫。"

"别人吃的碗也烫？"

"顺手的事。"

帮她收拾房间时，看到用过的一管胶水和一支水笔，她说："别扔掉，也别带走，昨天招待所里的用完了，我走到隧道外好远才买回来的。留在这儿，免得下一拨人用又要跑出去买。"过了一会儿，她又说："不行，放这儿，服务员打扫时会当垃圾扔了，还是拿到总台吧。"说时迟那时快，她已经跑出门去，"不远万里"送到楼下的总台，我听见她不厌其烦地仔细叮嘱了服务员一番。

怎么一点儿都不嫌麻烦呢？

扪心自问，觉得自己还是善良的，从无害人之心，也有助人之举。但是，如果这个助人之举太麻烦，我可能只做到第一步，不愿花费精力做第二步，或者，根本想不到第二步第三步。而这一步之差，却有天壤之别。

的确，谁能做到她那样呢？对家里的任何东西，她要将它们摆得很舒服，像对老人一样。比如一棵滴水观音，新长了很多叶子，挤着墙壁，她看到了，会第一时间冒着闪了腰的危险，使劲将盆子挪开，让叶子舒展。比如，对一双鞋，她绝不允许东一只西一只，或一只扣在另一只上，否则，它们不舒服，她也睡不好。假如谁将一件衣服领子朝下挂着，她会去重新挂过。一家人去吃火锅，她便提醒服务员，不要那种竹签穿的基围虾，她说，杀生是难免的，但要痛快点。

她从不对孩子唠叨——妈妈把你养这么大，是多么多么辛苦，你以后要报答妈妈。她说，我爱孩子，是我自己的需要，没有什么特别伟大。

她对朋友好，只是因为他们人好，却从未想过有无用处。给陌生人捐款，她说，这样我心里好受些。人们说，现在的寺庙都商业化啦。她会说，师傅们也要生存啊。

我与她差的那一点点是什么呢？是对他人、对世界温柔至极的、毫不犹豫、毫无保留的爱与慈悲——就像那句话——"践地唯恐地痛"。

"哪来那么多坏人？我要是怕失去，防人家，别人也防我。可这么多年了，我谁也不防，也不见得就吃亏些。"

也许，这就是她总是那么快乐的原因吧。

太阳还很高，寺庙的晚饭时间到了。

想陪她吃完晚饭再赶回杭州，我们提早去了食堂。未进门，就见一个和她年纪相仿的女香客，正将食堂所有的几十只空碗、几十双筷子摆放在一张大桌上，用开水慢慢烫着。老婆婆眼神专注，嘴角挂着微笑，全然没有注意到我们进来，苍老的手颤巍巍的，旋着一个个空碗，无比的仔细。好像，这本来就是她的职责，好像，这碗不是给陌生人用的，是给自己最亲的人用的。

她悄悄说："听说，这个老婆婆本来脾气很不好，到这儿帮忙后，变得好得不得了，饭烧焦了，好的盛给我们大家吃，焦的藏起来自己吃。"

我脱口而出："世上本无好人，装的时间久了，也就成了好人。"

她呵呵笑了，说："虽是胡说，还真有点道理。殊途同归，有时'装'的确是一条好路。"

我又脱口而出："那您呢？从来不说别人坏话，总是那么快乐，总不是装的吧？"问完，我伸伸舌头傻笑，不好意思看她。

她丝毫未为我的不敬动色，依然微笑着说："难道你忘了，你很小的时候，和弟弟偷偷到溪里玩，其实并没有那么严重，可是我因为自己心情不好，打过你们。"

"有吗？"

"有！"她说，"我特别后悔，从此天天告诫自己，哪怕自己再不开心，也要装成一个好脾气的母亲。"

原来，她也是这样，装着装着，装了大半辈子，自然而然变成了无人不赞叹的、真正的、又好又快乐的女人。

这，难道不好吗？

也许，人世间的一切，都是习惯成自然。

人生本来苦多乐少，假装自己得到了很多甜，一定会比不装快乐些。

品德很坏的人，假装自己是好人，如果能假装一辈子，一定会变成好人。

人世间有很多小恶，拿它没办法时，假装看不见听不着，心地就会纯净些。

生活中有很多得与失，假装失去也是得到，就会豁达些。

心里有很多计较挣扎，假装自己很淡泊，装着装着，就习惯成自然了，一切都会豁然开朗。

就像，婆婆手里的青花瓷碗，在斜阳下，看久了，宛如一朵朵圣洁的莲花。

临走，我跟她说："有空，我还会来寺庙住一两晚。"

凝结在玻璃拉门上的水珠

水雾还未散尽，空气里飘着沐浴着肌肤和秀发的清香，白色纯棉浴巾被遗忘在浴架上，水滴在磨砂地砖上，传来寂寥的回音。仙人掌鲜红欲滴的精致花瓣，斜依在黑底金丝花纹的墙上，神秘地沉默着。这个十分钟前还充满笑声和歌声的玻璃浴室，离开了主人的声音，一切都好像睡着了，除了那些凝结在玻璃拉门上的水珠。

她折回浴室，拿起一把木梳梳头时，惊讶地发现了它们——

像佯装熟睡的孩子突然睁开的清亮的眼。

像日全食时，黑色天幕上那一圈无法遮挡的夺目光环。

像曲终人散时，从月下飘来的箫声。

宁静，安详，美好。

她不由注目凝视，回想起这些水珠真正的来历。

十分钟前，她和小女儿在浴室里玩游戏——她们的身上涂满了沐浴液，滑滑的身子紧紧拥抱在一起，女儿仰着脸叫她："泥鳅妈妈。"她叫女儿："小泥鳅。"只有在这个远离红尘俗事的浴室里，这肌肤相亲的一刻，女儿才是天真烂漫的孩子，她才真正满怀柔情，不再是那个把她从睡梦中叫醒上幼儿园的母亲，不再是一进家门就教她弹钢琴的母亲，不再是用严厉的声音把她从玩具堆里逼上床的母亲，不再是时时整装待发去出差的母亲……她和女儿一样不明白是什么催促着她们过这样的日子，可她知道现实和未来要求她们这样生活。

女儿天真无邪地大笑着，忽然奶声奶气地唱："像我这样一个女人，以及这样的一个小孩，活在世界上小小一个角落，彼此越来越相爱……"她看着这个"小女人"笑，想起了这首歌里更精彩的歌词："一个小孩是一个神秘的存在，像星星一样奇异，一样发着光，像水果一样新鲜，花一样芳香。"说得真好。

那时，从喷头里洒下来的水正走着不同的路。有的洒到她们发上，身上，流到地上。有的突然遇到了波折，飞溅起来，落在磨砂玻璃拉门上，成了一滴滴晶莹剔透的水珠。

她久久凝视着它们，像凝视熟睡中的女儿。人之初，固然如歌里唱的那样，像星星，像水果，像花，但更像这些无色透明、一切都未曾发生的水，谁也无法预料它们今后的命运——

变成酒，变成汤，醇厚甘美，最后落入肥肠，变成粪土。

变成香水，变成营养液，高贵芬芳，最后与汗水污垢同流合污。

变成杀虫剂，变成良药，最后与细菌虫蝇同归于尽，而世上往往是善人命苦、恶人长命。

没有变成别的什么的，是从天上落下来的雨，滋润着万物生长，万物却养育着与自己作对的人类……看来，水最后的结局，无非是变色变味变质，最后到不知何处的肮脏去处。

只有这些凝结在玻璃拉门上的水珠，一生一世都不曾在本质上改变自己。明天，圣洁的阳光洒进百叶窗时，水珠会慢慢融化，化成一缕水汽，慢慢飞走，变成雾，变成风，变成白云。

而小小浴室像一切都未曾发生，只有这道玻璃拉门，也许还留着一丝清香，一滴水痕。除了她，没有人知道，这里曾经凝结着一些看似毫无意义的水珠，却使一颗陷落红尘的心顿然了悟。

人是不是也可以这样淡泊地过一辈子？

姐姐，今夜我在千岛湖想你

姐姐，今夜我在千岛湖。在千岛湖的这一头，想千岛湖那一头的你。如果湖水愿意，我在这头轻轻叫一声"姐姐"，思念会贴着如镜的水面，一直滑进你的梦里。

刚才，你放下电话，十五瓦的灯光照在你六十岁的白发上，失落的眼神掩藏在白发下的阴影里。你笑着跟村里邻居说：她说千岛湖太大了，行程太匆忙了，他们要去的地方，和这里是两个方向，来不了了。

送走邻居，你抬眼望望漆黑一片的湖水尽头，关灯，上楼，躺下，侧脸看见窗外的星星时，你多看了一眼，替我。

而此刻，我正走上酒店房间的阳台，面朝湖水，开始想你。

千岛湖安详如一方古墨、一盘棋局。它和我白天看到的大不相同。阳光下，它像一个女子静立的侧影，无须看清眉眼，便能深深感觉到出奇的静美。属于它的天空、阳光、云朵、湖面，安静如丝绸，如古籍，如月色，却又流动着无比灵动的韵律。而夜里的千岛湖，如一位睿智的老者，似乎已经洞悉阳台上这个来自杭州的女子，和这一方水土有着怎样深的长达二十三年的缘分——自我做母亲起，"千岛湖"便以各种形式抵达我生活全部的细枝末节，在我的生命里延绵不绝。

而这一切，是因为姐姐你。

它先是以你的名字抵达——"初莲"。在杭州笕桥机场荷塘深处的一间平房里，刚刚怀孕的我遇见了跟着丈夫从千岛湖出来打工的你——矮小、清秀的你。你三十八岁，我二十五岁。然后，你成了我女儿的保姆、我无话不谈的姐姐、我家不可或缺的一员，风雨同舟，整整二十三年。

然后，它以更多的地名抵达，威坪，梓桐，南赋，汾口，凤联，中联，窄尔……有的是你娘家，有的是你婆家，有的是亲戚家，有的是嫁出去的妹妹家。回乡的日子里，你的足迹在山路上疾行，在湖面上漂，然后，连同你鞋底的泥，带回杭州的家，有时带进千岛湖的一场雨，一次渔舟晚归，有时是一两个乡音浓重的老乡，有时是听来的一段趣事，一个个关于"锦山秀水、文献名邦"的传说……让远离故土的我，让对乡村一无所知的孩子，闻到了一千座岛屿、一千条"金腰带"、一万朵橘子花的气味，触摸到了淹没在千岛湖底狮城、贺城的神秘古老……

然后，它以四季不同香味的美食浩浩荡荡抵达。茶，来自村里最高那座山的云雾里，品相朴实如姐夫阿仁，喝一口，才知道什么叫"甘甜"，多年后我才知道它叫鸠坑茶，是名茶。露水没有香味，云雾也没有，水也没有，你爬山出汗了，你炒茶叶时汗滴进茶叶了，你怀揣着茶辗转五六个小时的长途车、公交车，可是，茶仍是香的。香的，还有你公婆养的、过年时杀的猪肉，配上后山上挖的笋，炖一下午。还有你自家橘园里的甜橘，笋干、溪鱼干、番薯干、蕨菜干、柿饼、银杏果、豆腐、玉米饼、桐叶菜包、豆粽、炒南瓜子、冻米糖……咀嚼着这些来路分明的粮食时，能看到油菜花间的舞草龙、跳竹马，你一家子除夕围坐火塘，能闻到烤土豆的香，能听到热闹的赛猪头和淳安睦剧，老人的咳嗽，留守女儿不舍的嘤嘤啼哭……我们不由分说爱上了千岛湖这个地方，如同爱上你。

它还以一排排细密的针脚抵达。就着我看书的台灯，你用土布给我们全家老小做棉拖鞋，平整的针脚、软和的脚感里，一个千岛湖女儿的勤劳聪慧无处不在。后来，妞爸去境外工作了，妞去外地读书了，只有你一直陪着我，像湖水一样宠溺我，让亲人们得以放心，让我一直远离人间烟火，却又让我一直接着你的地气，关注着、热爱着、书写着和你一样平凡而高贵的人们。

在城里的二十三年，你一直是千岛湖水般纯净的你。而我和城市回报你的，是微薄的佣金，偶尔的体贴，对你子女的一点帮助，你得到的，是半头白发、满脸皱纹，是累弯了的腰，长期的多梦失眠，与亲人的一次次别离，一个又一个老人的逝去，甚至来不及见最后一面。

终于，腰痛和健忘一次次提醒你，再下去怕拖累我们。临走前，你忍着腰痛去菜场买鱼，说再给你做一顿好吃的吧。

姐姐，你走的前夜，我偷偷哭了。我从来没叫过你一声姐姐，可是，两个女人的小半辈子，就这么在一起厮守着过了，这是怎样的宿缘？

姐姐，此刻，我在回杭州的路上想你。今天上午，在古村芹川的廊桥上，我好像看见了你，当然不是你。也是矮小的身材，也是枣红的衣裳，脚下一字排开着她要卖的土特产，都是你曾带来过的。我买了一包炒南瓜子，在车上一粒一粒仔细啃着。你在电话里说，没关系没关系，等我把山上的事忙完，就去看你，给你们带茶叶喝。一百公里的路，大雨滂沱，我的心里也下着雨。此刻的我正与你背道而驰，与曾经一起走过的岁月背道而驰，今后，即使再见，彼此生命的轨迹终会越离越远。

姐姐，今后，我还会想你，在钱塘江边你熟悉的家里。钱塘江其实就是千岛湖啊，在最上游，它叫千岛湖或新安江水库，然后，它叫新安江，然后叫富春江，最后就变成了我家门前的钱塘江，滋养着它遇见的每一寸土地和土地上的每一个人，就像你。

姐姐，共饮着一江水，我会想你，想比记忆中更高大的你。如果我是西湖，你则是比西湖大一百零四倍的千岛湖。我想千岛湖，则会想比千岛湖大亿万倍的天空和大地——天空抵达我们，以阳光的方式，以月光以雨水和雪花的方式；大地抵达我们，以粮食以花朵以美景的方式，像母亲哺育我们，像姐姐呵护我们。而人，可曾以平等的方式抵达你们？回馈你们？

姐姐，如果有一天我不想你了，一定是因为羞愧。因此，我不会再把"感恩""珍惜"之类的词挂在嘴上，而是把"平等""善待"这些词放在心里，让它们继续联结我和你的缘分，缝合作为一个人与天地万物之间的关系，修正我伸向这个世界的每一个动作。

姐姐，一直忘了问你，就像鱼回到水里，你在老家的稻花香和溪流声里，睡得踏实些了吧？你在梦里，收到我的思念了吗？

第四辑

忘忧国

　　这片靠近赤道、离我们并不远的土地上，飘荡着一种来自远古的慢气息。他们的生命比我们短，但他们的生活比我们慢。

忘忧国

所谓的人间天堂，其实是上帝和人一起创造的，而内心的天堂缔造者，唯有你自己。

一、半个月亮爬上来

多年前，我梦见了绿色的大海。在梦里，大海从粉绿、淡绿、碧绿到墨绿，一层一层，像老唱片的纹路般萦绕起一个奇丽的梦境。醒来后觉得匪夷所思。

后来，在一本画报上，我第一次看到了马尔代夫的大海，原来世界上真有绿色的大海，那种难以用语言形容的美，让我震撼，更让我震撼的是，那儿有世界上第一个建在海底的房间，人躺在海底几十米，看窗外游鱼在珊瑚丛里游弋，就像看花园里蝴蝶飞翔。在那个遥远的晚上，我发了很久的呆，我梦想着能去那个仿佛能忘记一切忧愁的地方去看看。可是那时对于年轻的我而言，去国外旅游，结婚生子，工作压力，体检不良指标等等，都离我很遥远，遥远得如同另一个世界。

很多年以后，这个梦终于变成了现实。2014年夏天，我和家人一起飞越万里抵达了梦想中的忘忧国，像飞鸟一样在马尔代夫的芙花芬岛栖息了五天。

马尔代夫以半个初升的月亮迎接我们。就在马累机场跑道尽头，半个巨大的晶莹剔透的下弦月，正从大地上冉冉升起。它那么大，那么透，静脉一样的环形山依稀可辨。车子离开机场后飞驰在沿海的公路上，车上播着当地男声吟唱的一首空灵的歌，车窗外，黑色的夜，黑色的大海，半个月亮像一只巨大的眼睛，它的泪痕在黑色的大海和黑色的夜里闪闪发光，世界一片静谧、神秘，像梦一样不真实。

芙花芬岛，"Huvafen"，当地迪维希语就是"梦"的意思，而"Huvafen Fushi"就是"梦之岛"。以半个月亮为马，我们飞奔入梦。

二、切一块海水当点心

上芙花芬岛要坐半个小时的快艇。快艇船手一律白色棉质衣服，头上扎着白色的头巾，黑色墨镜，非常的帅和酷以及热情。从他们手里接过热毛巾和原汁原味的椰汁开始后的每一分钟，一向最怕坐船的我，像打了鸡血，一路情不自禁地哇哇大叫——太美了！我看到了有生以来见过的最美的大海！

我曾经这样描述在澳大利亚见过的海水"一种比蓝天深很多的蓝，无声无息却猛地一下劫持了我的视线，如同一个深渊，将人的心深深地拽了进去。"而马尔代夫的海水，让我再度震惊到无语——它是多彩的，深蓝、淡蓝、碧绿、浅绿、粉绿，还有金色、白色，层层叠叠，随着风和阳光以及视觉，每秒钟都在变幻，它无比的通透明亮柔和，绿和蓝里面，流动着金色的阳光。如果说澳大利亚的大海深沉，那么马尔代夫的大海就像一个少年，或者一个婴儿，纯洁轻盈得像来自天堂的一片羽毛，让人特别想亲吻它。

但矛盾的是，它又像是固体的，质地像果冻，又像三层蛋糕，让人恨不得切一块海水当点心吃——目光近处，是湛蓝的海水，目光远处，时时会突然冒出一条细细的淡绿，然后越来越粗，然后是一圈淡色的碧绿，再近些，碧绿的海水上会浮现雪一样的白色，那是沙滩，像散落在梦境里的另一个梦境，那就一定是一个岛。马尔代夫，就散落着两千个梦一般的小岛。

这块点心，亦是良药——我将手伸出去，触摸船尾珍珠瀑布般的海水，几乎每次都晕船的我被这块午后的点心治好了。我忙着看、拍照、惊叫，根本无须躺在为晕船客人准备的大床上，激动得把椰汁都打翻了。

三、点一个月亮

阳光狠狠吻上来，然后，一个岛像一个梦一样慢慢来到我们面前——快艇马达骤停的一刹那，世界一下子离我们远去，一条架在海水上的原木通道，将懵懂的我们迎入了一个人间天堂——芙花芬岛。踩上柔软细腻的白沙滩，有一种不真切感，蓝天，大海，白沙，椰林，路灯，吊床，茅草屋……都不是记忆里的模样，也不是想象中的模样。那种美，让嗓子发痒，就想叫，哇哇。

先住两晚沙屋——建在沙滩上的屋子，离波浪大概五米。再住两晚水屋——凌空架建在海上的屋子，从露台可以直接下海，客厅里的玻璃地板可以看海里的游鱼。"我们家。"我们总这么说，是的，这就是我们这几天在"天堂"的家。

睡懒觉，吃早中饭，游泳，浮潜，做 SPA，打扮，拗造型，拍照片，欣赏照片，看落日，喂蝙蝠鱼，看水鸟，吃西式晚餐，发微信，玩电脑，看书，吹海风，在海浪声里发呆……基本构成了岛上的离世生活，而每时每刻与我们一起呼吸着同一片空气、踩着一个慢节奏的，是一群天使般的服务生和一群小仙子般的生灵。

清晨，一抹天光从窗帘一角漏进来时，我以为错过了日出，跳起来赤脚就往沙滩上跑。一抹玫瑰红在群山连绵般的云朵后呼之欲出。海和我一样刚醒过来，风都是懒懒的，带着夜的凉意，淡绿色的海水在霞光的映照下泛着淡淡的玫瑰红，犹如刚醒过来的婴儿脸颊上的红晕，远处一列水屋在霞光里站成修女般静穆的剪影。目不暇接时，天色转眼变成了大团的粉红，如水墨画般晕染开来，海水，云朵，随之变幻了颜色。短短的半个小时里，天地瞬息万变，每一秒都美到极点，那种美，会让人贪婪，想抓住它，留住它，每一秒都不肯放过。直到阳光像日全食后钻石一样在云层后突然绽放光亮，天空垂下一道道光的天梯，又慢慢消失，我才回院子里洗漱。

一只蚂蚁正卡在我梳齿上，头歪来歪去挣扎。这里的蚂蚁有我见过的三个那么大，淡黄色的。我拿起梳子走到露天游泳池边，轻轻敲了敲梳子，让它落回了沙地，爬走了。

除了蚂蚁，经常与我们狭路相逢的是蜥蜴。从"我们家"到餐厅，要走几分钟路，路过一片灌木林的时候，看到两只蜥蜴在路边打架，看我们走近，停下来，瞪着我们，并不怕我们，大家都呆住不动，过了好一会儿，它们又开始打架，我们也挪到它们跟前想仔细看看，它们又迅速和解，一前一后从容不迫地爬进了灌木丛，阳光在它们身后默默铺上一层寂寥。

另一群生灵是珊瑚与鱼。激动人心的出海、浮潜，看海底珊瑚礁和游鱼，虽新奇，但于不会游泳的我，是一种挑战。套上救生衣、浮潜蹼，戴上呼吸面罩，将脸浸入海水的一刹那，恐惧，新奇，变成了无声的惊叹。我成了一条大鱼，睁大眼睛看着大大小小色彩纷呈的鱼在珊瑚礁之间游蹿，我们肌肤相触，那一刻，我想起，其实，我们都是大海的子民。

日落时分，在岛的一大片沙滩上，有一场"人鱼鸟"约会。大约六七条巨大的魔鬼鱼每天六点半会如期而至。它们随着海浪一次次扑上沙滩，扑到人们脚下，翻腾起肉肉的软软的翼。它们和喂鱼人亲热，攀爬上他的肩膀，跳舞一般盘旋，与我们这些哇哇乱叫的游客嬉闹，一次次扑腾，乐此不疲，仿佛是一群孩子，很温顺，很调皮，我斗胆将光脚轻轻踩在它肉肉的脑门上，它翻着两只白眼，神情却好像是高兴的。而这片沙滩上，永远站立着一只孤独的水鸟，仅此一只，它也会吃到喂鱼人丢给它的肉，冷眼看人们与鱼的忘情嬉戏。一小时后，蝙蝠鱼和晚霞一起消失，奇怪的是，那只鸟也一起消失了。

可是月亮呢？静谧的大海笼罩在露天餐厅紫色的台灯光下，我忽然想起为什么始终没有再看到那个水晶球般的月亮。我抬手示意服务生，他问："请问要什么？"我想问他月亮什么时候升起来，为什么一直没看到。我英语说得不好，脱口而出"moon"。女儿惊呆："你要点一个月亮？"

是啊，其实，我真想点一个月亮啊，这样的大海，怎么能没有月亮？服务生告诉我们，因为这几天是新月，所以一般是看不到月亮的。也就是说，我可能再也见不到那个水晶球般的月亮了。

四、宇宙间最大的水滴

在马尔代夫，我成了一个"躺哪儿睡哪儿的人"。平时睡眠怕光怕声音，但在这儿，水边露台上，图书馆外沙滩的落地睡床上，穿着浮潜衣浮在海里，遮阳伞下的海风里，世间仿佛就我一个人，在这种错觉里，冥想，发呆，懒着，能把什么都忘了，风吹着吹着我就睡着了，一觉醒来，一切都没有变，如同睡前，不用担心陌生人会路过看到你的睡相，不用担心有人会打扰你，海鸟偶尔停在临水的露台上如入无人之境。我相信，这里一定有一种神秘物质，会让人彻底放松。

水下SPA，更像一个催眠之所。芙花芬拥有海底40米处世界上第一家水下SPA。披着浴衣，赤着脚，沿着狭窄的红色木楼梯，看着自己的脚尖踩在烛光摇曳里走向紫色的水下世界，像走进另一个梦境。梦境里四面都是海水珊瑚和鱼，地上还有一面奇特的镜子，当我趴在按摩床上，镜子倒映着海底世界，鱼在我脸下自在地游弋，在按摩师轻柔的手法里，我又又又睡着了。

在马尔代夫，我还发现两个最遗世独立的地方——让人联想起上穷碧落下黄泉，又让人什么都不想，什么都忘记。一个是离芙花芬岛半小时远的白色沙洲。沙洲像湛蓝海水中一只雪白的巨碗，中间却盛满一大片粉绿色的海水，没有任何生命的痕迹，像一帧寄自远古的明信片。另一个地方是芙花芬岛上从沙滩生出去的一个堤坝，架空起海面上一个圆台，圆台上摆放着一张床，亭子般的床架上纱幔随风飘舞，像经幡，像呓语，像某种与大海有关的神秘的仪式。

没有月亮的夜晚，岛上的路灯仿佛天堂里点亮了无数个月亮——高挂在树枝上球形镂空的路灯，在沙地上投下藤蔓纠缠般的绿色的光与影，像一个时空隧道。我们在路灯的影子里走着走着，就跳起了舞。走着走着，就开始唱歌，唱大海啊故乡，唱牧羊曲，也唱国歌，有时大家一起各唱各的，看谁把谁带沟里去。在我们大笑的时候，芙花芬的深夜来临，夜的大海像一个累了一天的男人倒头睡去，呼噜声很响，人们和着它的呼吸也沉沉睡去。

假如此时从天空看，一个人，就像一个婴儿睡在巨人的怀里，把所有的俗世烦恼交给宇宙间这一滴最大的水滴去稀释。

五、小伙 Shiyaz 也有梦

马尔代夫迎接我们的，除了半个月亮，阳光海水沙滩，还有那些黝黑壮实、满口白牙的当地小伙子。在马尔代夫，很少看到女人，据说女人都在家里，少数会在城市的办公室工作，但一般不做服务工作，男孩则百分之八十会在岛上工作。

Shiyaz，我们芙花芬之行的私人管家，相当于专职导游，像个田螺姑娘般无微不至。他不是每时每刻跟着我们，而是每天出现两三次，也会用微信跟我们联系。他帮我们订餐，带我们出海，拉着我们的手浮潜，他给人感觉不是热情得夸张，一瓶他个人赠送的冰镇香槟和两个冰激凌，是他给我们的唯一热情的印象。他给人的感觉是淳朴，沉稳，温暖，舒服，很有修养。

白色棉上衣、白色棉布裙、一双人字拖，是他的工作装束，而带我们出海时，他又换上黑色的专用潜水服。他很帅，很壮，黝黑的皮肤，洁白的牙齿，明亮的眼睛，黑色的有型的短卷发，他的谈吐和举止，带着一种书卷气。他是一位优秀的管家，为很多好莱坞明星和林志颖等名人服务过，他说，无论客人是谁，明星，或老板，或一般游客，只要到了这儿，我都提供一样的服务，人人平等。

但他也说"不"，非常坚决，比如他说珊瑚礁有的很锋利，而浪又不稳定，假如被浪打到珊瑚礁或岩石上，会很危险，让我们不要浮潜得太远。原本他打算带我们去深海浮潜，但因有人腿部被珊瑚礁蹭破出血，有可能会引来鲨鱼，他坚决放弃。

他不厌其烦地为我释疑，比如海水如何用机器处理成日用淡水，讲垃圾去哪儿了，讲船坞的设计不能造成海滩的侵蚀和沉积，必须修建在桩结构上面，这样桩下面可以有水自由流动。他提醒我们，岛上不允许带走珊瑚石，不能破坏植物或使用捕鱼枪捕鱼。

在短短的几天时间里，我们互相熟悉，直至成为好朋友。分别的时候，他说，我很伤感，我们也是。在临别前等航班的空余时间，他和他的几个兄弟特意过来陪我们坐坐，我采访了他。

他是马累人，23岁，有七个兄弟姐妹，母亲是小学教师。他从15岁中学毕业后，就到了一个岛从事服务业。然后，来到了这个岛。他说，这个岛是世界上最美的地方，原始、自然、和平、安定，他很自豪也由衷喜欢在这里工作，虽然他在马累有自己的店铺，但他最爱的还是这份工作。在这个岛上，他做过几乎所有的工作，酒吧招待，餐厅服务员，清洁工，厨师，接受过各种培训，为的就是积累经验，他们三个月有两周假期，他可以回家，公司也会安排他们体验服务，他会利用各种机会锻炼自己，为的就是能为客人提供最好的服务。他说，你们来自世界各地，平时都很忙，就是为了放松，而我的使命，就是让你们放松，满意，我也会因此而快乐，此外，我能遇见全世界各地的人，和他们交流，这是一种享受。

问起他的梦想，他笑了，很坦率地说，当酒店的高级管理人员，包括经理。

当我跟他聊起我们对成功的定义，对幸福的理解时，他说，其实和你们一样，事业成功，有一个自己的家庭，有一份有品质的生活，还有，我想生两个孩子，呵呵。

这让我有点吃惊。一直以为，这个国家是一个相对落后的国家，这儿的人们应该比较慢节奏，保守，与世无争，效率低，其实不是这样的。

离别时，他和他们的老板、经理五六个人早早候在码头送别我们。Shiyaz和他的朋友上艇跟我们道别，亲手为我们送上椰汁。当快艇驰离梦之岛，夜色中他们挥别的手臂越来越模糊，我的眼睛忽然有点湿，我从来没有在离开一个没有朋友的陌生地方时会伤感。但是，不知道为什么，是因为这一别也许此生都不会再见？还是因为，我终于要离开自己的梦了？

六、忘忧国不会消逝

"马尔代夫有 1192 个珊瑚岛；有 25 个不同的受保护的暗礁；马尔代夫制定了一岛一度假村（One Island One Resort）政策，这些度假区必须自己提供基础设施，如供水，供电，污水、废物处理系统，船坞；每个度假区内的建筑占地面积只能占景点面积的 20%，高度不能超过最高的棕榈树；一些环状珊瑚岛周围禁止捕猎鲨鱼；海龟是保护动物，禁止买卖海龟。"

这是我在百度上找到的资料。因为，我始终百思不得其解，为什么一个并不发达的米粒大的穷国家，能把这些岛开发得这么好，又保护得这么好。这，本来是矛盾的事。

但只要看看他们的清规戒律，就会明白，这一片天堂也许是上帝赐予他们的，但也是他们自己创造的，如果不加保护，再美的天堂也会变成地狱。

他们要赚钱，却不会因此而放弃自己的原则。除了上述规定，还有游客必须严格遵守伊斯兰教的法典和传统，禁止裸泳，如果到马累或其他岛上村庄参观，必须遵守当地的着装规范。游客只能到那些有旅游设施的环状珊瑚岛上进行海上游弋，不能到其他的环状珊瑚岛上游玩。

马尔代夫的本地雇员不允许接触酒精饮品，大多数的酒吧雇员都是斯里兰卡人。

为了确保本地的居民也有地方玩，他们在马累附近的Kaafu 环礁岛上专门修建了一个休闲公园。

他们通过公立学校和媒体——广播，提高人们的环境保护意识。

政府多年的努力、创新和严格执行规章制度，马尔代夫人自觉的意识和行为，一起构建了一个人间天堂。

我们问 Shiyaz，都说一百年后马尔代夫就要消失了，你们害怕吗？Shiyaz 笑了，说，不会呀，我 23 岁了，海平面一厘米都没有升起来。而马尔代夫驻华大使也说，最新研究表明，岛是很年轻的岛，珊瑚是很年轻的珊瑚，我们不破坏环境，环境自然会好起来。

离开梦之岛时，是傍晚时分。海边露天餐厅传来一阵鼓声和无伴奏歌声，是当地著名歌唱家和乐队在表演。没有灯光，没有电子音乐，而是十来个当地人，敲着鼓，在黑暗里纵情吟唱。

我的脚步在歌声里走向归途。我问自己，你真的忘记了忧愁烦恼吗？忘记了那天拿着体检报告从医院出来，经过烈日和人群，看到母亲满头白发时的心酸了吗？

扪心自问，我没有。我深知世界上没有忘忧国，也没有人间天堂，即使是马尔代夫。都一样，得活着，得面对现实。不一样的，是忘忧国给了我一颗更加懂得珍惜的心。真正的天堂，要靠自己的内心营造。

我的脚步在歌声里走向归途。我在心里将微信上朋友发的菲利普·拉金的诗轻轻念给大海听：

> 这新的消逝仍然在那儿
>
> 我们应当彼此在意
>
> 当一切还来得及
>
> 我们应当仁慈

奇妙记

曾经有一个少年，远渡重洋来到澳大利亚，将恋人的骨灰撒在红色的土地上，说："我完成你的心愿，终于带你来了。"骨灰渐渐被风吹散。少年听见女孩在风中说："很高兴我遇到了你，再见！"这部曾风靡全球的凄美电影叫《在世界的中心呼唤爱》。世界的中心，据说就是太平洋环绕之下的澳大利亚。

多年后，当我随浙江作家代表团，踏上故事里那片红色的土地，感受更多的不是凄美，而是"奇妙"。

一、奇妙海

澳大利亚的海，蓝得让人大惊失色。

站在悉尼出海口的红色悬崖旁，我慢慢摘下墨镜——

淡蓝色的天空，帷幕般，一层一层落进眼眸。巨大的、轮廓分明的白云，像传说中的不明飞行物，一朵一朵悬停在眼睫上。

紧接着，一种比蓝天深很多的蓝，无声无息却猛地一下"劫持"了我的视线，让人倒吸一口凉气。

这是一种幽蓝，深得不可思议，深得深沉，深得深厚，深得深情，深得深刻，深得深奥……如同一个深渊，将人的心深深地拽了进去。

这种蓝，如果用颜料调制，应该是三原色中的蓝加一点点黑色，可是不对，它不是黑蓝，是与水、与阳光、与不知何种神秘物质融合在一起后的升华——通透，明亮，柔和。

这种蓝，不是物质的，而是一种意境，真实得每个毛孔都能感知，却又虚幻得与人相距千里万里、千年万年那么远。

忽然，风生，水起，蓝色意境瞬间还原为物质的动感波澜，如千万朵蓝色莲花栩栩绽放。波涛滚滚，花开花谢，千变万化，我忽然看见，大海，竟露出了一个又一个佛祖般神秘的微笑！

凝视这神秘的蓝色笑脸，又隐约听见大海深处传来一个神秘的声音——咚——咚——我仿佛看见，蓝色笑脸下，有一颗巨大的蓝色的心在跳动！

我已彻底被澳大利亚的大海"催眠"，不由自主闭上了眼睛，想躺下，想就这么睡过去，感觉到躯体和灵魂已被蓝色莲花层层裹住，融化成了蓝色的水和空气，没有一丝重量，没有一丝悲喜，没有一丝牵挂，只有无边无际的轻盈和安宁。这奇妙的感觉，那么陌生，就像书里写的，就是人濒死的感觉。

站在澳大利亚的大海前，我忘了烦恼、欲望，更忘了世界上还有战火、暴力、饥荒、尔虞我诈。

澳大利亚的大海，就像一个老兵，站在世界所有的乱七八糟面前，断喝一声："缴枪不杀！"所有的乱七八糟立即举双手投降。

澳大利亚的大海，怎么会有这样的魔力？仅仅因为澳大利亚离地球上最深的海沟最近，所以拥有地球上最深邃的大海吗？还是因为，在仍然充满硝烟地球上，这片红色的土地格外世外桃源？

在一丛礁石上，我捡到了一颗活海星，它翕动着软软的身体，鲜血一样红，像一颗心脏。忽然想起四个字："四海一心"。

有科学家预言，人类来自海洋，最终的归宿也是海洋。这是一个多么浪漫的预言！人类如果不是自相残杀，死于非命，而是真的慢慢地、自然地消融于大海，寿终正寝，该多好。

所有大海的心，都是蓝色的。所有的海与海都是相通的。

所有人类的心，都是红色的。所有的人与人心跳、呼吸都一样，为什么不能像海与海一样心心相通？为什么不让那个浪漫的归宿成为我们最终的归宿？

二、奇妙鹅

日落时分，澳大利亚南端的菲利普岛，大批游人早已静候在观光台上，眺望着玫瑰色晚霞下的南太平洋，翘首以待一个举世闻名的奇观。

海面风平浪静，远远近近都不见一丝要发生什么奇观的样子。

不知道过了多久，忽然，有人发出了"咦"的一声，所有人的眼睛不由齐齐向着海面嗖嗖放电。果然，在靠近沙滩的浪花丛里，不知什么时候冒出了几十个黑白相间、亮晶晶的小东西，就像雪地里忽然绽放的"黑玫瑰"，弱不禁风地摇曳着。

紧接着，人群又发出一阵喧哗，另一处浪花里又浮出了一堆"黑玫瑰"。随着人群一阵一阵惊叫声，雪白的浪花里不断绽放开一丛一丛的"黑玫瑰"。

黑色的花朵随着白色的海浪起伏着，慢慢涌向沙滩。一个浪头打过来，它们中的大部分又被海浪卷了回去，过了一会儿，它们又聚集了起来，但不是随波涌向沙滩，而是奋力"游"向沙滩。

这些"黑玫瑰"，就是世界上最小的、已濒临绝种的袖珍企鹅。

终于，第一只企鹅趁着海浪舔上沙滩的一刹那一跃而起，跳到了沙滩上，紧接着，一只，两只，三只，三三两两，它们互相照应着，陆陆续续从水里跃到了沙滩上。但奇怪的是，最后面的好几只企鹅眼看要游上沙滩了，却一回头，重新钻进了水里，不见了。

正在纳闷，又见在它们消失的地方，忽然冒上来更大一群小企鹅，看来刚才最后几只企鹅是召唤大部队去了。

企鹅的洞穴就在离沙滩不远的沙丘地带，长满了灌木丛。从沙滩到它们的家大约几百米，经过它们长年累月的跋涉，已经形成了固定的几条小路。对于我们，仅仅是几十步之遥，对于它们，犹如千山万水。澳政府采取了严密保护措施，建了一个专门观察站，自动监视统计每次企鹅归巢的数量，又为它们的活动区域修建了木栅栏以将游人隔开，在企鹅的必经之地上修建了木栈道，专供游人从上往下近距离观赏，但禁止大声喧哗、摄影摄像。

这时，上了岸的一群群小企鹅有序地站在沙滩上，像在那儿报数。过了一会儿，似乎是齐了，开始列队往沙丘方向走。这时，我们才真正看清它们的样子——个子很小，但很圆很胖，脑袋超小，屁股超大，眼睛小而明亮，皮毛是湿的，紧紧贴在身上，一个个左右摇摆着前进，样子极其笨拙可爱。

此时此刻，一眼望去，纷纷上岸的几千只企鹅已经分别组成几十个纵队，摇摆着向着它们的家园行进。每个纵队都会有一只排头兵先走一步，警惕地四处张望一番，确认没有危险后，就自觉地站到路旁，一动不动地。后面的大部队收到信息后，才开始浩浩荡荡地走过来。走一段路后，走在最前面的，就像刚才那只排头兵一样，警惕地巡视一番，也站到路旁一动不动，让后面的大部队继续前进。整个部队就这样依次轮岗，艰难行进。

大概一个小时后，企鹅们终于陆续穿过了沙滩，靠近自己的巢穴了。埋伏在木栅栏边偷窥的人们，一个个几乎屏住了呼吸，静静看着它们从我们的脚下经过或停留，离我们那么近，只有一尺之遥，让人直想伸出手去摸摸。我想，以它们的灵敏度，一定知道我们的存在，但看不出它们一丝惊慌的样子。

企鹅是一夫一妻制的。临近家门，大部队自动解散，企鹅夫妻成双成对地回到了自己的洞穴边。它们没有急于钻进洞，而是不停地扇动翅膀，等待着羽毛干透。和伴侣暂时失散了的企鹅，则站在洞边"嘎嘎"地叫，于是，整个海岛就回荡着它们呼唤爱侣此起彼伏的叫声，非常"壮听"。听说，如果伴侣中另一只再也没有回来，这只企鹅会一直呼唤到天明，再出海去寻找，让人感觉心里酸酸的。更让人感动的说法是，如果找不到了，那只企鹅便会守寡一生。

夜渐渐深了，一对对企鹅相继入洞了。算算看，从它们浮出海面，一直到它们进洞，每一只几乎花了差不多三个小时的时间。第二天凌晨，它们又要出海，又要经过长途跋涉，再回到大海觅食。日复一日，哪怕留在岛上睡个懒觉、享受一天的悠闲都不行。不由想，是谁让它们必须早起晚归？是谁让它们必须遵守严明纪律？是谁让它们必须遵守一夫一妻制？一种鸟怎么能如此自律？一种鸟怎么能有这么多人类都缺乏的高贵品质？人类即使用监狱用死刑都阻止不了道德底线的日益崩溃，与它们相比，真有点汗颜。

临走时已是深夜，回到停车场，忽然发现一个告示牌上有一行英文，意思是"车子发动前，请看看车子底下，有没有企鹅，防止压着它。"心里涌起难言的温暖。我也看见，停车场准备上车的游客，几乎每个人，都真的弯着腰，往车子底下张望一圈后，再放心地上了车。

这个细节，比之今晚的企鹅，更让人感动。

所谓"和谐"，此时此地，真的不是一句口号。

三、奇妙熊

熊，不是凶猛的狗熊，而是让人看了就想笑的树熊"考拉"。

在悉尼市郊一个小动物园内，一眼望去，我就忍不住笑——十几只考拉几乎一动不动待在桉树上——头、四肢完全失去知觉似的搁在树枝上，任意晃荡着，一副任由天打雷劈我自岿然不动的架势，那个懒散的姿势简直绝了。原来，考拉只吃桉树叶，里面含有麻醉成分，除了交配和进食外，几乎整天都在睡觉，而且动作反应都特迟钝。

这时，一只供游人拍照的考拉突然醒了，在动！可那也叫"动"？比慢镜头还慢。凑近看，它是巨胖的猴子、迷你型的狗熊，整个身体又圆又肥，脑袋、耳朵、眼睛，几乎所有东西都是圆的，鼻子像个大茄子，粉红色的眼眶，粉红色的耳朵，粉红色的嘴巴，全身绒毛则灰、棕相间，但胸前是一大团白色，像围了个围兜。我到它背后大着胆子摸上去，哈哈，柔软厚实，舒服极啦。它感觉到我的抚摸后，缓慢地、努力地回过头来，看了我一眼，那个动作就像胖妞在做下腰动作。它和我几乎脸贴着脸，憨厚天真的眼神，滑稽笨拙的动作，让人真想一把抱在怀里！

过去十年，考拉和袋鼠这两种可爱的动物可谓泛滥成灾，澳大利亚政府担心它们把桉树和草皮吃光，出巨资为它们迁居，或人工避孕。然而，天有不测风云，近年来，几个州森林大火频发，数十万野生动物葬身火海，袋鼠和考拉等特有物种突然濒临灭绝。政府又急忙投入巨资进行保护，如此折腾让他们头疼不已。

我爱一切可爱的动物，但我不知道，这样保护动物能否与保护自然画等号？大自然有其神秘而微妙的自然法则，一种动物泛滥成灾或是濒临灭绝，都是大自然自我调节的结果，人类应该顺其自然。人为地去保护或是人为地减少它们，从眼前看也许是应该的，但从自然发展的长远看，未必就是好事。

一种物种灭绝了，另一种物种会诞生，就像恐龙灭绝了，人类诞生一样。我想，最好的办法是尊重自然的选择。如果几亿万年后，自然选择人类到了该灭亡的时候，那么人类靠谁来保护呢？

亲爱的考拉、袋鼠和熊猫死了，会有同样可爱甚至更可爱的其他动物来代替它们。如果没有，又有什么关系呢？地球毁灭了，会有另外的星球诞生，这又有什么关系呢？

真正的环保，不是保护某种动物，这是"标"，尽可能地不去破坏整个自然生态的平衡，才是"本"。

四、奇妙人

在澳大利亚，与大海媲美的景色，不是别的，是整天赤裸裸的澳大利亚人！

老天不公平，太眷顾他们了，给他们美景，又给他们美体，还给了他们这么奔放的性格。不过，老天也很公平，因为，澳大利亚人拥有感恩之心，没有丝毫亵渎和浪费老天所赐。

"澳大利亚人，不是在玩，就是在去玩的路上。"

无论是悉尼繁华的大街上，还是黄金海岸、邦迪海滩、曼丽海湾，或是不知名的沙滩，无论是夏季还是冬季，总是跑着、走着、躺着、趴着那些特别爱玩的澳大利亚人。大多时间，他们离一丝不挂差一点点，脚上也基本是运动鞋、拖鞋，特别的随意。

海滩则是他们最爱待的地方。

放眼望去，到处是光溜溜的男女老少，有的不停地翻动着身体，恨不得让全身每个部位都晒到太阳；有的高叫着在冲浪；有的提着一罐澳大利亚特有的黄色饮料，赤脚走在海滩上；有的像我这样不停地拍照。高高低低欢快的尖叫声淹没了涛声和风声，分不清是大人的还是孩子的。

迎面而来的，都是笑脸——开心的，友好的，还有鬼脸。我一个人对着海浪拍照，陆续有好几位陌生人，主动过来问我是否需要帮忙拍照。帮我拍完照，他（她）还会善解人意地问是否再来一张。一声"OK"，他（她）绝对比我笑得更没心没肺。

黄昏来了。悉尼海湾变成了温情脉脉的情人港。灯影随海浪摇曳，各色酒吧、餐厅、咖啡馆里人头攒动。迪斯科舞厅门口，少男少女们排着长龙，因为客满。而商店几乎全部关门。据说，澳大利亚人几乎从不加班，对他们来说，放弃休闲时光，是对自己的犯罪。

朋友邀请我们在情人港著名中餐馆面海的露台上晚餐。一进古色古香的大厅，只觉人声鼎沸，热浪袭人——几十个盛装的当地花季少女在聚会，她们目无旁人地喝酒，猜拳，大声说笑，载歌载舞，开心得简直肆无忌惮！原来，这是澳大利亚的风俗，新娘出嫁前，要和好姐妹们聚在一起疯玩一个通宵，象征着单身生活的结束和甜蜜生活的开始。

我们的晚餐接近尾声时，我去了趟洗手间，正好碰到了其中几位女孩也在洗手、补妆，她们仍在大声说笑着，看到我进来，一下子静下来，都朝我礼貌地微笑了一下。她们离我很近，我分明看到，这些略带矜持的笑靥后，是藏不住的心花怒放！我不忍打搅她们，以最快速度离开了洗手间，让她们继续肆无忌惮吧！

我一直很喜欢这种热闹的、落俗的幸福，这是只有在自己的国家和家庭里才可能有的。在澳新之旅中，沿途陪伴我们的都是已在澳大利亚取得一些成就的中国移民，他们大多说话声音很轻，不急不躁，举止文雅。据说，他们最多的娱乐就是周末各家做些菜在一起聚餐聊天，很安静，很淡。和澳大利亚人比起来，我觉得，他们终究还是有点客居的味道。我祝愿他们的下一代也能和那些花季少女一样，和澳大利亚真正的主人一样肆无忌惮地开怀大笑。

五、奇妙云

新西兰的云，是听得懂人话的。

从澳大利亚幽深的亚拉河畔公园，到白色贝壳般的悉尼歌剧院，从新西兰葱翠欲滴的伊甸山，到北岛牛羊成群的草原牧场，无论走到哪里，有一样始终在你头上，那就是广袤无垠的蓝天和白云。

澳大利亚的天空很高很蓝，让人心旷神怡，而新西兰的天空却很低，低到不可思议。其实不是天很低，而是云特别低，感觉伸手就能够着。

那天，我们刚准备出发环绕以草原牧场著称的新西兰北岛，天就下雨了。很奇怪，整个天空并不是灰黑一片，蓝天照样是高高的蓝天，只是没有晴时那么蓝，而一大团一大团的黑云却在蓝天和大地之间，仿佛是一群群有生命的"黑羊"，默默翻滚着，奔涌着，离我们那么近，看得清每一团云的全貌，甚至看得见雨是怎样从乌云里滴到地上的，好像我们说什么话，这些"黑羊"都能听得见。

我不由在心里说：老天啊，我们好不容易来一趟，就让我们看一眼真正的蓝天白云，看一眼风吹草低见牛羊的新西兰草原吧！

一路上，我的眼睛特别忙——沿途一个个连绵起伏的牧场芳草青青，成群的牛羊在雨中悠然漫步，所有的景物延续不绝成一幅绝美长卷，让人惊艳。期间，我还不时抬头看天，看到"黑羊"们聚拢着，分散着，好像在开会，商量着什么事。不知不觉，草原随着它们的聚散，一会儿明亮，一会儿深沉，仿佛起伏的乐章。

忽然，"黑羊"们仿佛听烦了我的祈祷，终于统一意见，突然齐齐散去，灿烂阳光一下子射穿整个大地！霎时，世界像被谁喊醒了，草亮了，花亮了，牛羊鹿的脊背亮了，眼睛亮了，一座座相隔甚远的漂亮农庄亮了。再抬头看天，天上的"黑羊"变成了雪白的羊群，像刚洗过澡。

如诗，如歌，如画。激动得不由嗓子痒痒的，想唱歌。"白云白云呀慢些走，我唱歌儿请你 chuan……"《草原英雄小姐妹》的旋律一下子冲进了脑海，我一下子恍然大悟，以前我一直没有听懂，chuan 是哪个字？是穿？串？喘？都不对啊，原来是"传"字！是一朵云把歌声传给另一朵云，传递到很远很远的地方！

仰望新西兰的蓝天，我的记忆里，从来没有像此刻这样，觉得云跟我这么亲近，天和地和我这么亲近。天、地、云和人最亲近的地方，应该也是大自然和人类最亲近的地方吧？

那么，这个离云最近的地方，住着什么样的人呢？

很遗憾，因行程匆忙，没有亲身体会新西兰的牧民生活。听一位曾参观新西兰托幼机构的中国幼儿园老师说，新西兰的幼儿园里，没有气派的房舍、豪华设施和昂贵玩具，孩子们玩耍的地方，基本上都是用泥、沙、草和软木屑铺成，他们随意在小山坡上滚爬，在废旧的车轮胎上翻越，在木质的攀爬架上嬉戏……玩具也是随处可见的树叶、贝壳、沙石、纸绳做的，还有木制品、纸制品、布制品的。一切都是那么简单、自然。他们不一定比我们有钱，但他们的孩子比我们的孩子更快乐，更自由，更充满生机，比我们的孩子对世界更有兴趣，也更富想象力。

真羡慕，离云最近的人，是最本真、最纯粹、最幸福的人。

六、奇妙虫

所有的游客像一群窃贼，蹑手蹑脚、悄无声息地进入了一个黑洞中。

不能拍照，不能说话。

这是位于新西兰北岛的世界七大奇观之一——萤火虫洞。钟乳石洞中怪石嶙峋，千姿百态，地下暗河流水潺潺，水平静处，洞顶落下的水滴"叮咚"作响，更增添了神秘气氛。

我们几乎摸着黑，在工作人员的搀扶下坐上小船，开始在几乎伸手不见五指的暗河中无声前行。船转过几个弯后，忽然，前方出现了一种奇异的蓝幽幽的光亮。顺着光亮，船继续往前走，拐了一个小弯。

"哇！"所有人都发出了压抑的一声惊叹！

一幅美妙绝伦的绚烂图画横空出世——是密集的钻石，是闪光的蓝色花环，是被天神藏在天空的瑰宝——萤火虫洞顶，千万只萤火虫正在闪闪发光，更为奇特的是，萤火虫吐出的缕缕悬丝，同样闪烁着淡蓝的光亮。

这幅画，镶嵌在万籁俱寂和无边的黑暗中，因此，显得无比的荒凉，无比的静谧，无比的幽深，无比的美丽，让人觉得，那是通往天国的一扇窗口，隐藏着一个美好而忧伤的秘密。

忽然想起一句话："爱情，应该是，我们两个人，并排站在一起，看看这个落寞的人间。"那扇窗后，是否有两个人正在看着人间？

水滴隐约的"叮咚"声，将目光带到水里——水的深处，倒映着天上那个瑰丽的世界，天上人间交相辉映，如梦境一般。

所有的人，就像真的偷了天上宝物，想大喊，想告诉世人，却都屏住了呼吸。

据说，1887年两名外国探险家发现了此洞。发光的是一种叫昆虫蚋的幼虫，发光是为了捕捉其他昆虫作为食物。它们极其敏感，如有其他光线和声音，便停止发光。萤火虫的存亡，仿佛就是当地生态最敏感的试剂。

所以，人们到了这里，像呵护婴儿般呵护它。

船继续前行，梦境渐渐远去，目光仍留恋，直到被洞口的阳光突然刺痛。

然后，人们立即又开始喧哗。

一款香水的前香后调

二十年前，收到一瓶兰蔻 Tresor，是一位长者的夫人从巴黎带回来的。那时，我不知道，这款香水的主题是"拥抱我"。总香调是花果味，前味是玫瑰、幽谷百合，中味是鸢尾、丁香，后味是檀香、麝香、琥珀、香子兰——仿佛一场旅行，从田园到都市，从清新到繁华，到浓郁，到神秘，回味感性而复杂，而这些，居然是二十年后，欧洲给我的感觉。

一、彩虹

夏日午后的一阵急雨，让阿姆斯特丹决定用最慷慨的方式迎接万里之外飞来的人们。

我们经荷兰去往法国，只作短暂的一夜停留，而它用一整条彩虹，作为哈达，送给我们。

想起，曾经参加一个香水节颁奖礼，一个妖娆的模特，纤纤手指轻捏着一瓶香水，款款走过来，说，你不能拿着香水朝自己喷，那是灭蚊。你应该往外喷，然后，你迎上去，迎上谜一样的香雾，让它们均匀地落在身体上，你便是它，它便是你了。

我像迎向香雾一样，仰着脸，迎向那条陌生的彩虹，它比我任何时候任何地方见到的，比我童年记忆里的彩虹，还要宽广炫丽。尤其是，衬着突然放晴的田野，清新的色彩散发出糖果一样的香味，很不真实，像一个童话。

车子开动了，一大片一大片郁金香花田向我们奔来，却没有一朵花，也没有一个人，只有一条很清很静的溪流蜿蜒向前。那条彩虹就躺在溪水里，随着水流游动，像一条懒散的鱼，一直陪着我们，去往陌生的远方。

水，真静，路，真静，彩虹，真静，仿佛进入的，是一个被谁遗弃的世界。仿佛，彩虹从前就已经在那儿，以后，它还会一直挂在那儿。

傍晚时分，彩虹已然消失。视线远处，是一大片一大片橙色的晚霞，晚霞下面，还是一望无际的郁金香花田，还有那条一直跟着我们的溪水。视线近处，一座塔楼的一个屋角旁，偶尔有几只飞鸟哗地飞起来，仍然没有一个人。

瞬间有一个错觉，似乎，这儿所有的一切，都不属于任何人，也不属于这个世界。它，自成一个简单的生命体，在无边无际广袤的静止中，唯一流动着的溪流就是它的灵魂。

后来，看到了这个国度无处不在的风车，看到了很美的草原以及牛羊，荒草很高，风很大，一切都那么澄明，不真实，像个童话。

为什么像个童话呢？因为太美，太干净，人太少了。

据说，分辨香水是否优质，需看第一眼是否清澈透明，然后，看摄氏 30 度温度下经 24 小时是否变色。

阿姆斯特丹，无论它有怎样幽远深邃的历史文化或与毒品相关的传说，但它给我的第一感觉如此澄明。这，也是欧洲给我的第一眼。

虽然第一眼，往往与以后无关，与对错无关。就像，我们遇见一个人。

二、面街

我坐在巴黎街头的咖啡馆门口，打了一个很长的盹，长得似乎还做了一个梦。

一起来的人们，都去巴黎春天购物了。几个懒散的，便到咖啡馆歇脚。我们像当地人一样，不是坐在咖啡馆里，而是坐在门口，面朝着街，面朝着来来往往的人流，喝咖啡，闲聊，发呆。

无论是有阳光或是微雨的午后，本来就是属于打盹的时光。闭上眼睛，巴黎变成了耳边丝丝籁籁的一些声音。香榭丽舍大街的灯柱，广场上的喷泉，昂首走向镜头的写真美女模特，塞纳河桥洞的雕塑，巴黎圣母院的尖顶，几乎没有树木的一个街区又一个街区，石头墙，窗台外盛开的花……都没有了颜色和形状，它们成了声音，水声，花开声，高跟鞋敲击声，耳语声……在我耳边来来往往，像背影一样渐渐模糊。而一个感觉越来越清晰，此刻，因为我暂时地停下，我与陌生的它们如此接近。

一对巴黎老夫妇，也并排面街而坐。他们手握着手，自始至终没有说话。阳光从他手背上的老年斑慢慢移动到白色镂空的咖啡杯垫，跳到一本翻开着的杂志上，又跳到他的白发上，再跳到她的白发上。他们看着阳光一点点变斜，人流来来往往，偶尔举起咖啡杯，偶尔会心一笑。巴黎的咖啡杯子很小，只有三四口，却那么经喝。我睡着前，他们这么坐着，我醒后，他们仍然这么坐着，比雕塑更安详。

同伴说，你大老远飞来，居然在这儿睡觉，浪费啊。可是，我一点儿都没觉得亏。

晚上，我又一次坐到了一家酒吧门口。人们去看喷泉雕塑了，去拍照了，我们叫了两杯啤酒，一纸袋薯条，慢慢饮着，啃着。酒吧里传出的音乐，烟雾般渗透进嘈杂的夜色，如同清冽的冰啤酒，此刻正渗透进我的喉咙，那么熨帖。有那么一刻，我什么都没想没做，甚至懒得咬一口薯条，就那么眼神空洞地坐着。突然，他递给我一根燃着的烟，让我装着抽一下，我就装了一下，他把相机给我看，说，你这个样子，真像巴黎人。我们一起大笑，然后，沉默。

其实，我最想去坐坐的，是著名的左岸咖啡，闻名于世的左岸人文思潮的起源地，我想去触摸那里咖啡的温度，那些椅子上灵魂的温度——18世纪的卢梭、伏尔泰、狄德罗，19世纪的雨果、左拉、巴尔扎克，20世纪的加缪、萨特、西蒙·波伏瓦、毕加索、海明威……他们曾经如此迷恋咖啡那醇厚的香，他们的脑海里，曾经升腾起比咖啡更醇厚的灵感和思想，此刻，那些灵魂，是否还在袅袅升起的咖啡烟里徘徊？

可是，人太多了。这个曾经的精神家园，热闹到要排队等候座位。我相信，那些灵魂早已跑得无影无踪了，那么，会躲在蒙马特艺术高地吗？

可是，蒙马特高地也太热闹了，到处是卖唱的、卖假画、卖假包的人。

失望地往回走，看到很多当地人，懒懒地随便坐在地上，石阶上，山坡上，或是，咖啡馆门口。他们，在如此嘈杂的环境里，居然每一个人都那么怡然自得，手里拿着啤酒或者饮料，或什么也不拿，就那么坐着，聊天，看路人，或随着音乐摇头晃脑。

多么无聊啊，这些人！像极了我们农村里麻雀一样蹲在墙角的懒汉们，却在世界最时尚之都。

如果换成我们，想必早就去找乐子了，要么酒吧，要么麻将，要么卡拉OK，要么足浴，要么喝茶，看看书看看电视也行，俗的雅的，总要有点玩的才能打发掉时光。但是，他们却如此享受这样的无聊，我想，这，正是他们与我们不同的生活态度吧。

不好吗？

为什么突然有点羡慕？突然有一种回到童年的感觉？哪儿去了？午后院墙门口慵懒的阳光，大海边沙滩上躺着数星星的夜晚……或更早，人类的童年，打猎，耕种之外，无数个纯粹的、懒懒的、促膝而坐的、极其无聊的时光，那么慢，却那么深入骨髓的惬意啊。

就像，我面街而坐的那一两个小时，绝对喧嚣，又绝对安静。天马行空，胜过无数。

太空了，太闲了，看久了一朵花，就想画下来，聊着聊着，就想唱出来，高兴了，就想跳起来，于是，有了绘画，有了音乐，有了舞蹈，有了文明、文化。

而今天，这个太过匆忙的时代，连静静看一朵花的时间都没有，哪里会有真正好的艺术呢？

最伟大的思想，绝对不可能长在一双疲于奔命的脚上。

三、眼神

一个一个宫殿，都以拒绝的姿势迎接着我们。

都是人，都是声音，都是体味。如果我是宫殿，绝不会真心欢迎日复一日年复一年的臭气熏天。可是，如果不，又会觉得寂寞吧？

阳光从卢浮宫的金字塔穹顶射下来，落在我的脚趾上。瞬间，我有些头晕。这个世界上最古老、最大、最著名的博物馆之一，需要一周才能真正欣赏完，我怎么看得过来？从何看起呢？

戴着耳机，跟着导游，我们像一排排幼儿园孩子一样鱼贯而入。然后，我看到了无数眼睛。

蒙娜丽莎的眼睛，一直盯着我，我从大厅左边挤到右边，又挤到中间，无论从哪个角度，那双眼睛都盯着我，眨着。油彩细微的裂痕，让她的笑容变得更加诡秘。她的微笑里，我没有看到美，而是一种森冷，一种鬼魅。

到处都是眼睛。

游客的眼睛，游离，散乱，匆忙，是一只只张大的口袋，虔诚地，贪婪地，想把目光所及包括蒙娜丽莎、胜利女神、维纳斯……37万件最珍贵的艺术品都装回去。

还有一双眼睛，无处不在。不是画里的人物，不是雕塑里的瞳孔，而是，在这个古老宫殿里，有一双眼睛，一直在盯着我们，冷眼看着我们的热闹。我想，那是这个古老宫殿的灵魂——1204年出生，历经几个世纪的沧桑至今没有死去的灵魂。

这个灵魂，因喧哗而即将疯狂。

而当我看到凡尔赛宫前满地金灿灿的地砖时，却看到了一种魅惑般的美与热情，听见它在说，进来吧，进来！

它比卢浮宫年轻四百岁，曾经是欧洲最大、最雄伟、最豪华的宫殿和法国乃至欧洲的贵族活动中心、艺术中心和文化时尚的发源地，我进去了，顿感窒息。它的奢侈，华丽，陈旧，让我想逃离。所有的宫殿，我都不喜欢，那里有太多禁锢，权谋，血腥，糜烂，而没有多少真正的快乐。所有的王朝，最终都会成为一个断翅的飞翔，在历史深处，摇摇欲坠。

这时，一张大床映入眼帘，是路易十六和皇后的。比故宫的床大多了，可是，与这个宫殿的金碧辉煌相比，与现代的一些床相比，这张床，并不大，也就是普通的双人床，而且，有层层叠叠的床幔，想起故宫里的床，也是有床幔的，昏暗，隐秘，遮蔽着什么。这是不是可以理解为，从前的人们，比起如今的人们，还是很有羞耻心的？有所顾忌、有所敬畏的？

幸好有积木般的凡尔赛花园，送过来绿色的新鲜空气。然而，这个人工雕琢的极其讲究对称的几何形花园，显得很不真实，不真诚，不可亲近。所有的植物，被修剪得整整齐齐、规规矩矩，据说代表着对帝王的臣服。当时，唯有一种叫"荨麻"的植物不屈服，于是，它像洛阳牡丹一样被火烧，被连根铲除。就像，每一个世纪，都有一些走在时代前面的伟大灵魂，被一座座宫殿戳杀。

逃离所有让人窒息的眼睛，奔到阳光灿烂的塞纳河边。清澈的水流上，两个年轻的黑人在自弹自唱，一人一口雪白的牙，无比欢快。我走上去想跟他们合影，他们热情地伸出大拇指说"beautiful"（美）！黑白分明的皮肤眼睛牙齿，让我顿见两个词：自由、快乐。

我突然觉得，做一个现代人，其实多么幸运。

四、雪国

瑞士铁力士雪山，是我闻过的味道最美的雪山。

一路往山上前行，一路有清冽的气味随行。温度越来越低，景色如四季般更替，气味也随之变化。山脚处，是田野，牧场，积木般彩色的房子，送来暖暖的青草的气息。山腰处，则是丛林、草甸、灌木、苔藓，空气变得凉，清新。慢慢地，雪山在不远的高处闪现，松林，溪水，山野，送来的气息冰冷，有点神秘，让越来越累的人变得越来越清醒。

最后，就是雪的味道了。从车窗挤进来，像一只手的抚摸，想起冰肌玉骨，想起古代遥远的一个女人，想起曾经的某个雪夜的某个故事。

短短的路程，已经经历了四季。

第二天清晨，我又被这种气味叫醒，仿佛昨日的气味，潜入了梦，成了闹钟。睁开眼，第一眼，是卧室圆形的雪白拱顶，第二眼，是三个朝向雪山的阳台。第三眼——初阳笼罩下无比壮美的雪峰！来不及披衣，闭上眼，贪婪地呼吸着阳光与雪亲热的味道，像刚刚诞生的婴儿的纯洁气息。

坐 360 度旋转登山缆车上三千多米顶峰的时候，雪与阳光的味道一直在。同车遇到一对当地父子，他们就住在山下那些童话一样的房子里。父亲跟我说，你们太幸运了，前些天一直下雨，今天居然阳光灿烂。他们上山，仅仅为去晒晒雪里的太阳。他们都很俊朗，皮肤白里透红，温和，绅士，我突然想，如果他们是我未来的女婿和亲家，多好。

雪峰上玩雪太开心，把裤子弄湿了。在山顶的餐厅外，我也晒起了雪里的太阳。雪峰很冷，咖啡很热，很香，头上阳光灿烂，脚下风卷云涌，这不是天堂么？真想睡过去啊。

在阿尔卑斯山群峰之间的琉森湖，则是我见过的最美的湖。

湖之所以美，在于湖水。湖水深蓝且透明，如《瓦尔登湖》中那块蓝色水晶。成群的天鹅，成群的水鸟，成群的游泳的人，从游艇往下扎猛子的人，裸身躺着晒太阳的人，与湖水亲如一家。

湖之所以美，更在于岸。琉森湖的湖岸，层层叠叠的草场连着草场，点缀着雄伟壮丽的教堂、古堡、酒店和积木般的民居，巍峨的近山远山层层远去。极其的广阔，干净，明艳。

这样的湖，在瑞士比比皆是。

湖最美的，其实是湖给你的感觉，安静，和谐。你不会去想什么所谓的文化、传说，也不会想去探讨什么生态，眼前耳边的点点滴滴，让你觉得，这个世界不只属于这儿的主人，它也是你的，它让你如此地舒坦，毫无负担，只要你高兴，你随时可以脱了衣服鞋子扎个猛子。它像你的一个老朋友，家人，尽管素昧平生。

在遥远的东方，我家就住在西湖边，可我总觉得，西湖不是我的家，西湖是属于游客的。而游客们也没有觉得，西湖是他们的。

西湖，以及西湖们，多么热闹，又多么孤独。

五、消失

踏上威尼斯的一霎，我感觉到了脚下的摇晃。

脚下，有千千万万根森林一样的木桩，支撑着威尼斯用石头堆成的土地。公元 453 年，威尼斯的农民和渔民们，为了逃避酷嗜刀兵的游牧民族，转而避往亚德里亚海中的这个小岛。他们在水底下的泥上打下一个一个大木桩，铺上石块，木板，盖上房子。

来自意大利北部森林的木头坚硬如铁，永远不会腐烂，考古者挖掘马可·波罗的故居时，挖出的木头出水后遇到氧气才会腐朽。

然而，威尼斯仍然在劫难逃一个厄运——再过四十年，这个一度是欧洲最优雅的城市，可能从地球上完全消失了。

它以水闻名，以水为生，以水为美，如同一个漂浮在大海上最浪漫的梦，如今，水，却正慢慢吞没它。

我坐在被叫作"贡多拉"的小船里，游走在这个世界上唯一没有汽车的城市。真美啊，八平方公里的威尼斯，一百多条蛛网般密布的运河，一百多座风光旖旎的小岛，沿岸散落着近两百栋美得令人叹息的宫殿、豪宅和教堂，如同此时遍地碎金般散落的阳光，和阳光映照下当地人一张张同样灿烂的笑脸。

两个一前一后划着小船的小伙子，居然都会说中国话，下船时，他们说："欢迎你们再来！"

忽然有点伤感，这些人，真的欢迎一波波像潮水一样侵蚀的游客吗？他们知道他们的威尼斯，会因我们的到来，消失得更快吗？

大陆板块漂移、地球变暖海平面上升、大量开采地下水、自然生态的破坏导致洪涝越来越多，诸多因素，使得威尼斯沉入水中的速度比预期的还要快 5 倍。也就是说，2050 年，它会消失。

在一个琉璃商店里，我亲眼看到琉璃从一个火塘里出炉的震撼画面，然后，心甘情愿地买下了几个晶莹剔透的吊坠，很贵。我想，几十年后，也许我和威尼斯都消失了，这个吊坠，算是给后人的一个纪念吧。

消失，一个有点痛的词。这些年，我们越来越多地听到。痛在不是突然，而是不知不觉，痛在不是暂时，而是永远。

一些物种慢慢消失，绝种了。

森林从沙漠慢慢消失。

珊瑚从海洋慢慢消失。

冰山从南北极慢慢消失。

臭氧从空中慢慢消失。

威尼斯从水里慢慢消失。

正品从赝品的泡沫中慢慢消失。

庄稼从田里慢慢消失。

真诚的劳作的香味，从食物里慢慢消失。

纸书慢慢从生活里消失。

天真与纯朴慢慢从人心消失。

健康慢慢从身体消失。

生命慢慢从漠视中消失……

那天，车子在意大利一个广场停下，导游说，如果你们要买东西，可以，但是，我要告诉你们的是，这儿所有的东西，都是从义乌来的。

我们大惊，说，不会吧？明信片总不会吧？

导游一字一句地说："我说过了，所有的东西。"

所有的消失，如同此时，一波海浪侵蚀过沙滩，不见了，一拨一拨的游客侵蚀过威尼斯，走了，只有寂寞的海鸥仍在飞。

早就说好一定要去一趟马尔代夫的，因为它也快从大海消失了。可是细想，我们去得过来吗？那么多的消失，抓得住吗？

六、尾声

一款香水，大约有50~100种成分，200种也很常见。乔治欧·比弗利山的"翼"牌香水就号称有 621 种成分，另一款"红"则有近 700 种。

一款香水的制作，有无数道工序。

一款香水的推出，要持续数年的努力，五年或更长，比如娇兰的"爱之歌"。

一款香水的擦法，也有无数种讲究。

欧洲对于它自己，显然是讲究的，认真的，严谨的。如同名垂香水世界的兰蔻 Tresor，它的主题，就是想让人们珍惜。

匆匆掠过欧洲，仿佛一次浅浅的触摸，最深的感觉，就像 Tresor，它的前调是阿姆斯特丹，十分钟的无比清新；中调是巴黎、瑞士，四个小时的旖旎悱恻的丰富与反思，是香水原本的味道，也是最欧洲的味道；而最持久的尾调，就是让人回味无穷又深深叹息的威尼斯。

在耳后，抹一滴 Tresor，起承转合的三种韵律里，我闻到整个地球感伤的味道。

第五辑

溪的美，鱼知道

溪的美，鱼知道，流泪倾诉的依赖，难分离。风的柔，山知道，那留在千年的故事，难忘记……

溪的美，鱼知道

"昌义"。一只骨节粗大、肤色黝黑的手，接过我递过去的水笔，在掌心写下了一个名字。和常人不同，他的"义"字先写了一撇一点，再是最后一捺，特别用力。

这是 2016 年暮春的一个午后，宁波奉化尚田镇柴家岙村口，乌云正随风声奔袭而来，大雨将至。我正在采访的 67 岁老人叫罗昌义，村里人都叫他"饭桶昌义"，他们说，阿拉昌义拿出 11 万块养老钱，把阿拉村里的溪水治好嘞。

当我问完他最后一个问题"您读过多少年书"，雷声在不远处炸响，大雨倾盆而下，雨声中传来罗昌义嘶哑的回答——"我只读过小学一年级，我 8 岁爹没了，14 岁娘没了，跟孤儿一样的……"

雨声淹没了他的声音，雨幕模糊了他满是泥垢的衣裤鞋袜，他黝黑的、羞涩的、沟壑纵横的笑脸。我呆立雨中，错愕，心酸。

假如一条溪也有记忆，当会记得多年前那些让罗昌义不忍回首的日夜。

奉化尚田，"其原来自四明山，重冈复岭，缭绕绵亘"，山水相连，土地肥沃，一条条溪流从苍茫的崇山峻岭中汇集成江，穿镇而过，孕育了金色的稻子，红的草莓，绿的鳗竹，白的杏鲍菇，紫的桑果，也孕育了田园的秀丽，民风的淳朴……罗昌义的家住在一个山脚下，门前有一条小溪。在儿时的记忆里，这条溪像春天的脸，变得快。一阵雨过，溪流汩汩，鱼虾欢跳，可是因地势较陡，水流得快，过不了多久就干了，母亲和村民们要用水，都是在黄泥糊的屋子旁挖个洞，像打井一样，等水渗出来，一勺一勺舀到桶里，再抬回家洗衣做饭。可一旦下起暴雨，一条溪就像发怒的怪兽，泥石流说来就来，被冲得残破不堪的村子要很久才能恢复元气，村民们欲哭无泪。父母去世后，14岁的罗昌义一个人拉扯弟弟妹妹，被子大洞连着大洞，破衣烂衫，没有鞋子。"饭桶昌义"的意思是胃口大，力气大，会干活。他常常半夜两点起来去山里砍柴，走二十里路挑到奉化卖掉。孤独无助的夜晚，他坐在溪边，试图回忆起母亲在溪里淘米洗衣的美丽场景，而能记起来的，总是她弯着腰艰难地挪动着水桶，步履蹒跚的样子。

29岁时，他终于因人好、能吃苦才迎娶了21岁的外村女孩小英，生了第一个女儿。日子刚开始甜起来，却被两场暴雨轻易摧毁了。那天，湍急的泥石流轰隆一声将院墙冲垮了，紧接着，整个院子也一下子没有了。老婆抱着女儿，吓得啊啊啊叫了几声才哇地哭了出来。逃，已经来不及，退，无处可退，小溪变成了巨兽，仿佛要吞噬一家三口，让他们死无葬身之地。幸好，雨终于停了，水三四天才下去。他打起精神挑来一担一担的泥，重新将院子填起来，把围墙筑好。可没想到，仅仅七天后，灾难重演，他白天黑夜修好的院子转眼间又一次荡然无存！

"不管住到哪里去，总有一天，我要把这条溪治好！"在妻女的哭声里，他暗暗发誓。

假如一条溪也有记忆，当会记得两年前改变它命运的那个雨夜。

在此后三十多年的时光里，罗昌义一直住在溪水下游的村口，虽然发过誓，但日子太苦无心顾及。他们去林场打过工，工资却发不出来，他们贷款借钱种花木，却在二十世纪八十年代末欠下四五十万的巨债，再后来，拼着命，总算种田种花木赚了点钱，还清了债务，拉扯大了两个女儿，把他们嫁出去后，他的心思又回到了小溪上来。

从山脚到村口，这条溪大约四百米，每天，他都会来来回回走上几次，捡垃圾，捞树枝，刨淤泥。一到下雨天，寂寥的溪边必定有他，一个穿着套鞋、扛着畚箕、衣衫破旧的老人，后面跟着小白、花豹两只猎狗。其时，村里已经花了很大一笔钱将经常塞满垃圾枯叶和淤泥的小溪整治一新，但资金有限，溪床底部没来得及整治，还是留不住水，夏天、冬天大多时候一点水都没有，慢慢又变成了垃圾场，把罗昌义的心堵得特别难受。

那天，当他背起一筐垃圾往岸边走时，筐绳突然断了，垃圾洒了一地。罗昌义无力地坐在溪边想，这样下去不行啊，一条溪没有水，就是一个村子没有魂啊，村子就是我的家，我家不能没有魂啊。我一把年纪了，没力气治了，不如捐点钱求村里再给治治吧。治好了，有水了，我高兴，村里人也高兴，外乡人来看看也有面子，子子孙孙也能享福啊。

拿定主意，他拔脚就往村里走，找到罗书记说，你们算一下，筑上堤坝，把溪水一截一截拦起来，多少钱，我出。罗书记说，这怎么行？你家又不富裕，容我们慢慢筹钱再治。罗昌义说，我两个女儿出嫁了，房子造好了，我又不打牌赌博，没有后顾之忧，银行卡在我手里，我说了算！

经不住罗昌义一次次去说，村里把预算拿出来了：9万。他说，我有11万养老钱，全给你们，只一样，不能偷工减料！

说是这么说，总是要跟老婆商量的。小英不同意，说，我没那么大方，我辛辛苦苦挣来的养老钱，为什么要我们捐？

罗昌义不跟她吵，又去捡垃圾捞树枝刨泥沙，白天黑夜、大风大雨都去，不能用钱治水，那就继续用自己的力气治吧。一个初秋的夜晚，罗昌义淋了雨，发烧了，半夜里气都透不上来，胸也鼓成了桶状，把小英吓坏了，送到医院一查，肺气肿，立刻手术，身上留了一条长长的疤。女儿们心疼得直哭，说，妈，就让爸爸捐钱治水吧，不用钱治，他会用命去治的，只要爸爸不去捡垃圾，身体好，就值。

小英的眼泪也下来了，说，捐吧，捐。

那一年秋天至来年春天的 7 个月里，村里人看到罗昌义每天像根钉子一样钉在溪边监工。他说，陡的溪段短一点，平坦的溪段长一点，每一截水要确保 80 公分深，这是他几十年来琢磨出的法子。

小英委屈地说，人家当面说我们没脑子。罗昌义说，说就说，有什么怕的，做良心事，不用表扬。

假如一条鱼不只有七秒钟的记忆，当会记得，它怎样和 199 条鱼一起，被罗昌义和村民们放进了这一条脱胎换骨的溪流里，也会记得，罗昌义和小英此后每一个在溪边停留的身影——不符合年龄的格外操劳的身影。

养老钱没有了，自然得省，得挣。

罗昌义家院子的屋檐下，散乱着四双沾着泥土的旧鞋子，有球鞋，塑料拖鞋，解放鞋，雨鞋。每天，他要去溪边走好几趟，身后永远跟着小白、花豹两只狗保镖。晒衣杆上，搭着几件旧得看不清颜色的衣裤，有厚有薄，他的标准是"穿暖就好"。墙角，堆着他捡来的饮料空瓶，侧房一间很大的杂物间里，堆满了农具，还有些乱七八糟的破烂东西，他都舍不得扔。

后门是一个不大的菜园子，几乎每一寸都被他种上了青菜和芋芳。村口外，有两块很大的地，都种着花木和蔬果。

这么大一块地，他自己一个人干，只有出苗、挖树时，才舍得雇工帮忙。每天，他6点前起床，去地里干活，10点半回家给在厂里做螺丝的小英做饭，又出去干活，4点半回来做饭，吃的菜全部自己种，客人来了才去买肉吃。三四月份和十月小阳春最忙，常常累得起不了身，也就赚点辛苦钱而已。

当我在暮春的又一个午后，再次踏进村口找小英聊聊时，被一个王姓大妈拦住了去路。她用我半懂不懂的方言，急切地说了一些话，她说阿拉村支书把溪边的路拓宽了一半，车子都好开来开去了，她说"阿拉饭桶昌义"把养老钱拿出来，把溪治好了，不涝也不旱了，我们看看鱼，洗洗衣裳，多少惬意啊！又围过来几个村民说，被他一带，村里村外的人都跟着学他保护环境，特别是一些在禁养区内办养猪场的，听说了他的事，都不好意思了，不到一个月，整个尚田镇二十多家养殖场提前四个月全部拆除了，不臭啦。

在一家噪音特别大的昏暗的家庭作坊里，年近花甲的小英专注着手下的一只只螺丝。她的食指拇指上都缠着胶布，防止被机器轧伤。每天，她6点半去上班，中午回家吃饭，又去干到5点才回家，80元一天，要做2万只螺丝。问她累不累，她笑了，说，累倒不累，心脏不好。她说心脏不好，就像在说一场感冒。问她，你们挣钱这么不容易，把养老钱都拿出去了，后悔吗？她说，钱没了不怕，我们能挣回来！她的口气，仿佛他们不是应该颐养天年的老人，而是一对壮年夫妻。

她声音洪亮，普通话说得比罗昌义好，说到外孙时，眼眶忽然红了。大女儿家不久前遭遇变故顾不上孩子了，所以，他们二老要拼命挣钱，把上高中的外孙管好，以后还要供他上大学，买房子，让他好好做人。她的眼里一直泛着泪光，无助的、倔强的泪光，在暮春的午后，显得格外凄凉。

坐在村口的石条凳上，我真想告诉小英，他们不是在孤军奋战，在尚田，奉化，宁波，浙江，乃至整个中华大地，有无数人和罗昌义一样，在为水而战，为和阳光、空气、血液一样珍贵的每一滴水而战，比如同村那位不知名的罗书记，比如此时正站在溪边、为治水几年内熬白头发、用实绩使奉化市蝉联两届"大禹鼎"的治水办林建国主任，比如正在打电话详细了解罗家困难的尚田镇镇长周开波，比如邻乡挖空心思发明水陆两用挖掘机的村支书陆如忠，比如抗台防洪5天5夜没睡过囫囵觉的80后乡镇水利员，比如组团为第二故乡治水作战的16万新奉化人，还有散落在这片土地上无数无名的志愿者们……我无法列举事关饮用水安全这一重大民生工程中繁复而辉煌的数据，无法详述林主任们为一方水土付出的巨大努力，无法描述正发生在浙江所有江河湖海的奇妙巨变……在罗昌义和小英从未去过的更遥远的地方，无数人为青山绿水而战时，是在为生命而战，为子孙后代而战。

我还想告诉小英，就在不远处，一个叫"常照"的村子里有一个"时间银行",村里谁做了好事善事,村道德法庭会给打分,折合成时间币,存进"时间银行",需要时可以换取等时帮助、福利。罗昌义的银行卡空了,可是在属于他们的"时间银行"里,他们富可敌国,也一定会有好报。而正在大地上治水的每一个人,他们今天存进"时间银行"的每一滴心血,都将被历史长河里的子孙后代享用,感恩,铭记。

在暮色中再一次告别罗昌义后,我们一车人陷入了长久的沉默。亲自驾车带我去看奉化最偏远山区截污纳管工程的林建国主任突然说,每次看到罗昌义,不知为什么总会想起 17 岁那年地质队招工,母亲提着我的耳朵对我说,你记住,要是你不好好工作,你就永远不要回家!这句话,我记了一辈子。

车窗外,奉化三江水的源头,盛开着漫山樱花,脑海里响起台北故宫纪录片主题曲《爱延续》:"溪的美,鱼知道,流泪倾诉的依赖,难分离。风的柔,山知道,那留在千年的故事,难忘记……"

此时此刻,2016 年暮春,我与高山之巅一滴即将从树梢滴落的雨对视。下一秒,它会滴入土里,与另一些雨滴相遇,汇集成泉,流向溪,奔向河,汇入大海。我祝福它一路清澈,祝福它最初的美,被大海里的每一条鱼看见。

森林之歌

有光。光来自江南初夏清晨的太阳，照在一棵树上，亭亭的华盖，坚毅的枝干，生机盎然。只是，这棵树不是长在大地上，而是长在杭州城北一幢崭新的大楼上，树是画的，"树兰医疗"四个字是名字里有一个"树"的人写的。

有音乐。音乐来自这幢新大楼的某个手术室，"天下人悲苦尽在我心头，犹如秋夜雨一点一声愁……"在《程婴救孤》《三请梨花》等高亢激扬的婺剧唱段里，一位叫"树森"的名医，正在完成一件精美的艺术品——肝脏移植手术。

此时此刻，2016年初夏某日上午10点，郑树森院士正坐在大楼二楼名医A区门诊室里，从上午八点到现在，他已经坐了两个小时，顾不上喝一口水。他身材壮实，眼神精锐，声调平和，言谈举止果断利落，又洋溢着慈爱，如果不是半白头发，没有人看得出他已花甲之年，假如不是蓝口罩白大褂，很多人不会一下子就认出，他就是享誉国际的器官移植、多器官联合移植及肝胆胰外科专家、中国第二次肝移植浪潮的推动者和多器官联合移植事业的开拓者、中国工程院院士郑树森。就是他，曾连续两次作为首席科学家主持我国器官移植领域仅有的 2 个国家重点基础研究发展规划，就是他，提出具有重大国际影响的肝移植"杭州标准"，使得已无法手术的肝癌患者增加了 37% 的移植、生存机会。

时间来到上午 10 点半。三十多岁的盛先生穿过病患人群走到郑树森面前时，心里无比忐忑。他从兰溪来，带着 55 岁、肝癌转移的父亲辗转看过好几个医院，都说，不收了，开点止痛药回家吧。才 55 岁，不甘心啊。当眼前的郑树森和助手们凝神看片、分析时，他听到自己的心在"咚咚咚"狂跳，他多么害怕再听到那句"回家吧"。时间走得似乎特别慢，终于，他看到郑树森转过头，柔声对自己说："来吧，我们收，最好下午就住进来，我会尽力。"十点半的阳光从他身后的玻璃窗反射进来，在他周身形成了一圈光晕。盛先生眼底一热，泪水差点夺眶而出，心里一个声音在喊："爸，我们有救了！"

10 点 45 分，年近半百的杭州人徐先生从门诊室走出去时，忍不住哈哈大笑。他没有想到，自己带着满肚子怨气进来，居然笑着出去。肝硬化，外地大医院医生都没怎么看就说，交钱，住院，换肝，不然最多活六个月！怎么可能？！我的身体，我的气色，我自己难道不知道吗？那种一手交钱一手交货似的买卖似的感觉刺痛了他，也动摇了家人的信任，听说了郑树森的医德医术，就找来了。果然，郑树森仔细看了他的化验结果后，拟定了一个方案，就是先观察三个月，好转的可能性是有的，情况好的话，三年后换也来得及，但队伍先排着，不行的话随时做手术，以防万一。走出门诊室，他边笑边拍着老婆的肩膀，说，正合我意啊正合我意，我就是这么想的！晚三年移植，等于我又多挣了三年命，合算！医生好不好，就看他是不是为病人着想。我信自己，也信郑医生！

用"门庭若市"形容郑树森的门诊室，用"马不停蹄"形容他的状态，再恰当不过。门诊从早上八点看到十二点甚至午后一点，是常态；水没时间喝，中饭没时间吃，是常态；下午接着做大手术，到半夜三更，也是常态。在郑树森的字典里，没有"下班"两个字。

11点，杭师大的李先生来到了门诊室前，小声央求门口的护士允许他见郑树森一面。因为，他心心念念感恩戴德的救命恩人，他居然从未见过一面。知道他喜欢婺剧，喜欢喝茶，可是约了多次，他都没空，托人送东西都不收。当他终于站在郑树森面前，万万没想到郑树森摘下口罩，笑了，说，是你呀，你那时已经肝昏迷，全身发黄，神志不清，话都说不出来了，我记得的。李先生紧紧拉着他的手，千言万语涌到嘴边，出口的却只有两个字"谢谢！谢谢！"

在医院网站上、病友微信群里，有无数和李先生一样的病患和家属的留言，无以表达感激，一声"谢谢"里是无尽的感激、敬佩和祝福。

时间来到11点45时，意外的一幕发生了。郑树森在大厅里为一位金华紧急转送来的老人确诊病情后刚要回门诊室，身穿红T恤的叶先生，穿过人群，"扑通"一声跪倒在郑树森脚下，重重磕了三个头，抬起头时，已是满眼泪水。他的身后，是一块巨大的上书"厚德载物"的牌匾和一面"华佗再世"的锦旗，牌匾后，是全家老老小小十来个人，最小的还抱在怀里。叶先生身穿病号服的54岁的父亲，边用粗糙的双手不停擦拭着汹涌的泪水，边一步一步挪到还没反应过来的郑树森跟前，用沾满泪水的双手，紧紧拉住他的手，泣不成声："我今天要出院了……谢谢你啊谢谢你，我的救命恩人！"

叶先生一家来自松阳农村，去年查出父亲肝癌晚期，其他医院都说没法治了，最多维持一两年。他们千方百计找到这里，但郑树森太忙，没挂到号。过年后，他们住了进来，又去挂他的号。当郑树森得知他们住了院还挂他的名医号，就说，不用花冤枉钱。立即将300元挂号费退回给了他们。"现在这个社会风气，能遇到这么好的医生，太感动了！"26天前，郑树森亲自为他父亲做了肝移植手术，从晚上12点做到凌晨6点。一家人本来想请工匠刻一块石碑，隆重些，但按老家习俗，出院后不能回头，来不及，就做了这块牌匾。

"我们农村老百姓，没权没势也没钱，跪，是唯一的表达方式，但还是没法表达对郑院士的敬佩，感激。"

在树兰医院肝胆胰外科微信群里，一位叫佳佳的年轻女士，正在讲述她残疾人父亲的就医故事。四年前，她 59 岁的父亲腹痛剧烈，肿瘤指标超标，腹部 CT 查出来胰头有异物，有肾结石。先前看的医生也不会诊，说要么开大刀，要么微创手术打洞，但手术却排不进。父亲天天痛得在床上爬来爬去，但如果做手术，情况复杂，一般人都吃不消，何况体质特别虚弱的残疾人。郑树森让她父亲躺在床上，仔细的问、看、摸，然后会诊，一样一样排除，安排了创伤最小的手术，解除了燃眉之急。"他完全站在病人的角度，不以营利为目的。就像家人一样。"

在一声声真诚的"谢谢"里，时间很快来到了午后 12 点 50 分，整个城市进入了半休眠状态，三楼的医院员工食堂已空空荡荡，而郑树森的门诊刚刚结束，门外还等着十来个请他给博士毕业论文签字的浙江大学学生，下午 1 点半还有一个会。当郑树森和学生们端着已无热气的快餐坐在桌前正式开吃，已经是一点整。

终于有了一点点属于自己的时间。他打开手机，点开了储存的婺剧唱段，在悠扬的曲调里，剥开了一颗咸水煮花生。

婺剧，书法，都是他的最爱，或者说，是唯一的娱乐。一边做手术，一边听婺剧，是他的独门秘籍。这个共和国的同龄人，来自浙江龙游，小时候，父亲常将他驮在肩膀上看婺剧，使他对婺剧以及古老的中国传统文化痴迷至今。在他看来，戏剧、书法、医学等等，和诚信、勤勉、仁爱一样，都是国粹，不能丢。而学医，是他从小的梦想。儿时每当从村里的一座老房子前路过，总会停下来偷看老郎中给人搭脉、开方，觉得特别神气，特别神奇，特别崇拜。多年后，他如愿考上医学院，当了一名医生，再后来，遇见了生命中最重要的人——同学、同事、爱人、战友、同为医学界翘楚的李兰娟院士，风雨同舟、相濡以沫四十余年。

"为黎民我怎敢苟安偷闲，李离庙接下了冤情案……"常常，婺剧《程婴救孤》《三请梨花》等唱段久久回旋在郑树森的手术室里，有时则是他最爱的《三五七》。假如一个陌生人走进来，会误以为自己走进了剧场。锣鼓助节，不披管弦，一人启齿，众人相和，声调高亢，情感激越。在他心里，婺剧如一条河流，他就是畅游在这条河流里的鱼，高亢激扬的曲调、铿锵有力的唱词，引领着他奋发向上，心跳加速、热血奔涌，无论手术多累、多难，都不在话下。艺术是相通的，做好一台手术，就是完成一件巧夺天工的艺术品，况且，这一件件艺术品关乎无数个活生生的生命和他们背后的每一个家庭。

郑树森深深记得，五六年前的一个深夜，外省紧急转送过来一个读大三的女孩，因误吃感冒药引起肝昏迷，如果不立即抢救，必死无疑。当天他已经做了好几台手术，其中有一台移植大手术到晚上十一点才结束，怎么办？做！必须做！而且要争分夺秒！所幸父女肝脏配对成功，移植手术从凌晨十二点一直到第二天中午十二点才结束。累，太累了！但是当他看到花朵般的年轻生命在病床上苏醒的一刹那父母泪流满面的笑脸时，他觉得自己的眼眶也热了。挽救生命，是医生最大的成就，也是最大的使命。

很累，但一想到病人要抢救，精神头就来了。这个"精神头"可以升华到医者仁心、大爱无疆，或孙思邈的大医精诚、希波克拉底的铮铮誓言、白求恩的人道主义，但说到底，就是"职业精神"。面对日益复杂的疾病和医患关系，仁爱之心、诚信品质、精湛医术是一名优秀医生必备的职业素养。如果说，一定有什么使得他站在常人无法企及的高峰上，那就是信念——他与共和国同龄，祖国是母亲，又像同龄的兄弟，爱祖国，爱事业，做什么都是对的，不管别人怎么说，怎么误解。每当去参加国际学术会议或被邀请到世界各地做大手术，每当听到外国同行惊讶的赞叹，他就想，别人有乒乓外交，我有移植外交，苦孩子出身的我，能凭一技之长为祖国、为兄弟争光，是我的福分。

午后 1 点 25 分，郑树森放下筷子准备起身时，李兰娟来了。她笑着跟他打了个招呼，说："我门诊看到现在刚结束。"又跟他的学生们开了句玩笑，转身拿餐盘去了。他看着她呵呵笑，什么都没说，一对志同道合的"医学狂人"的眼神里全是深深的默契。

午后 1 点 28 分，郑树森回到二十楼的办公室。办公桌下，摆着她给他买的布鞋，很久了，还是那么新，因为他很少有时间穿它，除了门诊、手术，还有各种行政事务、国内外各种学术会议、学术指导等等。但看一眼那双布鞋，心里是暖的。

他想起，一个月前也是这样一个阳光明媚的午后，随着一声啼哭，树兰医院诞生了第一个小天使，这个婴儿是二胎，来之不易，如同树兰医院的诞生，也来之不易。这家浙江省规模最大、功能最全、标准最高的非公立医院，由他和妻子所在的院士团队发起创办，由子承父业的儿子任 CEO，他们最大的愿望，就是它能成为老百姓心目中的"好医院"。小婴儿哭声嘹亮，生气勃勃如医院 LOGO 上的那棵树。在他眼里，那棵树是他最喜欢的银杏树，让他想起挺拔、明净、温暖、果实、丰收、情怀、爱……这些美好的字眼。

今生或来世，如果能做一棵树，他愿意是一棵银杏树。和所有的树一起，站成无边的森林，守护生命密码，守护人类绿意葱茏的明天，如同一首歌里唱的那样："秋去冬梅开雪地，春后夏夜望月星，爱延续……"

阿仁的王国

千岛湖的晨光在天边发芽，然后像一棵树一样迅速长大，把天地撑亮了。

凤联村村民阿仁气沉丹田，清了清嗓子，喊了一声："朕起床了！"

阿仁推开被褥钻出来，俯视了一眼他的臣子——被窝硬硬的，保持着他睡过的样子。被子半年多没叠了，也没拆洗过，弥漫着老婆莲的气味。气味在，就好像她在。衣服、裤子、袜子、鞋子，床上床下散落得到处都是。

阿仁推开屋门，想象自己正推开一座城门，俯视属于他的大好河山：晨光将湖水照得像一条朝天的白条鱼，追咬着一层白雾。风吹过来，树叶发抖，庄稼俯首，隔壁邻居家的鸡鸭停下啄食，一只猫一闪而过，都像在向他三呼"圣上"。

阿仁在国企上班的儿子说过，世界是上帝造的。阿仁想，这世界每天都像刚打的鸡蛋黄那么新鲜，上帝一觉醒来，会不会自己看着都觉得稀罕？

阿仁准备回身问候厨房里的锅碗瓢盆、水缸灶头时，手机响了。老婆在电话里说，这两天嗓子疼。城里天天雾霾，雾霾你知道吗？不是咱家的雾，是屁什么二点五，你知道吗？雾闻着不呛人、不害人，可雾霾呛人，有毒。这几天城里的水也有股怪味，说是上游被污染了，有毒。

阿仁说："老婆你啥时候回来？阿仁边打电话边看着湖面，湖面波光一闪一闪的，阿仁嗓门就痒起来——你再不回来，你还认识我吗？啥雾霾，不就是有毒的屁吗？你还待那儿天天吸着干吗？"

果农阿仁：王国老婆在一户人家当保姆，一直不肯回来。老婆说："你还问我，你自己死活守着橘园不肯出来打工赚钱。小区门卫，一个月2000块，还管饭，你不来，你还问我？儿女上学，这么多年，都是谁在供着？你有没有良心？！我每天有多累你知道吗？东家刚帮咱把女儿工作安排好，我就不干，有没有良心？！"

阿仁不去。阿仁哗哗喝着稀饭，嚼着玉米饼就霉干菜咸肉，心里想：我不喜欢城市，我就喜欢待家里。我舍不得泥土、牛粪、猪粪的气味，舍不得火塘边烤的玉米，香甜；我自己亲手杀的猪肉，鲜甜；房屋前湖水多干净，没有雾霾的天空多敞亮，都舍不得。我走点路就能看到爹娘睡的坟，再多走几步，就能看到爷爷奶奶睡的坟，我离他们近，安心。我舍不得冬暖夏凉的屋子，那是爹娘和小时候的自己，亲手一砖一瓦建的；我舍不得这田地，这是一寸一寸伺候肥的。邻里亲朋间啥事都摊在桌面上，吵也好，打也罢，不累。我走了，猪咋办？猫咋办？这个地方生我养我，也会埋我葬我，我到哪儿都水土不服，不自在。这辈子，我就是要老死在这儿了！

其实，千不舍万不舍，阿仁最舍不得的，还是橘园。他有一个梦想，一直没有对任何人说，就是把橘园伺候好，存够钱，把老房子翻修了，等老婆回来一起好好过日子，带孙子。

阿仁去过城里，做过木匠。他觉得城里的一切，家具、食物、话语，都是冷的，哪怕再客气，也是冷的，像塑料。他吃不惯城里的饭，闻不得城里那些怪味，更受不得城里人看他们的那种眼神。他普通话说不好，他在人家家里手脚都不知往哪儿放。他也看不惯老婆那半个城里人的样子，紧身裤、皮靴，老嘱咐他见人不要脸红，脸红不红由得了自己吗？老婆叫他不要把"我家有个橘园，你们来看看"挂在嘴上，好像全世界就他的橘园最牛。还叫他不要随地吐痰，毛衣不要扎在裤子里面。他是独养儿子，在老家，没有人说他；在城里，谁都可以说他。他打工又太老实，闷，辛辛苦苦干了一年，工钱还被欠着。他去找老板。老板说："人家也欠着我，我拿什么给你？你说，你说，我拿什么给你？！"阿仁就像自己做错了什么似的，逃了出来。

老婆的东家客气，请他吃饭，请他住家里。小区会所餐厅的灯太亮，他手脚不知怎么放，耳朵里嗡嗡嗡地响，只看见东家老板娘嘴巴动，听不见她在说什么，她的眼睛一直看着他说话，他就一直点头。喉咙里难受，他不敢吐痰，吃饭不敢吧唧嘴。桌子上，有个玻璃转盘，一直在转，转得他头晕。老板娘说："来来来，我给你们拍个照，难得你们一家团聚。"他坐着，老婆、儿女，在他身后，他笑，像个孩子，又像个木头人。大厅里，不时有客人的眼睛瞟他一眼，他觉得，热烘烘的大厅里，那个眼神很冷。

东家带孩子旅游去了，阿仁一下子放松了：他妈的，终于是老子的天下了，眼前这个女人，终于可以归我几天了。

客房的大床上，阿仁挨过去，被老婆一把推开，说，这是人家的房子，咱们不能那样的。这是咱老家的规矩，你总懂的。

那怎么办？

去旅馆吧。

阿仁泄了气，这城里，真是太没待头了。

此刻，阿仁套着老婆从东家家里带回来的旧西装，挑上箩筐，左臂夹着梯子，右手拿着竹竿钩子，向他们的橘园出发。不，是他一个人的橘园——他的王国。

阿仁昂首阔步走进没有篱笆和围栏的橘园，感觉所有的橘树、枝头的鸟、天上的云，都看到了他的八面威风，它们是他的臣民。橘园，是阿仁唯一的盼头。五亩地，200棵橘树，一年下来，外地人来收购橘子，价格虽然很低，也有毛两万块收入，那可真是用力气和汗水换来的。橘子树如果不去管，也不会死，可是，要打虫施肥，照顾得好才能长得好，这跟女人是一样的。村里人都说，阿仁家的橘子，是全村最甜的橘子。阿仁便笑，他知道，他把伺候女人的力气，全用在伺候橘子树上了。他从来不施化肥，都是自己一担一担挑上山的肥料，不往树根里倒糖精水，不乱打药，也不往摘下来的橘子上涂防腐药水。人家怎么省力气，跟他没关系，他的橘园，他一辈子得真心对待。问题是，这样的橘子，收购时，没比别人家的橘子多一分钱。他们不信。是啊，如今谁都不信谁了。

此刻，橘园的春天弥漫着一种香，阿仁一走进橘园，就被浓郁的暖香包围，像一个皇帝走进自己的后花园那样自在。橘园的香味一阵阵涌上来，从鼻子钻入心里去，在他沉默的身体里横冲直撞，沉默的大地散发出一个渴望的声音。鼻子痒，想打喷嚏。心里也痒，想狠狠抱住一个人，像橘子花那么香软的一个人，想在这种香气里滚在一起。阿仁想：这个王国，啥都不缺，就是缺嫔妃，我一个人，真是他妈的太冷清了。

阿仁在橘园的草地上躺倒，眯眼看着橘叶漏下的光，蚂蚱跳过，蚂蚁爬过，都是他的子民。它们黏上来，很亲热的。不像城里，什么都是冷的。老婆啊老婆，城里有什么好，城里到处都是屁什么三。

阿仁中等个头，不胖不瘦，头发浓密，国字脸，五官端正，作为一个相貌不错的壮年男人，唯一的绯闻是邻居说给他老婆听的。说阿仁喜欢去女人堆里，跟她们聊天。那些留在村里的娘们，大口吃饭、吃肉、喝酒，去田里干男人的活，大声笑骂，大声吐痰，像男人。而他一个男人混在女人堆里，害羞，不声不响，有时笑笑，被她们嘲笑几句，有谁让他帮个忙，他总是会去，但不到人家里去。她们说："我们这么多女人，就你像个娘们。"燕子在梁间扑棱棱响，一坨屎落在阿仁头上。哄笑声里，阿仁故意跳起来乱掸一气，却怎么也掸不掉，大家笑得更放肆了。娘们就娘们吧，听听女人们的笑声，总比家里死一般的安静好。

这时，有什么声音从远处慢慢近了，好像一小群人边说笑边走进了他的橘园，有几声女人的笑声很尖，像斜出来的刺和杂草，阿仁想跳起来揪掉。

陌生人。城里人。拍照。那个笑声很尖的年轻女人一手捧着一大捧橘花，正踮起脚尖（她穿着阿仁最讨厌的靴子），伸出另一只手把高处的一枝掰下来，嘴里嚷着"快抓拍啊，快拍啊，你个笨蛋"，旁边几个男女在哄笑。

阿仁只觉得脑袋腾地胀大了，没有犹豫一秒钟，便以小时候百米冲刺的速度，准确地撞开了那个架着枪炮一样的照相机的男人，一手掐住女人的胳膊，一手将她的手从枝条上摘下来。他左手很重，右手很轻，以免碰落枝条上的花朵。

接下来，阿仁基本忘记了后面的事情。总之像小时候在橘园被一群狂蜂围攻，幸好拳脚不算重，估计城里人都阴柔，没几分力气，倒是那个女人的尖笑变成了漫长的尖叫怒骂，一直到他们走了很远，还听得见，最后一句是：这死农民，这破橘树值几个钱，难道是他的命啊？！

腰疼。

饭是没法做了，将就吃几口早上的冷饭，渴了起来烧点水喝。老婆打电话来，他不敢说自己打架了，老婆一定会骂他活该。

过几天邻居老严头来看他，说了句石破天惊的话，你老婆都知道啦，说，你这个死心眼，太没用了，她就是太忙了，没空回来跟你离婚！

阿仁听到有什么在心里叫了一声，很痛。

邻居又加了一句，不过，你老婆又说，唉，你这个人还是好的，顾家的，幸好没离。

阿仁透出一口大气，心里有什么又叫了一声。"幸好没离"，这四个字，是他听过的最甜蜜的话了，够他暖一辈子了。

秋天往冬里深的时候，橘子成熟了。家家户户像打仗一样忙。好多在外打工的老乡都回来摘橘子了，一家人分工，有的摘橘子，有的排队等收购。老婆，阿仁是不指望的，儿女都忙高级的工作，自然也不能指望。阿仁只好自己摘橘子，自己排队，如果错过，橘子就烂了。他每天四点起床，做饭，出去忙，中午回来烧点面条吃，晚上回来热点早上做的玉米饼或冷饭吃。

老婆，你回来不？阿仁一打电话就会这么问。老婆就会说："平时从来不给我打电话，一打电话，就是要我回去干活啊？！"

阿仁挂了电话，心里便又开始凉起来，秋深了，棉被要换了，以前两个人睡，盖一条被子都嫌热，现在，不知是年纪大起来还是怎么的，越来越怕冷了。

突然，电话又响起来，老婆说："老板娘说，周末他们一家子带我一起回咱们家摘橘子，顺便去看看我爸妈。他们住宾馆，就到家里坐坐，山上走走，吃个午饭。"

这么多年，东家他们一直说要来看看老婆的家，心意是好的。可是，老婆不回来，还不是因为他们？他们来不来，关我屁事？！

灶间，堂屋，甚至他自己的房里，都堆满了橘子，等待着外地人来收。那一堆一堆的橘子啊，那么多，看得眼晕，烦死了，恨不得全贱卖出去。让他们来，让他们来了站都没地方站！累都累死了，哪有空招待你们？阿仁心里愤愤地想。

橘子、衣服、锄头、塑料袋、破布、箩筐、拖鞋、伞、塑料雨披，全部排满在他脚下，他像是在布阵列兵，只要想找，一眼就能看到，满得脚都插不进去又有什么关系。可是，不知为什么，他放下电话，却拿起了扫帚，开始扫垃圾，归置桌椅板凳、被褥衣服啥的。他这样干着时，仿佛看到，老婆的眼睛随着他的手，看到手经过的那些地方。阿仁知道，这是打扫给老婆看的，是给老婆面子，是让老婆高兴。阿仁还想：这是我的家园，我要让你们看看，让你们也羡慕。

周四的时候，老婆来电话了，说："老板娘他们临时有事，来不了了。不过，她说以后一定要去看看我们家。要是我们以后造房子钱不够，她出一些，给她留一个房间，老了来住住就可以了。"

阿仁知道他们就是说说的，不会真来住的。他们城里人，其实很多也是在农村长大的，现在让他们种田试试？怕虫子咬，怕肥料臭。他们老说"乡愁乡愁"，让他们真的回到家乡住住试试？儿子女儿都说了，等他们老了，是一定要接他们住到城里去的。阿仁说："不去。"

那天夜里，阿仁觉得被窝异常的冷。满地让他眼晕的橘子，忽然都活了，像一屋子的孩子在说话。

2015年春节过后，好不容易回来团聚几天的老婆和儿女又出发去了城里。清明那天，阿仁给爹娘上坟回来，躺在一棵橘树下睡着了，浓郁的花香把他领进了一个梦。他梦见他挑着箩筐，走在前头，老婆背着一筐饭菜、茶水，跟在他后头。他们不是上山去干活，是去摘橘子。摘橘子不是干活，不是卖，是自己摘着玩，摘着吃，存折里有很多钱，医院里治病全都免费了，房子翻建成新楼了，啥也不愁。老婆没有穿皮靴，穿着姑娘时穿的花衣服，时时撩起衣襟擦汗，还随地吐口水。

醒来给老婆打电话，问她，电视里老说中国梦，怎么一个国家会做梦？啥是中国梦？

老婆说，中国梦，就是中国所有老百姓凑起来的梦想，就叫中国梦。

阿仁问："那到底有没有我一份子？"

"当然有。你也有梦想？"老婆在电话里哈哈大笑。

阿仁挂了电话继续睡，继续做梦。梦里，他们在拆房子，老婆、儿子、媳妇、女儿、女婿全都回来了，女儿的亲家公婆也都来帮忙了。他们七八个人在老房子底下一字排开，传递着从房顶上揭下来的瓦片，一个传一个，瓦片和他们的牙齿，都在太阳底下闪闪发亮。

执灯人

全程见证器官捐献后的那一夜，我几乎没有合眼，迷糊中，我看见她一身白衣，站在一个黑暗的墙角，双臂一高一低弯曲，默默托着一盏动画片里的宝莲灯。

一、桌角

2014年9月22日，秋分前一天，台风凤凰掠过杭城，下起了小雨。雨声像一个乳母，把世界安顿在她的絮叨里，世界便给人婴儿般安静和干净的错觉。

在被闹钟吵醒前，曹燕燕躺在杭州钱塘江边的家里做了一个梦：大雪纷飞，她抱着遗体器官捐献者头发花白的老母亲蹲坐在太平间门前，等待殡仪馆的灵车。车灯越来越近，像两团篝火在雪夜中跳跃。她想，这团篝火，是象征生，还是象征死？

手机闹钟铃声啄破了她的梦。

曹燕燕眯缝着眼睛起来洗漱，梳头发。上厕所的时候，曹燕燕看了看微信上的朋友圈,她昨天发的"器官捐献遭遇无车日,能免罚款不?"没有人点赞,朋友们都让她加油,或让她自求多福。她看到了关键一句:秋涛路应该不限行。

镜子里是一张小方脸,白皙的皮肤几乎看不见毛孔,眼睛很大,眉毛和眸子很黑,如果擦点口红,这张33岁的脸是一张极美丽的脸。

素色连衣裙套在高挑纤瘦的身上,让她看上去像一个年轻的女老师。耳垂上的钻石耳钉,亮出了一丝妩媚和时尚。曹燕燕给镜子留了一个笑脸,她的嘴角很翘,不笑也是这样,有人跟她说,佛的嘴角都这样。

她转身冲到客厅餐桌前,站在桌角,大口吃起了父亲准备的早点。

桌角,是长方形桌子的东南角,最靠近卧室。桌角两边是她的凳子和她先生的凳子,但是,这两张凳子很久没有人坐过了。先生在外地,一个月回来一趟,她自从换了新的工作,四年来的早餐,几乎都是这样站在桌角旁吃的。其实,也不是就这么急,但是,她坐不下来,心里急。

器官捐献协调员曹燕燕:执灯人桌角被她靠着,长年累月吸收了她的体温,已经有了其他三只桌角没有的圆润,在早晨7点的微光里,成了她身体的一个支柱。支柱,是的,她累,她需要靠着,时刻需要靠着,但出了这个门,就靠不着了。

桌角的另一边,刚读小学的儿子在埋头喝牛奶。她蹲在门口穿鞋子时，儿子抬头说"妈妈再见"，说明他心情不错，他不抬头，表示他生气了。她知道他生气了，但她经常假装不知道。她让他知道她知道，他就更难过，否则，他觉得，自己不该生气，一会儿就过去了。

"只要妈妈不管我，不对我凶，我就高兴了。"他这么跟外公说。这其实是他的最低愿望。

她抓起两只包往地下车库走。她的包有两个，一个是红色的皮拎包，一个是黑白花纹的双肩包，里面放着随时要用到的各种资料。穿越长长的正在修建高架的尘土飞扬的秋涛路，她抵达单位。

红十字会人体器官捐献协调员，是她的职业——"他们是任何时候出现都不合适的人"——当一个人被宣布不治，他们就出现了，动员患者亲属在患者去世后把器官捐献给有需要的病人。如果说，捐献者是光明，那么，他们就是默默站在黑暗中隐身人般的执灯人。

二、劝说

2014 年 11 月 23 日。杭州城北某医院。

一位青年男医生从重症监护室冲到护士长值班室，随手拿起半瓶矿泉水，仰脖喝了几口，满头的汗珠一颗颗滚到了蓝医服上。他斜靠在桌沿上喘粗气，问曹燕燕："谈好了吗？"

曹燕燕说："基本谈好了，你歇会儿。"

他说："哪有空歇，还有一个病人马上手术下来。"

重症监护室里，躺着 20 多个病人，包括她的病人——江西来杭打工做大理石切磨的 39 岁男子欧阳，因车祸已经脑死亡，靠呼吸机和药物维持着呼吸和心跳。各种年龄的病人，此刻都像熟睡的婴儿般安静，只有仪器发出的"当当当"的声音回旋。当我跟随曹燕燕穿过一张张病床时，我想起了雨后被车轮卷起的落叶。三个医生正围着抢救一个在工地里被重物击倒的民工。被子被掀开，他瘦弱的腿部和无力的阴部就袒露在日光灯下。我赶紧躲开了眼睛，感觉心被什么狠狠拽了一下。

"亲戚们都谈过了，同意捐献器官，现在，等他的妻子来。"曹燕燕对医生说。她的桌前摆着喝了一半的奶茶和一盒没吃完的快餐，晚上 8 点了，她刚吃过晚饭。

欧阳的妻子来了。一位四十来岁的中年妇女，一身大红灯芯绒棉衣，绿色的旅游鞋，挎着一个包，瘦小，皮肤黑红，五官清秀，脸上没有表情。

她和他们的小姑、小叔，和曹燕燕一起围坐在房间里。四双鞋子在反光的大理石地板上围成了一个圆。陌生的四双鞋，从毫无关系的四面八方赶来，面面相觑，共同见证一个生死决定。

我坐在值班室的一个角落，离他们两米远。

"你好，怎么称呼你呢？我比欧阳大哥小几岁，要不，我叫你大嫂好吗？"曹燕燕普通话很标准，语气轻柔自然，语速不快不慢，像在拉家常。她身体前倾，双脚并拢，眼睛寻找着欧阳妻子的眼睛，却只看到她的头顶。她手上是一个小本子和一支笔，她胸前的协调员证在她说话时一晃一晃。应该说，这是一个让人信服和喜欢的形象。

欧阳妻子点点头，抬头看了看她，依旧没有表情。

"关于大哥的病情，捐献器官的事，姑姑他们都跟你说了吧？现在，经过抢救、手术和医生反复诊断，大哥已经没有了自主呼吸和瞳孔反应，也就是说，人是救不回来了，咱们……嗯……怎么打算？"

欧阳妻子叹了一口气，很轻，像一片黑色的灰烬，在冰冷的空气里盘旋，落下。五六个人挤满了五六个平方米的护士值班室，这一口气却让这个房间显得异常空旷。

"我没听清楚，再说一遍好吗？"她说。

"手术都做了，情况太差了……"曹燕燕细声地跟她说了整个情况，包括无偿捐献器官的意义，包括象征性的补助政策，包括除捐献肾脏、肝脏和角膜外，是否捐献心脏。"也就是说，其实人已经没有了，是靠药物和呼吸机维持的。"

"别人真的有用吗？有用就捐吧。"很久的沉默后，欧阳妻子说。

"孩子知道吗？"

欧阳妻子说，他们有三个孩子，大儿子 17 岁，辍学了，在做学徒打工，很省的。小儿子才 7 岁，中间那个女儿在读初中，女儿常说："妈妈我想补课，为什么别人都有钱补课，我没钱补课。为什么我们这么忙还没钱？"

一说到孩子，她终于哭了起来。她说，欧阳是个内向的人，学了切磨大理石技术，却不走运，赚不到钱，独自跑出来打工，9 月份才寄了 2000 块钱回家，没想到就出车祸了。她自己本来做鞭炮赚钱多一点，可是烂手，吃不消，只好做电子，一个月 30 天都要上班，可才赚 1000 多元。

"别人真的有用吗？"她又问。

"有，很多人在等待，比如肾脏，浙江就有 4 万人在等待。"

她的手机不停响起，曹燕燕等她接完，再接着跟她解释，告诉她关于捐献本身有两个选择：一是等心跳停止再捐献，但器官衰竭了，可能就不能用了，人也会越来越难看，家属看着也越来越伤心，还有一个很现实的问题是巨额的治疗费是个无底洞。第二是鉴定脑死亡后，停掉呼吸机，心跳没有停止时捐献心脏，可以多救一个人。

"我愿意，但我不知道他会不会怪我，我对不起他，但他也对不起我们四个人。"她又抽泣起来。

"这是积德积福的事。"曹燕燕说，一个 17 岁的孩子得了尿毒症，隔天要去做血透，父亲靠卖纸钱供他，本来注定是悲惨的一辈子，但前几天，有人捐献了肾脏，他得救了。还有上个月，一个 17 岁的男孩把心脏捐献给了一个 18 岁的男孩，他的家人们都觉得，他还活着。

又是沉默。大约一分钟后，欧阳妻子眼睛看着地面，说："人家真的需要吗？那就捐吧。"

曹燕燕说："你们还是回去再商量一下，无论怎样，一定要你们完全没有疑虑，但请你们相信我们，这一切都绝对不违背法律和伦理，这件事对咱们家里人来说太重大了，不一定现在就决定。"她说"咱们家"。

在近两个小时的谈话里，"脑死亡"出现了无数次。"这是爱心传递，他能挽救好几个濒临死亡的生命，而且，他能以另一种方式继续活在人世间。"这是曹燕燕说得最多的话。

三年多前，第一次参与浙江省首例器官捐献时，曹燕燕还是一名医院重症监护室的护士。在国内，这是一个全新的领域，没有师傅，没有导师，要完全靠他们自己去想怎么谈、谈什么。当家属沉浸在悲痛中时，你的某一句话也许就是一颗炸弹。怎么开口？难。

那天大雪。一名年轻的男性外来务工者遭遇车祸不治。当家属赶到医院时，曹燕燕和同事们围了上去，却不知道怎样开口。曹燕燕告诉自己，小心，小心，安慰，陪伴，更要尊重。要将心比心，绝不勉强。

那位并不年迈的父亲终于停止了流泪，将眼睛抬了起来。曹燕燕的眼睛却一下子湿了。那个眼神，是空旷的，灰色的，比天空还灰，是大地收割后，满目的伤口和荒凉。

她不敢再说什么，只是用眼睛看着他，虽然没有救治的希望了，但是，在机器、药物的维持下，就能多感受一刻亲人的体温和心跳，感觉他还在身边，而如果同意捐献，就意味着为了避免器官功能衰竭而放弃最后一点念想。

突然，手机响起，父亲在电话里说儿子发烧了，让她快点回去。

曹燕燕说，她在执行任务，让父亲先想办法给儿子吃药降温，赶紧挂了电话。

手机再次响起。她狠心掐了，改成了振动。她多么希望，这位父亲快点答应。但她不能催促他。

手机一直在振动，曹燕燕的心像被猫抓着一样——"儿子，爸爸，请原谅我。"

沉默了很久，那位父亲说，考虑考虑。

在后来无数次的协调中，曹燕燕听到的家属最多的话就是"我理解，也觉得这是有意义的，让我们考虑考虑。""考虑考虑"，有的是真的，有的，其实是婉拒。婉拒是轻的，有时也会挨骂。有一次，一位小伙子车祸不治，曹燕燕前往缙云协调，母亲当着他们所有人的面大骂建议器官捐献的小儿子，甚至要打他巴掌。"其实，我们都知道，那也是在骂我们。"曹燕燕说。

成功率最多只有三分之一。而目前，自然人生前自愿表示死后捐献遗体或器官的，很少很少。

2014年11月24日下午2点，又经过一个小时的协调确认，欧阳妻子和他弟弟在捐献书上签上了名字。她伏在桌上签字后，走出护士值班室突然难为情地笑了，说："我只给他买了短袖，不行，我再去买。一会儿他出来时，我想拍张照片给孩子看。"最后几个字，被哽咽吞没了。

曹燕燕上前搂住她的背，一直轻轻拍着，将她送到等候在重症监护室门外的亲戚们那里。欧阳妻子轻声问："我能不能打电话到老家问问，选择一个时辰？"

曹燕燕没有回答。世界上哪个人能选择断气的时间？她轻声跟他们说："咱们好好给大哥选一个火化和安葬的日子好吗？"

大雨。手术马上开始。曹燕燕长吁了一口气，又成功了一例，又有至少三四个人获救了，但心里却有泪流下来，如窗玻璃上闪亮的雨滴。

三、见证

2014年7月的一天，当我花费一个多小时穿越长长的正在修建高架的尘土飞扬、坑坑洼洼的秋涛路来到曹燕燕的办公室时，才知道我们居然是邻居，这意味着，我折腾一次都觉得受不了，而她每天一早都要如此这般才能抵达工作单位，然后开始艰苦卓绝的一天。

我们都是海边长大的女子，我们同住一个小区，我们都纤弱，我们的嘴角都微微上翘。然而，我们如此不同。当我散步时，她加班；当我吃饭时，她刚开始做饭；当我娱乐休闲时，她加班；当我睡懒觉时，她早已赶赴医院、火葬场、交警队、法院，或者已早早起来带儿子出去玩。睡懒觉，于她已是非常奢侈的一件事了。

2014年11月23日，我跟随她到城北某医院见证她和欧阳一家的协调过程，结束时，已是夜里9点多。她开车在前面引路带我回家。穿过整整一座杭州城，到家快夜里10点了，这于她却是常态。

在小区分手时，我说："器官采摘手术时，你叫我。"

她看看我："说，你吃得消看吗？"

我惊住。这个问题，我想都没想过。我才想起，即使看一看，都是需要勇气和胆量的，而她还要见证、录像、给捐献者穿衣、送太平间或殡仪馆。她一眼看出了我的怯弱，一个小时前，我不敢触碰医院里任何东西，我甚至没有喝她递给我的那瓶水，没有和家属说一句话。她说对了，我吃不消看。

我说："我试试。要不，我就在手术室外面看吧。"

我晚上出门前刚洗过澡，到家后又想洗个澡，但我觉得，这样做内心有点愧疚，就用湿毛巾擦了擦头发，像擦掉不祥的空气。夜里醒来，我想起了重症监护室里欧阳肿胀的眼睛和浓密的睫毛，一时难以入睡。我知道我不勇敢，但我想去看看。因为敬佩？因为好奇？因为挑战自己？因为想让更多人知道世界上有这样一群了不起的人？都有。

2014年11月24日下午，穿过瓢泼大雨，我再次赶到城北某医院。

曹燕燕带我换上淡蓝色的医护服，戴上口罩和帽子，换上拖鞋，全副武装后，穿过"迷宫"——一间间挨在一起的手术室像一座城。我站在了欧阳的手术室前，隔着一块一本杂志那么大的玻璃窗。

一共十来个医生，包括从别的医院过来监督的权威专家、来接收器官的医生。

五个男医生全副武装在手术室门口待命，他们是来集器官的医生。他们每人抱着一个手术袋，只能看到帽子口罩或眼镜后面的眉眼，只听得见他们几句闲聊，声音很年轻。

"真伟大，能救好几个人。"一个声音从口罩后传出。

"医生救人是对抗上帝啊。唉，咱只好在其他地方多积德了。即使对抗上帝也要做。"另一个声音从另一个口罩后传出，他手里缠绕着一根缝合线，反复练习着一个打结手势。

然后，大门关上，手术开始。我瞬间觉得空气是凝固的，呼吸起来要用点力。

欧阳安详地躺在手术台上，呼吸机已经脱掉，生命体征仪的波段，静静闪烁。医生们全部静立在前，等待他的心跳慢慢停止，曹燕燕和另一个负责见证记录的女协调员，正用摄像机拍摄记录现场。

不知过了多久，也不知道是否是我的幻觉，我看见欧阳的右手慢慢抬起来再慢慢放下，像在向这个世界、向他的亲人挥手告别。我的头皮发麻，心咚咚咚狂跳不止。

16 点 26 分，欧阳心跳停止。

那一瞬间，我并没有意识到，我正坐在一张圆凳子上平复心绪，忽然感觉一阵风起，我身边五位医生像是突然听到了什么指令，全部刷地站起来，走进了突然打开的手术室。

这时，我听到了一阵婴儿的哭声。是我的幻觉吗？

一位 50 多岁的护工，正将我身边刚才医生们坐的一张张圆凳子搬到另一间空手术室里。我问他："医生，怎么有婴儿的哭声？"

他抬眼看了看我，他大概有点困惑我的身份，但他大概把我当成协调员中的一位了。他口气平淡地说："剖腹产手术也在旁边做的。"

他说"也"。在他眼里，一定生也平常，死也平常。

我呆立在手术室外的墙边，在无边的寂静中，听到了生死轮回巨大的轰鸣声。

手术前后两个小时，曹燕燕出来过几次，或者接电话，和交警谈事故处理赔偿的事，或者打电话和殡仪馆对接，或者去家属那里取新买的寿衣。接电话时，她没看我，直接蹲在了地上。我起身示意让她坐，她不肯，继续接电话。

空气里已经有晚饭的香味了，不知道是不是又是我的错觉。走廊里空旷安静，没有任何声音，其他手术室的手术大概都结束了。

手机没电了，我找到了墙边一个插座，把手机靠在那儿充电。让我意想不到的事情发生了。刚才那位护工推了一张单人床过来，就靠在我手机充电的墙边。他从一只大旅行袋里掏出了一床花被子，折一半垫在床上，另一半掀开了。然后，他慢慢掏出一件衬衣、一件夹克衫、一条秋裤和一条深色外裤，他仔细将它们套好，大概方便一次性穿进去。还有一双袜子和一双旅游鞋。

我一下子惊住——这是一张灵床，欧阳的灵床。

如果我要拿手机，必须移动这张灵床。我呼吸急促，脑子里一片空白。

第一次帮助护工为捐献者遗体穿衣，搬运，曹燕燕也曾经呼吸急促，脑子里一片空白。

当护士时，因为对护理的病人已慢慢熟悉，接触遗体时没那么害怕。而器官捐献者往往是突然遭遇不幸的人们，她面对的是完全陌生的面孔和身体。按照规定，医生不能跟家属接触，给捐献者做了器官手术后即刻离开，曹燕燕就要帮忙给遗体擦身、穿衣服，一起抬上灵床，一起推到太平间，甚至一起将陌生的遗体抬进冰柜，有时连家属都不敢做这些事。有时车还没来，协调员要陪着已经过世的捐献者，有时是一个人陪。

有一次，做完手术已是夜深人静。当太平间的冰柜打开，冷气呼地扑上她的脸，陌生的遗体近在咫尺，她感觉能听到彼此的呼吸，虽然遗体是没有呼吸的。她的全身仿佛沾染上了死亡的气味。

从太平间出来，她一个人回家，走在忽明忽暗的路灯下，害怕，很害怕。除了害怕，还有挥之不去的无力感，她觉得，这样的日子，一天都没有力气再过下去了。

在给欧阳做手术缝合的时候，我听见曹燕燕轻声跟医生说，帮他把眼睛弄得好看一点哦。医生说，好的。

殡仪馆告诉曹燕燕，因雨大车子要在一个多小时后才能到，也就是说，手术结束后，要先送他到太平间，然后等车来接。

曹燕燕让我先回家吃饭，可我知道她今天没开车，想带她一起回家。还有，我不想推开灵车去拿我的手机，我觉得，那是一种不敬。

护工过来，将灵车推进了手术室，给欧阳穿衣服。

曹燕燕坚持让我不要等她。她说，堵车，下雨，等一切处理好还不知什么时候，她有数的，这样的事已经很多次了。

几年前的那个冬天，已经夜里9点多，天突降大雪，而约定的殡仪馆车子因为大雪在路上耽搁了两个多小时，曹燕燕就站在医院太平间的门口等，在雪中站了一个多小时。从太平间门口看出去，是一个小区，橘黄色的墙面，橘黄色的灯光从窗户里漏出来，那些幸福的人们怎么会想到，就在他们对面，一个女子独自站在雪地里，送别一个陌生的年轻人，而那个年轻人的父亲，已经悲痛欲绝，瘫坐不起。

雪落在脸上，彻骨的冷，曹燕燕感觉不是站在夜里，而是站在地狱，连思维都麻木了。我在做什么？为什么要做这么苦的事情？多救几个人，那些窗户里的人们就多一个团聚的机会，可是我自己得到什么了呢？值吗？

夜里，儿子体温正常了，曹燕燕却发烧了。吃下大把的药，捧起闹钟，将时间定到了早晨 6 点。她得早早起来，赶到殡仪馆帮助亲属处理后事。协调工作是完成了，但不能人走茶凉，她得陪着他们。

四、山坡上的花朵

2014 年 11 月 24 日傍晚 6 点，手术室里推出来他们的亲人，已经没有了心跳体温和呼吸的亲人。一切都结束了。全体医生和曹燕燕对着欧阳的遗体默哀，我站在手术室门外默哀。世界一片寂静，他走了，却如他名字的寓意：阳光普照光明。

欧阳妻子哭着冲上去，将手伸进他盖着的新花棉被里，抚摸着他仍缠绕着白纱布的头，她的手胡乱摸着，抖着。

太平间的师傅带着他们和哭声从 5 号电梯下楼。开电梯的大姐一直说，不要哭不要哭。

一分钟后，电梯上来，那五个接收器官的医生突然从转角出现，果然是一群年轻人，已经换上便服，拎着保温箱，拉着行李箱，一起走向 5 号电梯。那些箱子里面，是欧阳活着的器官，他生命的一部分，将要随着他们走进另一个生命里，以另一种方式存活人间。

一前一后，他们乘坐同一台电梯下楼，没有打照面。然后，各奔东西——生，死。

我呆立在电梯旁，感到眼睛发烫。

曹燕燕她们换好便服出来时，5号电梯又上来了，我其实希望从别的电梯下去，但她说："电梯来了，我们就从这儿下去吧，家属还在太平间等我们。"我和她们一起走进电梯，我无法想象，如果她们知道，这部电梯刚刚分批下去他和他的生命的一部分，这部电梯里，还留着他的气息，她们是什么感觉。

也许是我多想了，她们不会再哭了，也不会多想什么。

曹燕燕告诉我，她曾经哭得最厉害的一次，是几年前在殡仪馆的一个斜坡上。

那是一个春天。告别仪式结束后，她和捐献者的哥哥一起，将遗体推过去火化。火化的房子在一个小坡上，坡的两旁伸出很多绿影，开满了鲜花。他们一起推着车小跑了几步以借力上坡，突然，车子从她的手里滑了出去，她来不及抓住，而他哥哥继续推着车在往坡上跑，一刹那，悲伤突如其来，像雷电击中了曹燕燕。她在坡上蹲下来，泪汹涌而下，她觉得特别特别的难过，这春天的一切刚刚开始，多么蓬勃美好，然而，一个那么年轻的生命却从她手里滑掉了，从坡这端到那端，转眼就化灰化烟了。

曹燕燕蹲在地上痛哭。但有一个声音告诫她，不能哭，否则，她就是不称职的！

灰黑——他们的世界里总是萦绕着这一种颜色。每天与悲痛中的病人家属、陌生的病人遗体、手术间、太平间、殡仪馆、公安司法甚至媒体打交道，没有白天和黑夜，没有工作日和休息日之分，没有省内和省外之分。在国外，这份工作必须三年一换。前几天，她去外省开会时，听说一位外地同行，一个优秀的小伙子已严重抑郁了。

什么时候是个头啊？不知道。2015年1月1日起，中国全面停止使用死刑罪犯器官作为供体来源，公民去世后自愿器官捐献将成为器官移植使用的唯一渠道。150万人在眼巴巴盼着器官移植，曹燕燕她们没法歇。

五、好报

曹燕燕有两部手机，一部是苹果5S，还有一部是老式安卓手机。苹果手机里存着一些照片。

这是一个17岁男孩的照片。他的父亲和哥哥都是老师，当医生宣布男孩脑死亡后，哥哥说，他和弟弟一起去海南玩时，弟弟在海边拍着胸脯说，哥哥你听我心脏跳得好有力。哥哥说："我们一定要延续他的心跳，让他继续活在人世间。"此刻，他的心正跳动在另一个18岁男孩的胸腔里。

这是一个婴儿的照片，一位儿童器官捐献者的妈妈在第二个儿子满月时拍的。一个外地女人，第一个儿子不幸遭遇车祸，在曹燕燕的帮助下进行了器官捐献，她们也成了好朋友。在她决定生第二个孩子的时候，曹燕燕帮她找医生，找偏方，听她倾诉。有一天晚上，曹燕燕接到她的电话，说要告诉她一个好消息，曹燕燕说"怀孕了？！"果然！孩子出生一分钟，他们就给她发来报喜短信。更巧的是，孩子居然在预产期前提前出生，与第一个儿子的出生时间只差了几小时！

这是遥远的贵州大山里的一位老母亲。她来浙江打工的儿子突遭不幸，进行了器官捐献。千里迢迢，曹燕燕和同事一起送他的骨灰回家。安葬那天，阳光灿烂。在坟前，曹燕燕对这位老母亲说："好人一定会有好报的。"老母亲笑了，说："是啊，你看，今天我儿子下葬，天气这么好，师傅把他的墓碑刻得这么好，这就是好报。"

粉色羽绒服，红色毛衣，怀抱着一个婴儿，笑得像一朵花。这是她发在微信朋友圈上的照片，上面这样写着：我一直觉得自己是个很好运气的人，今天去会这位小帅哥刚好是他双满月。一定会有人好奇他的身份。故事还得从2012年说起，他的姐姐因突发脑溢血深昏迷，生命无法挽救，他的父母希望在女儿离世后捐献器官帮助别人，回报社会。那天，泪如雨下的妈妈在女儿的额头上留下了最后一吻，我一直清楚地记得妈妈在女儿病床边告别时最后反复对女儿说的话：女儿，让我们继续去爱身边的人。每每回想起那个场景，眼眶就会瞬间湿润。这是一位多么善良、多么坚强的母亲，如此深刻地爱着孩子、爱着身边的人。所以感谢这个帅哥的到来，让他的父母能够再次面对生活、面对未来……四年了。100多天连续加班，有时两天两夜未曾合眼，有时几十个小时马不停蹄地赶路，大夏天为了到边远山区取证四天四夜连衣服都没换，对于一个爱干净的美丽女人，几乎无法想象。常常在深夜，长途汽车在深山里盘旋，她看着天上的星星从亮到暗，看月亮从天这边移到天那边，听到车子在悬崖边嘎地停住又继续前行。太累了，有时对危险都已麻木。

可看着这些照片，她觉得值。这些人的后面，是一群她从未见过的人——得到器官捐献重获新生的陌生人，和那些陌生人身后的一个个家庭。而他们并不知道她。2014年11月24日，我穿过瓢泼大雨去见证了欧阳的器官捐献手术，事前，我特意将外套的袖口放下，不让粉红色的内里露出来，我怕对死者不敬。可是，他的妻子始终穿着一身红衣服，我不明白，她为什么一直穿着红衣服，而不是黑衣服。事发突然，她来不及换？还是生活的粗糙和重量，已经压得她无心无力顾忌和讲究了？

"总要活下去。"

"孩子总要读书的。"

她低着头自言自语，眼睛直直地钉进了地面，那里飘过一张谁丢弃的用过的餐巾纸。

自始至终我没有和她说过一句话，我不敢说，怕说错。我不忍想象她以后的生活，我也不愿意想象天下还有多少这样的不幸正在发生。我请曹燕燕转交了1000元钱给她。当我跟曹燕燕说"一点小心意，给孩子补课"时，我和欧阳妻子一样，一说到孩子，泪水就涌上了眼眶。如果说，他们相信好人好报，我希望我的这一点微不足道的心意，是他们今天得到的第一份好报，即使那么那么微薄。

六、卷宗与仙人掌

曹燕燕的办公室位于秋涛路红十字会三楼，堆满了文件材料，但很整洁。过几天，就有一场规模不小的协调员培训。除了协调员工作，行政工作更是千头万绪，光一场培训，就能把人累趴下。

"这些累，难，都不是最难的。"曹燕燕说。

还有更难的？

误解。城市里还好，如果捐献者来自农村，就可能会有风言风语。义务捐献器官有补助政策，在偏远山区里，会有人说家属卖了自己的亲人挣钱等流言蜚语。还有个别媒体记者采访时根本不尊重个人隐私，曹燕燕当然会挺身而出，却遭受过记者的恶语攻击。当她在网上看到一些不负责任的跟帖时，她哭了，不是为自己，是为那些已经失去亲人的家属。她祈祷不要让他们看到，千万不要！

跟家里人也不愿意多说，怕他们担心。只能是同行之间发发牢骚，聚聚，吃吃饭，开开玩笑化解一下而已。

我问她："你有梦想吗？"我的潜台词是，每天穿行在生死场的日子什么时候是个头？

曹燕燕努努嘴，说："我其实是个小女人，懒女人，没什么梦想。我很内疚，有时手机、座机两个电话同时接。孩子病了，我也只能在电话里关心一下。一定要说梦想，就是希望每一个捐献者家庭都越过越好；也希望，我既不亏欠孩子，又能更自由地做一个器官捐献协调志愿者。"

这个弱女子，淹没在材料堆里打电话，细细的声音传出来，那么微弱，却牵动无数人的生死。

靠墙有两个大柜子，柜子里码着一卷卷卷宗。我问："可以看吗？"曹燕燕说："可以，只是不要拍照。"我用双手轻轻捧过一卷捐献资料，打开，是一张表格，表格最上面，一个名字和一张黑白照片映入眼帘，那么年轻，已经故去。后面一页，是他的治疗记录，一格格表格里，是某分某秒呼吸停止，某分某秒心跳停止，某分某秒手术，取下肝脏肾脏和眼角膜。再后面，是他父亲的签名和红手印。

我轻轻合上卷宗，我不忍再打扰这位天使。目光所及处，是一盆曹燕燕自己养的绿萝，还有一盆很小的仙人掌，在盛夏的午后，水灵得让人想流泪。

2014 年 11 月 24 日晚上 8 点半。我从医院回到家吃了点重新热过的饭菜，我很饿，但我一点胃口都没有。洗好澡，躺在床上，觉得腰酸背疼，不是累的，是紧张的。一场大雨过后，降温了。我拿起手机，想问问曹燕燕殡仪馆的车来了没有，她们回家了没有，吃饭了没有，但我不忍打扰她，如果她正在工作，我不能打扰，如果她正在吃饭，我更不想打扰。

我在朋友圈里发了几张她的工作照，我说，不知道她吃晚饭了没有。

她回了一条评论说：已在回家路上。

这一晚，我几乎彻夜无眠。我开着灯，脑子里无论怎样努力都无法忘记白天的一切。我只是远远地观望，浅浅地接触，自始至终，我与手术室都是一窗之隔，而几乎每天直面这一切的曹燕燕，她曾经度过多少个这样的长夜？

这个在暗处默默执灯的隐身人，谁来照亮她？

一双手经过的

上午 9 点，杭州某殡仪馆遗体化妆间。

老康将我伸向他。老康将我伸出去前，先将他的目光伸出去，轻轻落在这个去世的男人的脸上、眉头、鼻尖、嘴唇。我相信，他的目光最后是落在他的心上，如同，夕阳暖暖的余晖落在被收割过的荒芜的田野上。

我是老康的手——杭州某殡仪馆国家一级防腐整容化妆师的手。当老康为我穿上我的专属衣服——手套，我们的一天就开始了。殡仪馆最角落的房间，无比安静，只有冷柜发出滋滋的电流声，还有在呼吸的老康和我，还有不会再呼吸的遗体。老康坐在他们面前，如同坐在一个窗前，逝去的人，像一个路人经过，停留，然后老康向他点点头，走过去，一个世界，就从他眼前消失了。每一个工作日，从早上 8 点到下午 4 点，我们为那些失去生命的身体装殓。

我是一双被嫌弃、又被尊敬的手。不管有没有人闻到，我闻得到自己身上经久不散的一种特殊气味，这是积累了 20 多年的气味，洗不掉了。

等一碗乡愁 / 苏沧桑

　　这之前的一小时，老康接待了一位女记者。他们在一棵树下相遇。这是一棵桉树，在这个殡仪馆里活了很多年，它的树叶一茬一茬地勃发，又一茬一茬地飘落，如同无数个生命在此一茬一茬地化灰化烟。他们站在树下，阳光透过树叶的缝隙，洒在他们的身上，使他们的身形愈加斑驳与迷离。老康穿着深蓝色的工作服，看上去干净，清爽。他有些瘦，他的笑容也有些瘦，转瞬即逝。

　　我被他藏在兜里，老康没有准备将我伸出去和她握手，大概是怕别人会不高兴与他这样的人握手。这时候烟囱里正在喷烟，他们同时抬头看，他知道，她一定在想，现在升入天堂的灵魂，是一个妙龄女子，还是一个出车祸的少年？或者是一位寿终正寝的老人？

　　入殓师老康：手我清楚地知道，我只是他身上的一个器官，我的身体链接着他的脑电波的每一次波动，心脏的每一次搏动，我的每一个细微的动作，都受着他意志的指挥，也就是说，他是鲜活的，我也是鲜活的；他是有温度的，我也有，我们血脉相连。而我们共同面对的，却是没有温度的、永远不再鲜活的遗体，甚至残缺，腐烂，面目全非。原先，他们和我们是一样的，都是活的。

　　记得第一次，我抗拒着，和他的灵魂一起颤抖着。我不情愿，我喜欢那些温软的肌肤，比如，他的妻子，他的孩子，我喜欢抚摸他们，轻轻地，我能感受到一种温软的爱，在指尖与发端萦绕。我喜欢那些香味，青菜的，苹果的，都

300

会留在我身上，或者，洗衣粉的，沐浴露的，哪怕洗洁精的，我都喜欢，我还希望，这些香味能留很久，能掩盖那些长年累月积累的挥之不去的气味：死亡的气味。

他走在人群里，人们不会认出他是做什么的。即使走在他工作了 20 多年的地方，匆匆而过的人们，对他千恩万谢后，潜意识里，还是会尽快忘记他。除了跟人握手，"你好"、"再见"也都是忌语，微笑，抹大红色口红，穿艳丽的衣服，都是禁忌，还有，不能戴戒指，即使是婚戒。

每一道程序前，老康会默默念叨："现在给你洗脸，净身……"他轻轻地说，仿佛他们听得见。

当他默默做着这些时，他的眼前常常会清晰地浮现起 20 多年前他第一次送别老山前线战友的情景，然后这些情景在浮动的泪光里渐渐模糊。跟他朝夕相处的指导员身中八枪，胸口被打得粉碎，班长的头颅被炮弹削去了一半，就在他身边倒下，老康已经不记得有多少次亲手抬着战友支离破碎的遗体下山。

他第一次抬时，脚滑了一下摔倒了，遗体翻过来了，脸上都是孔，眼睛瞪得好大，他吓坏了。可是那种条件下，只能一人一个塑料袋，挖个坑就埋了，头没有就没有了，破掉就破掉了，身上炸坏了就炸坏了。

痛。痛彻心扉啊。退伍复员那年，正好赶上殡仪馆招工。领导问："火葬场要不要去？"

"去的。"

老康来了，一待就是20多年。多年后，老康重返老山祭奠战友，写下了这样一段文字：29年了，满山都是盛开的山茶花，很漂亮，可是我的战友走得很不漂亮，指导员的身上被机枪打成了马蜂窝，班长的脑袋被炮弹削去了一半。他们都是20出头鲜活的生命，我站在他们的坟头，我说你们还能从地下再走出来么。我没到殡仪馆之前总觉得这一生欠了一件事，我最想做的事，就是让死者走得漂漂亮亮。

一双手是否灵巧，其实，不是取决于手本身，而是取决于主人的智慧和爱。因为智慧与爱，老康成了行业专家，技术能手，全国先进。只要有相片，他就能迅速恢复死者原有容貌，并能快速处理任何情况的遗体防腐，他这两项技术在全国殡葬行业中数一数二。我跟随着主人，见了很多不同寻常的遗体，也经历了许多悲痛和荣誉。20多年里，我不仅是一双手，还像一双脚一样，随老康走过国内外很多不同寻常的地方。

青海玉树，为不幸遇难的香港义工防腐整容。

海地，为8名在海地地震中牺牲的警官入殓。老康的护照是两年前夫妻一起办的，本是计划出国旅游的，太忙没有成行，却派上了这样的用场。匆匆离别，我想回去摸摸他妻子的头发，或者，搂一下她的肩膀，可是没有时间。妻子原准备晚上给他准备一下行李，而下午2点他已经动身赶去机场前往北京，在过去的两个小时里，老康全部时间都用来准备防腐设备和化妆用品，生活用品一点都没准备。临行前，殡仪馆馆长给他送来一件短袖，他才想到海地还是夏天。

2011年，温州动车事故，39个生命转瞬即逝，现场之惨烈，让老康不忍卒睹，连殡仪馆里的工作人员也不敢看，有的人看了一眼就晕过去了。自然，遗容修整的难度极大。面对家属的质疑不解和悲痛欲绝，我们一直忙到晚上8点，我觉得自己已经不是他的手了，无力得快虚脱了，麻木得接收不到他的心跳了。

那不是工作，是战斗，战利品是家属们满含热泪的"感谢"二字。在闷热难忍的手套里，累到抽筋的我，听见他长舒了一口气。

在杭州某殡仪馆，有很多和我一样的手，他们是我的朋友，尽管，我们从未相握过。我们远远互相关注着彼此，关注着这些同样命运的手，安抚着那些逝去的生命。它们有的和我一样苍老、厚实、粗糙，有的却无比娇嫩，有的还血气方刚。它们属于老康的同事，或者徒弟，甚至，女徒弟。

20岁出头的女大学生徒弟来时，老康不忍心看她从事这一行，劝她改行。但她说，几个亲戚去世的时候很难看，她就下了决心要让别人的亲人漂亮地走。动车事故，他带着她来了，她没有害怕，学得也很快，怎么样缝伤口，怎么样给死者穿衣服，等等，帮了很大的忙。只是到了晚上，她一个人大哭了一场。

年轻的男徒弟心理素质挺好。有几次碰到一些高度腐化的遗体虽吃不下饭，但下班骑车回家，一路上听听歌，也就排解了，马上恢复到正常状态。男徒弟之前对象不好找，走相亲这条路几乎行不通。后来终于结婚了，妻子很爱他。他说这是缘分，他说这是好人有好报。

华是老康的女同事，工作后的头几天，总是梦见红红绿绿的被子，发了半个月的高烧。烧退了，咬咬牙，接着干。

小区里有人知道了她的工作，会刻意绕道走，怕碰到晦气。女儿读小学，怕女儿在学校里难堪，华在家长联系单工作一栏中写的是"待业"。她一下班就会待在家里，几乎哪儿都不去，哪怕节假日也很少到亲戚家串门，怕对方觉得"不方便"，和朋友碰面，从不主动伸手，最多笑一笑。打车去单位，从来不提去"殡仪馆"，跟司机随便说一个附近的地方，下车后再走过去。

华没有想过，她这样为别人着想，却不知道有几个人替她和她的同事们着想。她也没有想过，在同一个世界的另一些地方，还生活着另一些手，那是一些有"福气"的手。它们每天抚摸的是金钱、权力、美女，它们指尖上沾染的，是纸币、雪茄、咖啡、美酒、香水的气味，这些气味有的属于它们，有的不应该属于它们，是这些"高贵"的双手掠夺而来。这些手，从来不知道世界上还有像我们这样一些"低贱"的手。他们也不会想到，将来有一天，也许我们会相遇，共同面对死亡，重新诠释"高贵"二字真正的含义。此刻，傍晚 5 点，杭州城西落日的余晖，透过长廊的窗玻璃照在老康如释重负的脸上。他换好衣服准备回家。空旷的走廊里，不知从哪儿传过来断断续续的新闻播报，好像在说一架国外飞机失事的消息。

每天面对死亡，死亡似乎成了朋友。老康走在走廊里，看到自己的身影在暮色里忽长忽短。他想：我没有什么梦想，有的话，就是两个字——平安。

我和老康一起，沐浴在夕阳的余晖和清新的空气里，觉得很舒服。假如一双手也有梦想，我愿意把自己变成千双手、万双手，让天下其他所有的手，都不要经历我曾经和正在经历的。

我也梦想着，每一次，老康从化妆间出来，我都能闻到一双陌生的手的气味，上来拥抱我，很温暖，不一定要说"谢谢"。

纸上

纸是一个宇宙，如果不去看它，又怎么理解我们这个星球？

——埃利克·奥森纳

一、会呼吸的纸

十月，霜降。

阳光从天窗倾泻而下，像一场金色的雨，落在富阳元书纸古法造纸第 13 代传人朱中华身上。站在浙江图书馆地下一层古籍部金色的雨里，隔着一层玻璃，他看到另一些金色的雨，落在阅览区的仿古书柜和桌椅上。影影绰绰的光亮，清晰的咚咚咚的心跳，都仿佛来自另一个时空。

一双戴着白手套的手，将一本乾隆版《四库全书》在他眼前徐徐打开，两百多年前的旧时光呼啸而来。两百多岁的书，新得跟婴儿一样，闪烁着玉石般的润泽。

鼻尖传来一缕熟悉的气息，是他已闻了四十八年的气息，空谷、阳光、雾气、溪流、毛竹的气息，一张竹纸的深呼吸。

朱中华手心发热，耳朵里嗡嗡作响，眼前飞速交叠着一些幻象——龟甲、青铜、竹简、丝帛……荒野中，一个无名氏从一张破竹帘上轻轻揭下一层被太阳晒干的纤维物，惊异地发现可以在上面写字……灯影下，一个叫蔡伦的男人，用树皮、麻头、破布、渔网等原料，挫、捣、抄、烘，成全了人类历史上第一张真正的纸……船一样的纸，承载着唐诗宋词书法绘画，悬浮在浩浩汤汤的时光之河……一千多年前的某个元日，北宋皇帝庙祭，风轻拂真宗手里的祭祀纸，散发着竹子的清香。这张从江南富阳跋涉千山万水抵达京都的元书纸，在风里舞蹈，召唤着祖先、神灵，以及大地上的一切……

"我能把手套脱了，用手摸一下吗？"

一段短暂的沉默。

"好。亲手摸过，说不定您真能把修复纸重新做出来。"

轻轻触及纸页的一刹那，食指中指和拇指指尖上传来丝绸般的凉滑，轻轻摩挲，则如婴儿的脸颊，细腻里又有一点点毛茸茸的凝滞。

"的确是清代最名贵的御用开化纸，洁白坚韧，光滑细密，精美绝伦。"

《四库全书》从修成至今已有200余年，七部之中，文渊阁本、文宗阁本和文汇阁本已荡然无存，只有文渊阁本、文津阁本、文溯阁本和文澜阁本传世，分别藏于台湾省、北京图书馆、甘肃省图书馆、浙江图书馆，其中文澜阁本屡经战火，后递经补抄，基本补齐，就是此时此刻眼前的这一部。然而，当年所用的开化纸，世上已经没有人能做得出来了。

可他觉得，这张消失在历史深处的纸离他无比的近，像他失散多年的一个亲人：是一个婴儿，也是一个饱经沧桑的老人。

"它离我不远，我会把元书纸做得像它一样好。我尽力。"

富阳大源镇朱家门村，逸古斋古法造纸坊。四十八岁的朱中华站在站了四十八年的纸槽前，听见隔壁传来淅淅沥沥捞纸的水声，回响了一千多年的水声。

"京都状元富阳纸，十件元书考进士"，曾经，富阳的山山水水里，镶嵌着无数手工纸槽。元书纸古称赤亭纸，是以当年生的嫩毛竹做原料，靠手工操造而成的毛笔书写用纸，主要产于浙江富阳，北宋真宗时期（998—1022）被选作御用文书纸。因皇帝元祭时用以书写祭文，故改称元书纸。又因大臣谢富春倾力扶持，又被称之为谢公纸或谢公笺。

朱中华家族中最辉煌时，是抗战前，太公朱启绪拥有八个纸槽、五十个工人。而此时，曾经日夜回响着淅淅沥沥捞纸声的朱家门村，朱中华成了最后的、唯一的坚守古法造纸的人。

朱中华从裤袋里摸出一盒烟和一只打火机，点燃了一根烟。阳光从屋顶的塑料棚布间漏下来，将一个中年男人不高但很壮实的身影投到积水的地面上。深秋的寒意从脚底升起，他只穿着格子棉衬衣和单裤，却一点都不觉得冷，这几乎是他常年的衣着，砍竹、捞纸、晒纸、送货、谈生意，都这么穿。其实他最喜欢的是那套米色的唐装，穿起来站在纸堆里写字，很像一个文人，但他怕村里人"晕倒"，从来不穿出门。烟雾绕上他长着老茧的食指和中指，绕上鬓角的白发，绕上紧皱的浓眉，挡住了他看向纸槽的目光，如时常挡在他眼前的一个个"难"。

朱中华相信纸是会呼吸的，有生命的，甚至相信，纸是有灵魂的。据《天工开物》记载，从一根竹子到一张纸，要经过砍竹、断青、刮皮、断料、发酵、烧煮、打浆、捞纸、晒纸、切纸等七十二道工序，耗时整整十个月，像孕育一个胎儿。从诞生的那一天起，便承载着生死悲欢、沧海桑田，那么重，那么痛，那么美，它怎么可能顽同木石？

朱中华所有的努力，就是想用竹子做出世界上最好的纸，让会呼吸的纸、让纸上的生命留存一千年、一千零一年、更多年。

可是，很难。如今的人们，往往只关注纸上的字，关注是谁的画谁的印章，是否有名，有谁真正注意过一张纸本身，它来自哪里？如何制造的？能活多少年？谁在担心一张纸会永远消逝，一门古老的手艺将无人传承，一种珍贵的精神将永远绝迹？

如果一张元书纸开口说话，它发出的声音，一定是水的声音，水声里，是比古井更深的寂寞。

《四库全书》的触觉还在指尖萦绕，他掐灭烟，将双手慢慢伸进纸槽，看到遗失在时光深处的旧精魂，在纸浆水里渐渐醒来。

二、一些竹和另一些竹

五月，小满。

穿过荒草的时候，九岁的朱中华和双胞胎弟弟朱中民同时瞄见了三颗鲜红欲滴的覆盆子躲在一棵毛竹的根部。覆盆子的鲜甜同时抵达两个男孩的舌尖时，他们听到了小满节气后父亲的第一声砍竹声。

当当当当当……

一共十刀。

唰啦啦、唰啦啦……

一小片天空被毛竹梢搅动了几下，随着一棵毛竹慢慢倾斜、倒下，一小片天空就大出了一点点，预示着一棵毛竹在天空中消失，投胎到大地上做了一张纸。毛竹倒下时伸出绿色的手，和其他依然挺立的家人说珍重，然后嘭嘭嘭投入了山涧——朱中华的父亲和伙计们早已铺设好的竹道上。

"斩竹漂塘"是《天工开物》中古法造纸的第一步。芒种前后上山砍竹，每根竹子截成五到七尺长，然后就地开挖水塘，将竹段在水里浸一百天，取出时用力捶洗、软化。竹子与木材造出来的纸张，最根本的不同是，木材纤维中的木质素会氧化，纸张会泛黄，添加酸剂则更严重，而竹纸纤维密实，薄如蝉翼，柔如纺绸，易着墨不渗染，写字则骨神兼备，作画则神采飞扬，耐贮藏不招虫，这些特性，使竹纸成为纸中上品，得誉"纸中君子""千年寿纸"，是文人墨客的最爱。

小满前三天，九岁的朱中华兄弟穿着蓑衣戴着斗笠，看见父亲不高但很壮实的身影穿过细密的雨丝，很快消失在一大片绿色的寂静里。父亲同样穿着蓑衣戴着斗笠，脚上是草鞋，绑腿的布袜是母亲用厚实的布条子细细缝制的，防止荆棘和蛇虫。

古老的造纸图谱上，砍竹人都是壮年男子。砍竹是有诀窍的。有经验的砍竹人，要提前看山势，为毛竹快速顺势下山找好一条路，用几根老毛竹铺在坡上，方便竹子滑动。砍竹时，第一，要找那种竹梢刚冒出笋头的嫩竹，如果青叶都长出来了，竹子就老了，胶质包浆少，纸的紧密度就不够；第二，砍竹时，每一刀都要均匀，竹根要砍平整，硬纤维都要砍断，否则刮竹皮的人是要骂人的，不仅要花工夫清理，还会伤手。第三，要让竹子往一个方向倒，方便集堆打件；第四，打件时，要仔细，上面一人砍，下面一人将三四根竹梢头捆在一起拖向山脚，如果打不好，竹子滑到中途就散掉。

矮矮壮壮的父亲放下砍竹刀，走到溪边，双手掬起溪水喝了几口，抹了把脸，向山脚张望了一眼。晌午到了，该是女人们送饭上山的时辰了。从小满到夏至一个月左右的时间，无论阴晴，朱家门村的后山上一直会回荡着当当当当的砍竹声。一个月里，父亲身上没有一天是干的，或被雨水淋湿，或被汗水浸透。家里穷，只有两套衣服，夜里等炭火烘干，第二天接着穿。

覆盆子的酸甜里，朱中华兄弟年年跟在父亲身后做小帮手，但没有想到，父亲当当当的砍竹声在他们十二岁那年戛然而止——在一场农事中，父亲不幸触电，留下妻儿撒手人寰。

十六岁，兄弟俩师从二伯做纸。从此，村里人说起双胞胎兄弟，眼前会浮现日夜穿梭在造纸坊的壮实身影，还有两双一模一样的、黑亮的、忧郁的大眼睛。

十九岁，兄弟俩一个人砍了一万斤竹子，自己刮皮，自己做纸，借用别人家的纸槽、晒纸房，做出了属于他们自己的第一批纸。

多年后，朱中华陪同中国科技大学专家考察浙江民间手工造纸时，在温州泰顺一个很深的山坳里，突然看到了年轻时的自己——那个和他同龄的造纸人，一个人砍竹，一个人刮皮，一个人捞纸，一个人烘纸，所有的工序都只有他一个人在做。空山寂静，朱中华站在远处点起了一根烟，静静看着夕阳下那个弯腰捞纸的剪影，就像看到了自己，眼眶渐渐湿了。

"老哥们，多吃点酒多吃点酒！"

大年初一，堆满元书纸的厅堂中央，摆了一张圆桌，圆桌上堆满丰盛的菜肴。一桌年纪与他相仿的砍竹人围桌而坐。朱中华线条圆润的国字脸上堆满了笑意，一手香烟，一手一碗自家酿的葡萄酒，一扬脖，酒碗就空了。春寒料峭，他仍然只穿着格子棉布衬衣。

如果朱中华是海底的拳击蟹，这些人就是被他牢牢"抓"在手里当拳头用的海葵。是砍竹、刮皮的伙计，也是几十年的兄弟。农历新年的第一场酒，只是个起头，一年里要请他们好多次，过年吃一次，开工吃一次，上山前吃一次，上山后天天吃，家里做好酒菜，碗筷酒盅全套备好连同一人三包香烟，一拨送到山上，一拨送到山脚。

朱中华脸上的笑，是真诚的，心里却是酸的。此时，在他左手边吆喝着划拳的四个同村兄弟，是从小一起长大的，说是来挣钱，其实是来帮他。砍竹的壮年人越来越难找了，兄弟们也都年已半百，一人一天只能砍一两千斤。而技术性更强的捞纸、晒纸，会做的人更少了，工人工资越来越高，人越来越难找。也有年轻人想来当徒弟，过来一看，村里别人家都造了高楼别墅，朱中华兄弟俩还住着旧楼房，觉得没啥前途，说"再说再说"，就再也不见踪影了。再过几年，恐怕连给竹子刮皮的人都请不到了。

一场酒接着一场雨，第一场春雨后，头一茬新笋一冒头，朱中华就得挨家挨户找人了。嫩竹越来越少，有的竹林长久没人打理，春天一来，笋就被挖掉了，能长成嫩竹的寥寥无几，同样面积的竹林，能用的嫩竹只有从前的十分之一。有的竹林主人以为朱中华挣大钱了，便不肯按平常价格卖给他。

求人，全是求人。

有什么办法吗？有。降低要求，批量生产，成本就少了，钱就能多赚一点。可是，怎么能眼睁睁怎么能把会呼吸的纸做成死的纸呢？不行，要做，就做最好的纸。

2017年小满前三天，朱家门村后的山里，又一次响起了砍竹子的当当声，又有一些竹子，将带着一种使命滑向山脚，如同多年前双胞胎兄弟曾经采摘覆盆子的那棵竹，只剩下一截短短的竹根。再过一个月，山谷会安静下来，更多新鲜的断竹根会和它不远处很多枯黄的断竹根一样，在竹节里盛上一场雨，映入整个天空和竹林，像一只只深情凝望的眼睛。

一棵竹，在一个个深情凝望里，经过整整十个月的孕育，将以一张元书纸的生命形态重新启程。洁白的纸上，会长出一轮一轮的年轮，在许多生命无法抵达的时空里，继续延绵一千年，一千零一年，更多年。

三、酿一坛酒

江南的大寒节气，通常并不像这两个字眼那么凛冽，然而，假如冷空气从北方长驱直下，到了夜深人静时，隆冬就会在每一个村口提前降临。

都睡了，连犬吠声都已潜到夜的深黑处，而一场三个人的煮料大战正如火如荼。

朱家门村石桥下，二十五岁的书画专业硕士生朱起航双手紧紧抓着破裂的橡胶水管，感觉到十个脚趾正传来一阵阵刺痛。从煮料皮镬里抽出来的水不时从破裂的水管里喷出来，已将他一身运动服浇透，灌满了球鞋，在零下两度的严寒里开始结冰。他的平头短发上停满了水珠，像一丛雨后的剑麻，白皙瘦削的脸上，是比脸色更白的嘴唇，一对黑色的眸子在黑夜里闪闪发亮。每一秒，他都想将水管扔掉，飞奔回家冲到热水龙头下。可是，不知为什么，水管像长在了手上。

他咬了咬嘴唇，一声不响，就像平时跟伯父朱中华学捞纸、晒纸时一样。

《天工开物》中制竹纸的第二个步骤是"煮楻足火"，将竹料去皮，拌入碱性的石灰水，发酵后，一捆捆码在巨大的锅中，足足六层，蒸煮八个昼夜，除去木质素、树胶、树脂等杂质后，放入清水中漂洗，再浸石灰水，再蒸煮，如此反复进行十几天，直到竹纤维逐渐溶解。

在朱起航的伯父朱中华眼里，纸质的根本不同，就在这发酵和煮料里。

"酿酒"，是伯父常用的一个关键词。像做酒一样，古法造纸也有极高的科技含量，比如烤竹料时，温度不超过九十度，要花三天三夜慢慢烤熟。发酵时，需天时地利，更需虔诚之心，就像小时候，奶奶只准他将耳朵贴在酒缸外听，不能出声，不能惊动酒神。

他常看到水汽弥漫的竹料池边，伯父掀开一层层塑料薄膜，满脸喜色地掰开一团竹料，抽出一瓣竹片，在阳光下举起——一团洁白的、毛茸茸的菌丝，慢慢舒展开身子，像一个婴儿第一次舒展手脚。他说，这就是纸的胚胎，纸的精灵。

他看菌丝的眼神，像看一个襁褓中的婴儿，比看他这个侄儿、看他在外地读书的两个亲儿子的眼神更加温柔。

"玉化"，是伯父形容一张手工元书纸生命过程的另一个关键词。机器做的纸和手工做的纸，到底哪里不同呢？机器造纸，没有经过石灰水的浸泡，是不含钙的，而手工竹纸经过石灰水浸泡，纸浆用手工一下一下打出来，使得纤维走化，产生叉状的不规则花纹，形成活性状态的碳酸钙，于是，一张纸便会呼吸，便会产生光泽，一个生命体就活了。而追求效益和利润最大化的机器造纸，是造不出这样的纸的。"纸寿千年"说的就是手工纸。

伯父说，一粒捞纸房的灰尘里，就有一万个生命体、一万个宇宙，一门古老的技艺里，有难以言传的玄妙。越钻进去，他就越觉得自己能力有限。可是，"就算只能做两刀纸，也得用完整的古法技艺做出来！"

伯父对朱起航说这些话时，有时正淌在溪水里翻洗竹料，有时正挥汗如雨地斫着竹料，有时就站在大雨里一捆捆码竹料，有时在纸槽前捞纸，有时正往炉火里扔一块柴。

水抽完了，朱起航抬起冻得发麻的双脚，跳进了两米多深的皮镬，像跳进一口井，抬头看见了一个浑圆的天空，天空中出现一双手，捧夹着一捆竹料向他递过来。仰头，伸臂，接料，弯腰，码料，如此反复，整整五层，一层五十三捆或五十七捆，要先盘算好，一圈一圈码紧，否则煮的时候会散掉。两个伙计递料，他码料，要一整个半天近五个小时。腰、手臂开始痛的时候，朱起航忘记了脚痛，也忘记了自己还是个大学生。

皮镬下第一朵火焰舔上锅底时，朱起航像被这个寒夜唯一的暖意舔了一下。煮料的火是要持续的，先烧六个小时才能将水烧开，这六个小时里，人不能离开，要弓着腰不停地往炉里添柴。

伯父朱中华让他守的这团火，曾经熄灭了整整一年。

原材料不够、人手不够、经费不足、了解手工竹纸的人太少、市场太小，都是朱中华的一个个"难"。一年忙到头，产出的手工竹纸只有五百刀、五万张左右。

六年前的初夏，朱中华天天淋雨砍竹子，终于病倒了。在医院躺了一个月，再次回到朱家门村，朱中华的脚步在捞纸房前犹豫了片刻，转身往家里走。家在一个斜坡上，平生第一次，他觉得脚步被什么扯住了，很重很重，把心都扯空了，走几步便停下来，手撑着腰大喘几口气。太难了，太累了，算了，不做了。

那一年，朱中华总觉得自己的耳朵出了什么问题，夜深人静时，耳边会响起一些声音：当当当当、唰啦啦、唰啦啦、叮叮咚咚、淅沥沥淅沥沥……暗夜里坐起，点燃一根烟，没有一丝风，长长的烟灰会突然断落，他想，那些声音是真的来过。

一年后，在一家光线暗淡的素食馆里，一个比朱中华小五岁的兰溪男人坐到了他面前。两个人吃了简单的素食，喝了很多茶。朱中华聊纸、聊茶，兰溪人聊文房四宝，聊自己白手起家的建筑业，谁也没有提"帮"这个字。

朱中华说，我的祖宗用了一千年的时间，才将火烧纸变成文化纸，却从我手里断送了，我也不想，但真的做不下去了。

兰溪人说，我从小喜爱文房四宝。一幅字画能传得久远，首先纸要好，但现在多少古字画都只有摹本了，太可惜了。文化是要靠实物传承的，比如纸，比如建筑，假如我造的房子，最多只能存活一百年，那我岂不是罪人？

"请您继续做下去吧。"他说。

不久，这个从来没有说过一个"帮"字的兰溪人，将一笔经费打了过来，请他定制一大批元书纸。此后，他们每次见面依然淡淡的，并不亲近，但朱中华觉得生命里多了一个兄弟。

弟弟朱中民从南京打来电话，说："中华，经费有困难，我来。找人有困难，我把儿子起航交给你！"

砍竹声再一次在朱家门村后山响起。

又有一天，来了另一个外乡人。中国科技大学历时九年调研中国传统造纸术的唐院长，让朱中华又一次深切感到"高山流水"遇知音的幸福。在浙江几十个纸种的调研中，朱中华免费给他当司机、翻译，车开了四万公里，他循着那些叶脉一样的公路，慢慢触摸到了古人留在大地上的根，找到了造纸术百变不离其宗的奥秘。而唐院长在他眼里，是老师，亦是兄长。

在朱中华最为艰难的日子里，支撑他的，还有一帮意想不到的"兄弟"。一个秋天的下午，他自己设计的晒纸用的烘缸从外地运到了村里，三千多斤的钢板，从路口运到老房子里，有五十多米的距离，需要在地上垫四根钢管当滚轮用，几个人分别扶着烘缸两边，其余的人在后面往前推进。这是一项很危险的活，如果用力不均，三千多斤的钢板便会倾斜，砸到人，以前出过这种事。那天朱中华叫了六个伙计一起，心里有点担心人手不够，但还能叫谁呢？烘缸从拖拉机卸下时，令他终生难忘的一幕发生了：正在村口闲聊着的同村人，呼啦啦一下子涌了过来，有七十多岁的老人，有二十多岁的小伙，一共十五个人，都过来相帮了。两个老哥经验丰富，在前后指挥，其余的都卷起袖子，六个人在两边扶，七八个在后面推。这些人，平时跟他并不亲近，好像有时还能感觉到他们目光里的鄙夷。五十多米的路，烘缸艰难地挪动着，朱中华感到眼眶一阵一阵发热。

烘缸安放好了，朱中华招呼大家留下来吃饭。他们摇摇头笑笑，说，不用，你忙。

水终于开了，朱起航感觉特别饿，从柴火堆里扒拉出一块烤红薯。火光映照着袅袅的白气和红薯瓢的美丽纹理，让他想起儿时记忆里一张最美丽的纸——堆满元书纸的堂屋前，两个长得一模一样的双胞胎兄弟，同时将手里燃着的香烟搁到烟灰缸上，四只长满老茧的大手，一起徐徐铺开了一张大纸，竹纸晶莹剔透，薄如蝉翼，纸下的图案一清二楚，而纸的表面在窗口透进来的微光中，闪烁着玉石般的光泽。

"这张纸起码有四十多岁了，当年有人临摹《兰亭集序》，用的就是这类纸。"伯父朱中华说着，将鼻子凑到离纸一厘米的地方，深深吸了口气。

"我能做出来。"父亲朱中民说着，也将鼻子凑到离纸一厘米的地方，深深吸了口气。

他们嗅着纸，像两个犯了烟瘾的老烟枪。

他们谈论纸，如同在酒桌上谈论一坛刚刚启封的陈年佳酿。

四、水在滴

冬至。有两种水声。

中午十一点半，人走空了，都吃饭去了，捞纸房像被突然摁进了寂静的井底。

泥地上站着一些正方形的阳光，是从木窗跳进来的。捞纸架的枯毛竹上，站着一些细碎的阳光，是从顶棚的瓦片间跳下来的。还有一束光柱从两扇旧木门间挤进来，浮沉着几粒灰尘。冬日的阳光意图明显，想驱逐捞纸房的阴冷，却将原本幽暗的衬托得更加幽暗。

六十岁的捞纸师傅徐洪金回家吃饭去了，出门时，遇到了八十三岁的老捞纸师傅，高声交谈了几句。

侬好伐？

阿拉蛮好个。

老师傅早已不再捞纸，徐师傅便成了作坊里年纪最大的捞纸师傅了，也是最瘦的捞纸师傅。他个子很高，进出低矮的捞纸房，不低头的话好像会碰着门框。因常年在纸坊里劳作，使他看上去与常年在地里干活的农人们的肤色截然不同，哪怕喝一口酒，也会看得出脸红。他灰白的头发软软地紧贴在头上，像常年不见太阳有点缺钙。

四十五年来，除了过年放假，朱家门村的田埂上每天清晨五点钟就会出现他高高瘦瘦、有点飘忽的身影。中午十一二点，田埂上又会出现他急急赶路的身影，腰间通常还戴着围裙，听得到他跟人打招呼的声音，呵呵呵的笑声有一点点尖细。傍晚七点，田埂上会再次出现他的身影，相比清晨，干了一天的活后，他的步子明显慢了，腰板似乎也驼了一点。

有两种水声，在午后空旷的寂静里，缠绕，回响。

第一种，滴答，滴答，滴答……如秒针，不急不慢，不变的节奏和密度，这是榨纸声——徐师傅上午做的几百张湿纸抄在杉木仝板上，摞成一尺多高、质地如年糕的湿纸垛，用千斤顶压上去，把水榨出来，半干的纸在晒纸房里经过晒纸的工序，就成为一张真正的元书纸。

此时，水顺着纸垛边缘滴下来，滴在铺在底下的竹帘上，迅速汇集在竹帘的四角，滴落在青石板上。滴答，滴答，滴答……让人想起赤脚踏在青石板上的脚步，想起南方屋檐下慵懒的雨滴，想起小满时节前三天的山林，嫩竹拔节，万物萌动。雨滴在每一棵竹子的头上，被它们吮吸进身体，满山的嫩竹——元书纸的前世——的身体里，便流动着雾岚的气息，草木的幽香，覆盆子的酸甜，笋的鲜涩，流动着砍竹的当当声，竹子顺着坡道滑到山脚的哗哗声，杀青的唰唰声，砍竹人的咳嗽声，路过的山民呼出的烟草味，他或她的汗味，饭菜的味道，家的味道，年的味道……一棵竹，裹着整个山林的日月精气，一张元书纸的胚胎，在滴答声中渐渐成形。

另一种水声，是流水声，像婴儿的呼吸那么细弱，又像婴儿的哭声那么清亮。它来自幽暗的捞纸房某个更幽暗的角落，那里蹲着一只装满纸浆的槽缸，水从槽缸里溢出来，无声地趟过发亮的棕黑色缸沿，匍匐进地面，匍匐进比地面更低的某个通向屋外的暗沟或缝隙时，发出了几近难以察觉的流水声，被午后无边的寂静像扩音器一样扩大了。水声泠泠，像由远及近的银铃声从云霄洒落大地。

这两种水声，在此地，这个叫朱家门村的地方，已经回响了一千多年，也许更久远，冬去春来，世事更替，水声从未停息。改变的，是水声渐渐从繁密到稀疏，到朱中华深深忧虑的再也听不见。

此时，在朱家门村的另一头，徐师傅端起了饭碗，用那双在纸浆水里浸泡了四十五年的手。比白纸更白的手掌，已看不出掌纹和指纹，老茧连着老茧，有些地方已经开裂，又被纸浆水浸泡得更白。这双手，放进发酵捣烂的竹纸浆里，不细看根本分辨不出来。

已经不痛了，但很怕冷。数九寒天时，一天十几个小时，在结冰的纸浆水里进进出出，冷到骨头里的冷。

冷了，就往电饭煲热水里蘸一下，暖和一下再做。冻得实在受不了，就到边晒纸房里躲一躲，再做。

痛的是肩膀、腰。一站十多个小时，一抬臂二十公斤，一天几百上千次。捞纸得用巧劲，抄得轻，纸太薄，抄得太重，纸又会嫌厚。每一张纸，重量误差不超过几克，要有手法、经验和耐心、细心、用心。

痛，得忍着。小时候，家里穷，要吃饭，得忍着。如今，老伴生了癌，一条腿一直肿着，走不了路，特殊医保办不下来，所以要靠自己挣，更得忍着。想好了，忍到六十五岁，就不做了，真的做不动了。

有一些阳光在吱呀一声里改变了形状。捞纸房的门被推开了，徐师傅回来了。中午又喝了一点小酒，苍白的脸色微微泛红，透着与阳光质地相似的温暖。

"摇头晃脑"的下午开始了。刚才缠绕回响着的两种水声迅速遁迹，代之以一些更清晰明亮的声音——淅淅沥沥叮叮咚咚的滤水声，竹架子的咿呀声，一个老男人偶尔的咳嗽声。

"摇头晃脑"是每个上年纪的捞纸师傅的习惯，自古以来，纸乡的捞纸房都是敞着的，一个个捞纸师傅一边摇头晃脑捞纸，一边和路过的人打招呼，说笑话。《天工开物》记载的"荡料入帘"就是捞纸。

他手持纸帘浸入水浆，纸帘随手腕晃动，使浆液匀开，慢慢向前倾斜，晃出多余的水浆，那层浆膜就是一页纸。随着倾斜、上提、放纸、揭帘……这些动作的起承、转合，他低头、转头至右边又转到左边，然后点头、抬头，一气呵成。纸帘提拉出水的最后一下，他的头点得很快，像在用劲，又像在对自己说，对，对，对。

午后的捞纸房，淅淅沥沥、叮叮咚咚的水声是唯一的声音。他喜欢安静，连收音机都不愿意听。

他并不关心纸是不是有生命，是不是有灵魂，他听不懂回归、传承、玉化、情怀这些字眼。他不知道那些纸去往何处，纸上会被写下或画下什么，哪怕是一个沉重的嘱托，一张生死状，一个孩子的梦想，或是一个罪人的忏悔……"做生活，不管喜欢不喜欢做，总归要好好做。"这"生活"关系他一天有多少收入，关系老伴的药费，他的小酒小菜，他们平淡无奇却无比重要的日常，更关系到心里安与不安。

偶尔，他也会想，接替他操起这张竹帘的会是谁？他没有徒弟，年轻人都不学这个了。自己两个儿子不愿意学，做了别的事，收入不高，能自己养自己，他也不愿意带他们，太苦了。

刚才，穿过村庄回捞纸房时，他碰到了一群人，一个在外地做生意回家过冬至的邻居，叼着烟，眉飞色舞地说着在新马泰旅游的事。邻居以前也做纸，后来和村里大多数人一样，出去挣钱了，再也不碰纸了。徐师傅与他们擦身而过时，听到了"泰国人妖"和一阵哄笑。他一点也不羡慕，因为他和老伴一起去过普陀山，还去过杭州的灵隐寺。

他呵呵呵笑了几声，头也不回走上了通往捞纸房的田埂，重新将自己安放进淅淅沥沥、叮叮咚咚的水声里，感觉世界又回到了他喜欢的样子。

五、铁焗弄孵出的爱情

那时候，晒纸不叫晒纸，叫烘纸。

那时候，晒纸房叫铁焗弄、焗弄。

那时候，他十六岁，她十五岁。

焗，是富阳土话，用火烘干的意思，铁焗弄也就是烘房，专门用来烘干手工竹纸的房子，格局狭小，称为"弄"。外墙用砖头垒砌而成，中间夹缝里是一个巨大的烧火灶，房里安放一只几十米长的焙壁——长方形的盛满水的铁柜，俗称烘缸。柴火日夜燃烧，一百度的水温传递到烘缸上，晒纸人将半干的湿纸从板上"牵"下来，托到烘缸壁上，用毛刷横竖刷扫，十来秒钟后，将烘干的纸揭下来，便是一张元书纸。

那是一个奇怪的洞天，常年没有冷暖，常年弥漫着水蒸气、纸的味道、汗的味道。又是一个热闹非凡的社交场所。那时候，生产队集中做纸晒纸，村里老老小小不到天大冷就过来烤火取暖，其实为了聊天凑热闹。早晨，田埂上便排着队过来一个个拎着手炉捡炭火的孩子们，有了手炉，在学校读书时手就不冷了。

煏弄外，柴火终日噼啪作响，煏弄内，欢声笑语比水蒸气更热腾，烘出了纸，也烘出了姑娘小伙水润的肌肤，筋道的骨骼，以及爱情。

多年前一个春天的清晨，朱家门村造纸世家后人、十五岁的晒纸姑娘美容走进了离家仅三百米的煏弄，看见了一个猫一样敏捷的身影。晨光从天窗漏下来，照见他紧抿的唇、黑亮的眼睛，他赤裸着壮实的上身，汗水在他黝黑的皮肤上闪闪发亮。他用木制的"鹅榔头"在压干的纸筒上横竖各划了几下，被压实的纸便发松了。他用食指和拇指撮住纸叠右上角捻了一捻，使纸角微微翘起，再鼓起嘴轻轻一吹，粘在一起的湿纸便张张分开了。然后，他揭起一张湿纸，一手托着，一手连同晒帚垫着，迅速托到了烘缸壁前，将纸贴了上去，随之右手里的晒帚快速将纸张刷平实，又回转身去牵纸……后两张纸刷上去后，第一张纸也干了，他转身将纸揭下，轻轻放在一叠新纸上。

他的一牵、一托、一刷、一揭，轻盈迅捷，一气呵成。

美容的祖父曾是村里做纸规模最大的人，有六七个纸槽，从小跟着大人在纸槽间出没的美容，早就潜移默化无师自通。"透火焙干"是《天工开物》中竹纸造法主要步骤里的第五个。一般人揭纸就要学整整三年。爷爷说，牵纸时，动作要轻巧柔和，不使硬力，否则半湿的纸会破。刷纸、揭纸一定要快捷，稍慢一点的话，纸就糊了。晒纸看起来简单，其实是个"巧活"。

这个熟悉的身姿，不能说已炉火纯青，但在生产队的年轻人里，已经算学得精到的了。

当他停下来，端起水碗喝水，她轻轻走了上去，接过了他——朱中华手里的纸刷。他刚才晒的那一堆湿纸，是废纸，是拿来练手的。

十六岁跟师傅学做纸的朱中华兄弟，是村里最能吃苦的人。生产队里共十六七个年轻人，分成了四组，天天在焙弄里学晒纸，但每一组分到的时间只有三个半小时，朱中华像一枚针一样，哪里有空就插到哪里。

不知几时起，蒸汽弥漫的晒纸房里，人群在朱中华眼里渐渐模糊，视线里只剩下一个个子小小的仙女，红润的圆脸，被蒸汽熏得湿湿的眉睫，嘴角往上弯起，不爱说话，总是羞涩安静的模样。她轻轻接过他手里的纸刷开始"轻歌曼舞"，当然并没有歌声，但他在心里听到了，并且，他觉得这个歌声是暖的，这份暖，一直绵延他凄冷的梦里。

不知道从哪天起，她在哪里，他就会在哪里。一个烘纸一个揭纸，指尖会相撞，目光会相撞，几年后，他们成了一家。

成了一家的人，远远不止他们两个，村里几乎所有年轻人的罗曼史，都是从焙弄开始的，热气腾腾的烘纸房，像一个孵蛋器，孵出了一个个造纸人家。然而，三十年后，这些夫妻里，只剩下他们俩的身影还在焙弄里忙碌。

有一些阳光钻进了密不透风的晒纸房，美容轻轻牵起一大张半干的元书纸，往一百摄氏度的壁上贴。贴纸，刷纸，揭纸，旋转腾挪，曼妙如蛇舞。她手上的每一张纸，都来自五百米外的捞纸房。隔了五百米，她仍能听见丈夫朱中华捞纸时淅淅沥沥、叮叮咚咚的水声。真热啊，真累啊，恨不得像一滴汗水一样落到地上就彻底躺下来。她咬咬牙想，我晒的每一张纸，都是他捞的，他捞的！

五百米外，朱中华把快要冻僵的手伸进电饭煲的热水，白色的热气里，浮现了妻子忧伤的面容。她的笑依然很好看，嘴角弯弯的，露出半截雪白的牙齿，她晒纸的"舞姿"也很好看，她的声音也很好听。从前每晚临睡前，她会轻轻告诉他，今天的纸厚了还是薄了，还会跟他说，今天儿子乖了，还是调皮了……如今，曾经红润的脸，在和从前一样的光线下，却透着疲惫。她看纸的眼神，不再和他一样像看一个孩子，而是透着深深的厌倦。寂静的午后，小土狗趴在浆槽边发出了梦呓，汽车车轮声在门外沙沙碾过。隔了五百米，他听见晒纸房里妻子汗水滴落的声音，滴答滴答，空洞的回音，像一个甜蜜而忧伤的入口。

千百年来，富春江千帆过尽，船到大源镇，便能见芦苇丛中纸槽如花朵般遍地绽放。风吹皱了江水，吹走了那些花朵，也吹老了两个做纸的少年。工人可以说走就走，他俩没法走。工人多少能赚得到钱，但老板赚不到钱。他知道她心里一天都不想干了，却从来不埋怨他一句。

年关近了，她淡淡说了一句："又要借钱过年了。"

要做最好的纸，就得提升，还要去研修、调研，要自己设计制造热量更均匀的电热烘缸，烘出更薄更好的元书纸，都得花钱。

小满近了。朱中华5月15号要去参加北京的一个研修班，而16号就要开始砍竹子了，怎么办呢？

她又淡淡地说了一句："放心去吧。"

朱中华是放心的。千里之外的课堂上，他像个小学生一样端坐在第一排。五月的微风从窗外经过，绿影婆娑中他听见了朱家门村后山响起的当当声，看见妻子喘着粗气爬上山坡，笑意盈盈地给兄弟们端上一碗碗亲手做的热饭菜、一杯杯自家酿的葡萄酒。汗水像雨水一样在她通红的脸上流淌，湿透的头发像湿帽子服服帖帖扣在头上，十几根被她拔掉又新长的白发像刺一样迎风而立……

他听见老教授在说，看人和看纸是一样的，不能光用眼睛，要用时间和心。

六、纸孩子

一岁，他静静站在纸槽边的木站桶里，父亲捞纸的水声淅淅沥沥，异常单调，是他的催眠曲。醒着的时候，看见人来，无论是谁，他都会哭着伸出双手要抱抱。父亲捞纸，没空抱他，母亲在别处晒纸，也没空抱他。

两岁，冬夜的焙弄温暖如春，他静静坐在纸堆里看母亲晒纸，看着看着，就蜷在纸堆里睡着了。醒来的时候，天已经亮了，母亲还在晒纸。

三岁，父亲常常抱起他，往湿纸垛的榨水板上一放，又顾自捞纸去了。他静静坐在上面不敢动，因为，他是一只压水的"千斤顶"。

六岁，夏日的焙弄像个火炉，可他不愿离开母亲。母亲就派他回家拿冰箱里的饮料，叮嘱他，到家后先喝一瓶，只能喝一瓶，要慢慢喝，不能喝坏肚子。

八岁，他和奶奶睡在老房子二楼的木雕床上。夜很静，他也很静。黑暗中，他睁着和父亲伯父一模一样的黑亮的大眼睛，想念着在南京建筑工地上奔波的父亲母亲，默默流泪，但他不哭出声。他是纸堆里长大的孩子，像纸一样安静的孩子。

此时此刻，父亲伸出手，将铺在湿纸上的纸竹帘抚摸了一下，又一下，很轻，像抚摸一个哭了一夜的湿漉漉的孩子。轻的程度，让朱起航觉得，他不是用手，而是用指肚上的老茧在抚摸。

"一晚上没做了，摸一摸，让它先醒来，它才有感觉。"

这是正月初一的清晨，二十五岁的朱起航跟在父亲朱中民后面走进了捞纸房。他将双手插进了结了一层薄冰的纸浆水里，狠狠打了个喷嚏，但有一股暖意在他身后一米的地方，正通过零度的空气一直传递到他胸口。身后一米处，是大年二十七从南京赶回来过年的父亲。从赶回来那天到此刻，除了家里，父亲哪儿也没去，一直在老房子里做纸。此时，朱起航回头看到父亲像抚摸一个孩子一样，正抚摸着竹帘，忽然有点恍惚，朱中华朱中民哪个更像他父亲？长得太像了，站在纸槽前的一举一动都像。一模一样的两双手，一沾上纸，就仿佛通灵一般。

和朱中华一样，双胞胎弟弟朱中民从十六岁起开始学做纸。揭纸揭了两年，再学捞纸、晒纸，还跟着师傅学做竹家具。那时候的他，每一天都是焦虑的，不知道自己手艺如何，担心自己做得不如别人好。十八岁那年，二伯父把他叫过去说，从现在开始，家里纸槽做的一半纸给他烘。他惊住了，因为二伯家是村里做纸规模最大的。三年后，村里最好的捞纸师傅说，他捞的纸都让他烘，工钱一天三十元，而那时木工的工资一天只有两元。他知道自己并不是最好的，却是最认真的。那一刻起，他感觉到从骨子里透出来的自豪，也从骨子里爱上了做纸。

然而，那么爱，还是放手了。为什么呢？可以说为了生计，为了看看外面的世界，或许也为了一份虚荣，也或许，是为了能给"一意孤行"的哥哥一句踏实话："中华，有啥困难，我来。"

年关将近，一踏进村口，朱中民的双脚就会不由自主被通往纸槽的小路牵引着，小路认得他的脚步，但纸槽纸帘不认得他的手。这双手捞起来的纸，连家里人都不愿意晒。十几年来，每个春节回家，他都想与"纸情人"鸳梦重温。但亲朋们来来往往吃吃喝喝，它们仍然不认他的手。今年春节前，朱中华说，过年了，工人们都放假了，有几种特别难做的纸，怕是赶不出来了。朱中民便对哥哥说，中华，不急，今年春节，我闭门谢客，帮你赶出来。

前三天，做的纸全是废纸。三天里，睡觉时手和脚都没地方放，特别的痛。一个个被疼痛叫醒的深夜里，他想，在城市待了多年，自己真的退化了，不能这样下去了，他得"回来"。

三天后的正月初一清晨，当他从结冰的纸浆水里捞起第一张纸，忽然感觉有如神助。大嫂美容扫了一眼纸，笑说，这回总算好了，可以烘了！

更让他暗暗高兴的是，跟着朱中华学了三年做纸的儿子起航，学起来比他年轻时还主动。他总是那么安静，不，是安详，他触碰纸，像触碰佛祖一样恭敬。

触碰纸，像触碰佛祖一样恭敬，像触碰婴儿一样小心。在朱起航心里，每一卷元书纸，都是儿时最亲的人。

自父母去南京后，他便跟着伯伯、伯母过日子，他们将他与两个亲儿子一样看待。老大朱起杨只比朱起航大两个月，三兄弟睡在一起，吃在一起，玩在一起，每一道做纸工序都学过一点。但父母远离的日子里，常常独自躲到库房里与纸为伴的男孩，与纸结下了一种奇妙的缘分，多年后，朱中华的两个儿子都去了省外读书工作，反而是侄子朱起航攻读书法美术专业，并一直跟着他学做纸。

一个同学来家体验做纸，做了不到一天就跑了，说太枯燥、太寂寞了。起航想，寂寞吗？没觉得啊，只觉得心里很安定，抚摸着纸，很亲。

一个同学来跟他上山砍竹子，从山上扛了一根竹子下来，就再也扛不动第二根竹子了，说，太累。起航想，累吗？是挺累，但可以坚持啊，砍竹子，扛竹子，刮竹皮，从早到晚，一天，又一天，又一天，就习惯了。

"划船桨"，是伙计们给他起的外号，意思是什么都会什么都能搭把手，就像麻将里的财神爷，也像万金油，但还没法单飞。

一辈子待在村里做纸，是我要的人生吗？朱起航有点纠结。无疑，伯父是个有情怀的人，但朱起航觉得自己比他现实——如果继续做纸，就必须先解决生存问题，才谈得上理想、精神。如果像伯父那么难，我能坚持吗？

仿佛是天意，一段话、一只陶罐，来到他的生命里。一个叫苏艳的南京画家朋友请他用元书纸写一段话，放进她自己做的陶罐里送给顾客。她是一个完全按照自己想法制作陶罐的人，成品中，只有百分之七八是好的，其他都是废品。她发来的话是这样的：

> "横溪建柴窑已有两载，取名'望山'，源于一句大道至简的俗语'望山跑马'。烧窑如同修行，但知行好事，莫要问前程。孤傲消解物欲，信念融化质疑，屡战承接屡败。人生不易，心中需有猛虎，更需细嗅蔷薇。承蒙收藏，特以此文为证。
>
> 文／苏艳书／起航丁酉年立春南京望山窑"

"但知行好事，莫要问前程。"这句年少时读过的诗，此时击中了他心里的结。找个好工作，养活自己，其实很容易。但我为什么不去做更有意义的事呢？

伯父朱中华也在想这个问题。六年前的那场大病，使他不得不仔细考虑手工造纸的传承。他希望两个儿子和侄子继承自己的事业，但也很担心他们的生计。最近几年，关注的目光多了，他也越来越有信心。他跟起航说，在农村里造纸，是边缘的、被瞧不起的行业，却引来最专业的大学项目合作，受到尊重，为什么？一个几近没落的行业，却在古籍印刷、国宝级的珍贵文物修复上起到作用，不就是我们做人做事的价值吗？别的年轻人不想学，自己的儿子不学，谁学？开化纸恐怕花一千万都很难完全恢复了，为什么？因为跟书本视频学，和有人手把手教，是不一样的。要手传给手，身体传给身体。我们不来传，谁传？

他大概也是这么跟大儿子起杨说的。一个平常的毫无征兆的一天，朱起杨从外省回来了，和朱起航一起，专心学起了古法造纸。

在捞纸房的砖墙外，竹林深处的荒草中，躺卧着一只六百岁高龄的石槽。朱起航看见伯父将微凸的小肚子收起，努力蹲下去，用手指轻轻抠着青石板缝隙里的青苔。这是整整五代人用过的纸槽，最多时有六个，十六岁的伯父第一次跟师傅学捞纸时用过，三十年前被废弃了。就在这只纸槽前，伯父听说中国文物修复纸都要从日本运过来，就暗暗许下心愿，一定要重现手工元书纸的辉煌。现在，这个夙愿传承到了孩子们身上。

一阵风吹过，朱起航看到伯父抬起头，从落叶的沙沙声中投过来一个他无法形容亦无法拒绝的目光，沉沉地落在自己右肩上。

七、大地这张纸

十二月，冬至。

小雨后，大地如初春般清新。一位叫苏沧桑的写作者又一次出现在富阳朱家门村村口。她一次次造访这里的造纸坊和造纸人，如同一个执着的农民，在田地里挖了一遍又一遍，生怕遗漏了一颗果实。她三番五次冒着雨来，冒着雾霾来，冒着零下两度的严寒来，只为了写一篇散文而已。朱中华想，这个与他同龄的女人，如果做纸，也会做得很像样，但产量也会很低。

他并不知道，苏沧桑爱上了古法造纸，也爱上了富阳永安山的飞翔。当她乘着滑翔伞跳下山崖、俯冲向大地的一刹那，她觉得自己变成了一支笔，戳向了大地这张巨大的纸。风声在她耳边呼啸，一些声音和画面在天旋地转中依次浮现——

一位七十多岁的古法造纸老人，从没学过绘画，硬是一笔一笔将几十幅手工造纸的工艺流程图画了出来，他说要给子孙后代留个纪念。她闻着那些画，闻到山风吹来，有汗水味飘来，有旧时光从纸上流过来，带着灰尘和酒的味道。

她的办公桌上，放着一本很厚的杂志《盲童文学》，卷首语是她写的《我愿是你的朗读者》。她用刚洗过的手轻轻触摸着阳光下凹凸不平的盲文，在心里对素未谋面的孩子们说，我愿是你的朗读者。

她的抽屉里，珍藏着一些读者来信，其中有一封十一页手写的信。一个叫静静的唐山女子，从做女孩开始，到做母亲，到孩子渐渐长大，一直追随着她的文字，那封信是她刚做了母亲后给她写的，随信寄来的，是她亲手做的中国风背包，上面静静停着一朵白莲。

夜里醒来，月光照在枕边书上。她看见一支笔吻上了一张纸，一滴水墨点燃了纸上的悲欢情仇、家国春秋，像点燃渗透在历史深处的一滴酒，无数被写在纸上的精灵在蓝色火焰里慢慢醒来。

马尔代夫芙花芬岛图书馆，从进门左手边最靠里的第二格书橱里，她取下一本书，是法兰西学院院士埃利克·奥森纳的《一张纸铺开的人类文明史》，米黄色的封面上，写着这样一句话：纸是一个宇宙，如果不去看它，又怎么理解我们这个星球。

……

苏沧桑的脚下，呼啸而过一片森林，一枝树梢飞速拂过她的脚尖，她感觉到了彼此的痛。她暗暗想，我在大地上写下的每一个字，对得起每一张纸吗？对得起为人类倒下的每一棵树吗？

细雪·如归

　　2016年小雪前一天，北京下了立冬后的第一场雪，我是在朋友圈里看到的。天光尚早，发朋友圈的文友已经抵达单位，路灯昏黄，细雪微亮。以前，我不太会关注一场遥远北国的雪，而最近每天都会留意那里的天气，仿佛每天留意住着父母的故乡。因为，再过几天，我就要去那里赴一场约会，一场盛大的、文学的约会，我一定也会见到她，在北京的第一场细雪中且行且拍的那位文友，"一言不合"就来个"熊抱"。

　　文学与细雪，于我，似乎有着宿命的关联。未谙世事时，始读《红楼梦》里的雪，《诗经》里的雪，唐诗宋词里的雪，再后来，读川端康成的雪，鲁迅的雪，雨果的雪……一

等一碗乡愁 / 苏沧桑

个大学同学从我书架上拿走再也没还的《百年孤独》……一位文友在北京某广场递给我一本翻得破旧不堪的《莫里亚克小说选》……雪夜捧读厚厚的《追忆逝水流年》手腕隐隐的酸痛……故乡海岛上的一个院落，一棵桂花树，一场细雪，一阵我母亲痴迷的梵音和钟声，通往学校的雪地里父亲又高又瘦的背影……这一切，以及骨子里的孤独、自由、散淡，让我在多年后成了文学界的一名散兵。没有章法，没有拘束，我只写我心里的文字，它们都是与我血肉相连的孩子。这些孩子，像随处飞扬的细雪，抵达世界上的一些角落，遇到了一些和我一样散淡或者不散淡的人，他们说喜欢这些文字，于是，我把这些认识或不认识的人，当作了我这些孩子的亲人。30年了，孩子已然长大，从叶文玲的"山水有清音"，到莫言的"寂寞为文女儿心"，到张抗抗的"沧桑的梦与痛"，到阎晶明的"在极致处寻求新变"，到孟繁华的"休提纤手不胜兵，执笔便下风华日"……我的恩师们，如一盏盏明灯，照亮我一路蹒跚的文学路，照见我一路慢慢找到了真正的自己——如果说，我有文学的观念，那就是：守"赤子初心"，信"万物有灵"。如果说，我有文字的野心，那就是：游勇散兵，亦是千军万马。

三年前，鲁迅文学院的一场细雪、两个月的读书时光，又一次在我的文学梦里亮起了一盏明灯。抵达北京的第二天，柳树已经在春光里发芽，却不期而遇了北京的最后一场春雪，扫地的阿姨说，十几年没见过这么漂亮的雪了。那个清晨，世界通体透亮，鲁迅文学院变得恰似我梦中神圣的殿堂。走出大厅，屋檐上突然掉下一团轻软的积雪，正好落在我头上，被一个男同学抓拍到了。站在雪地里，听着鲁19同学们的欢声笑语，我突然觉得，我不再是一个注定孤独的散兵了。两个月的时光里，我一次次审视自己以往的文字，一次次思考这次高研班的主题——作家的使命与职责，写下了《喜鹊鸽子种珊瑚》——我无法像南太平洋种珊瑚的人一样潜入海底，将珊瑚幼苗种到礁石里使海底生态得以恢复平衡，但我是一个写作者，那就种点文字吧？什么样的文字呢？不是审美怡情的小花小草，不是温吞水，而是苦药、手术刀、解剖刀，是警钟、号角、火炬，是任重道远、有使命、有担当的鸽子。

我一直认为，文学作品剖析鞭挞人性恶是深刻，而记录传播人性美，亦是深刻。当牢骚、怨言、吐槽如同雾霾一样笼罩时，需要光，需要正能量的有力弘扬。人是一种接受暗示的动物，人性之美，放大给谁看，谁就会接受暗示，他会变得更好，这个世界也会变得更好。只要我的文字，能照见人世间某些个蝴蝶翅膀般细微的角落，将某个人的内心煽得光亮一点点，那我的写作就是有意义的。

等一碗乡愁 / 苏沧桑

　　于是，就有了书写三十个平凡人涅槃于疼痛生活的人性之美的非虚构文学《守梦人》，有了书写器官捐献协调员故事的《执灯人》，有了书写平凡治水人不平凡故事的《溪的美，鱼知道》，有了被翻译成六国语言的书写医者仁心的《森林之歌》，也有了中国故事奖、全球丰子恺散文奖金奖、G20峰会保障工作先进个人等荣誉，而收获最大的是，每一次的深入采访都是对灵魂的一次洗礼。读者朋友们说："你的文章更接地气了。"评论家们说："从小桥流水似的美幻变为一种风骨剑气般的美"，"从一条河抵达大海"……每一部作品的成长，对于我自己，更大的意义在于心魂的更趋豁达、阔远，这与恩师们有关，与文友们有关，与素不相识的编辑和读者有关，与每一个被我写到的人有关，他们就是我生命里的一场场细雪，偶尔遇见，却福泽一生。

　　多年前，我写过一篇散文《天堂》，文学对于我就是天堂的模样："我孤独的心忽然被一缕圣洁的光照得通亮，高高的天际传来一个未知之神的召唤！它说——坚持，再坚持，你一定能保留一个独立的精神世界，一个永不被红尘沾染的角落。从此，我在心里为它树起了一个神圣的祭坛，在任何时空里，我便可以顺着星光，或者风的衣角，走进一个无比平和安宁的世界……一个人，拥有了如此富有而瑰丽的精神世界，她便拥有了整个天堂。"

再过几天，会有一场来自天堂的细雪在北国迎接我们吗？不管有没有，2016 年的冬天注定难忘。期待已久的盛会（中国作家协会第九次全国代表大会），会让很多曾经孤独或依旧孤独的心灵齐聚一堂，一个点头一个微笑，便已灵犀相通。一定会见到我的恩师们、老朋友们，也暗暗期待与某某或某某某新朋友一见如故；一定会看到一些特别让人尊敬的面孔，聆听到一些震撼内心的声音，会有闪电在夜深人静的脑海里噼里啪啦作响，会惊觉自己的文学梦可以飞得更远而无关名利……不知道还会发生些什么，收获些什么，但有一个声音告诉我：你去往那里，不是去，而是归，是回到故乡，回到家，回到一个你渴望了很久很久的怀抱。

苏沧桑